Semillas de papel

Semillas de papel

Cuentos de voces emergentes latinoamericanas

Varios autores

Contenido

AVENTURA

Púas, por Juan Manuel Ochoa (Chile)

En el corazón de Santiago, entre parques y lacrimógenas, vivía un erizo llamado Púas. A diferencia de otros erizos, Púas era curioso y aventurero, siempre buscando nuevas experiencias y lugares por explorar. Su hogar estaba en el Parque Forestal, un lugar lleno de vida, con árboles frondosos, fuentes de agua y caminos serpenteantes donde la gente paseaba, corría y andaba en bicicleta.

Púas tenía un pequeño refugio bajo un arbusto, cerca de una de las fuentes del parque. Desde allí, observaba a los humanos y sus actividades, fascinado por su constante movimiento y sus misteriosas costumbres. Cada noche, cuando el parque se vaciaba y la ciudad se sumía en un tranquilo silencio, Púas salía a explorar, siempre en busca de algo nuevo y emocionante.

Una noche, mientras vagaba por los jardines del parque, Púas encontró una pequeña puerta escondida entre las raíces de un viejo roble. La puerta era tan diminuta que pasaba desapercibida para los ojos humanos, pero Púas, con su aguda vista y su curiosidad innata, la vio de inmediato. Con cautela, empujó la puerta con su nariz y esta se abrió con un chirrido. Al otro lado, encontró un túnel oscuro que descendía hacia las profundidades de la tierra.

Impulsado por su espíritu aventurero, Púas entró en el túnel. Mientras avanzaba, notó que el camino estaba iluminado por hongos fosforescentes que emitían una suave luz verde. Después de caminar durante lo que parecieron horas, Púas llegó a una caverna subterránea impresionante. En el centro de la caverna había un lago cristalino, y a su alrededor, miles de cristales brillaban como estrellas en un cielo nocturno.

Púas se acercó al lago y, al mirar su reflejo en el agua, notó algo extraño: en su reflejo, llevaba un pequeño amuleto alrededor del cuello, algo que no tenía en la realidad. Intrigado, levantó la vista y vio una figura luminosa acercarse a él. Era una hermosa ave, un tue-tue.

—Bienvenido, Púas —dijo el tue-tue con una voz profunda y resonante—. Soy Alka, guardián de este reino subterráneo. Llevo un tiempo esperándote.

Púas, sorprendido pero emocionado, asintió con la cabeza, instando al tue-tue a continuar.

—Nuestro mundo está en peligro —explicó Alka—. El corazón de Santiago, que reside aquí, en esta caverna, está perdiendo su poder. Necesitamos que recojas tres gemas mágicas dispersas por la ciudad. Solo así podremos restaurar el equilibrio y la armonía.

Alka le entregó un mapa que mostraba la ubicación de las tres gemas, y el amuleto que había visto en su reflejo ahora colgaba alrededor de su cuello.

—El amuleto te protegerá y te guiará —dijo Alka—. Confío en que podrás cumplir con esta misión, Púas. El destino de nuestra ciudad depende de ti.

Sin perder tiempo, Púas se puso en marcha hacia el Cerro San Cristóbal, decidido a encontrar la primera de las tres gemas mágicas. Subió por los senderos del cerro con determinación, sorteando los jardines bien cuidados y evitando a los humanos que paseaban por allí. A medida que ascendía, el smog iba quedando atrás y el aire fresco llenaba sus pulmones.

Los senderos serpenteaban entre árboles altos y bancos donde descansaban los visitantes del parque. Púas se movía ágilmente entre las sombras, aprovechando su pequeño tamaño para pasar desapercibido. A lo lejos, escuchaba el susurro del viento entre las hojas y el crujir de las ramas bajo sus patas. El camino se volvía más empinado a medida que se acercaba a la cumbre, pero él no se detenía, guiado por la luz de su amuleto y el mapa que Alka le había entregado.

Finalmente, después de una larga caminata, Púas llegó a la cumbre del Cerro San Cristóbal. La Virgen del Cerro, una imponente estatua que vigilaba la ciudad desde lo alto, se alzaba frente a él con su mirada serena y protectora. Cerca de la base de la estatua, entre las piedras, Púas encontró destellos de verde brillante. Con cuidado y emoción, excavó con sus patas hasta desenterrar la primera gema: una esmeralda resplandeciente, como si hubiera capturado la esencia misma de la naturaleza que rodeaba al cerro.

Púas sostuvo la esmeralda en sus pequeñas garras, maravillado por su belleza y por el poder que sabía que encerraba. Se preguntó cómo una gema tan poderosa había llegado allí, tan cerca de la estatua sagrada que vigilaba Santiago. Sin embargo, no tenía tiempo para reflexionar más, pues la misión aún no estaba completa.

Con la esmeralda guardada cuidadosamente en una bolsa que llevaba consigo, Púas se despidió del Cerro San Cristóbal y se preparó para la siguiente fase de su aventura.

La siguiente fase de su aventura llevó a Púas al imponente Palacio de La Moneda. Sin embargo, esta vez, el contexto era diferente y más complicado: el país se encontraba en un período de manifestaciones y protestas, lo que hacía que la seguridad en el palacio estuviera intensificada. Púas observó desde la distancia mientras el sol se ponía y las luces del palacio se encendían una a una. Sabía que su mejor oportunidad llegaría cuando la oscuridad cubriera los jardines y patios del lugar. A medida que la noche avanzaba, las manifestaciones en las cercanías del palacio se intensificaban, con cánticos y consignas que resonaban en el aire.

Finalmente, cuando la luna se alzó en lo alto, Púas se aventuró entre las sombras. Utilizó su pequeño tamaño y su agilidad para moverse silenciosamente por los callejones y los pasillos laterales del palacio, evitando a los guardias que patrullaban las áreas más visibles. A través de ventanas entreabiertas y puertas apenas cerradas, se abrió camino hacia el Patio de Los Naranjos, donde había escuchado que la segunda gema podría encontrarse.

El jardín del Palacio de La Moneda era un oasis de calma en medio del tumulto exterior. Árboles frutales y arbustos cuidadosamente podados rodeaban bancos de piedra. Púas se movió con cautela entre las sombras proyectadas por las luces de seguridad, su amuleto brillando débilmente a medida que se acercaba a su objetivo.

Finalmente, vio destellos de amarillo intenso entre los pétalos de las flores. Allí, oculto entre una hilera de flores, descansaba el topacio resplandeciente que tanto buscaba. Con cuidado y sin hacer ruido, Púas se acercó y tomó la gema entre sus patas. El topacio era tan brillante que parecía absorber la luz de la luna, haciendo que sus facetas centellearan con un fulgor mágico.

Púas sintió una oleada de satisfacción y alivio al tener la segunda gema en su posesión. Sin embargo, sabía que su misión aún no había terminado. Guardó el topacio en su bolsa junto con la esmeralda, asegurándose de protegerlo mientras se preparaba para el último desafío: encontrar la tercera y última gema en el bullicioso Mercado Central de Santiago.

La última gema se encontraba en el Mercado Central, un lugar siempre lleno de actividad y bullicio. Púas sabía que esta parte de la misión sería particularmente desafiante, no solo por la multitud de personas, sino también por los innumerables puestos de comida, mercaderías y la constante vigilancia de los comerciantes.

El Mercado Central era un caleidoscopio de colores y aromas, con vendedores que ofrecían sus productos gritando y clientes que regateaban precios. Frutas y verduras frescas, pescados y mariscos recién traídos de la costa, y una variedad de productos artesanales llenaban los puestos. Púas, con su pequeño tamaño y su determinación, se mezclaba entre la multitud, siguiendo a su amuleto para recuperar la gema.

Púas recorrió los estrechos pasillos, esquivando pies y cestas, aprovechando cualquier oportunidad para avanzar sin ser visto. Su aguda vista le permitió detectar posibles escondites entre los productos y debajo de las mesas, donde podía observar sin ser descubierto. Su objetivo era una tienda de antigüedades, oculta en uno de los rincones más recónditos del mercado.

Finalmente, después de mucho esfuerzo y astucia, Púas encontró la tienda de antigüedades. Era un lugar pequeño y abarrotado, lleno de objetos curiosos y polvorientos que contaban historias de tiempos pasados. El erizo se deslizó por debajo de la puerta entreabierta y comenzó a buscar la gema.

Los estantes estaban llenos de relojes antiguos, libros viejos y joyas olvidadas. Púas examinó cada rincón, confiando en el brillo de su amuleto para guiarlo hacia la gema. Tras unos minutos de búsqueda, sus ojos captaron un destello azul entre una pila de viejos mapas y pergaminos. Allí, escondido como un tesoro perdido, descansaba el zafiro azul, tan brillante como el cielo despejado de Santiago.

Con cuidado, Púas se acercó y tomó la gema entre sus patas. El zafiro irradiaba una energía calmante y poderosa, y Púas sintió una conexión instantánea con la piedra. La última parte de su misión estaba completa, y con el zafiro asegurado en su bolsa junto a las otras gemas, supo que era el momento de regresar al Parque Forestal.

Pero su regreso no sería fácil. Mientras salía de la tienda de antigüedades, un grupo de niños que corrían por el mercado casi lo pisaron. Púas tuvo que usar su amuleto nuevamente para hacerse invisible, sorteando los obstáculos con agilidad. Avanzó entre los puestos y la gente, con el corazón latiendo rápido en su pequeño pecho.

Finalmente, después de lo que pareció una eternidad, Púas logró salir del bullicio del mercado y se dirigió de vuelta al Parque Forestal. Atravesó las calles de Santiago con rapidez, guiado por el brillo de su amuleto y el sentido de urgencia que lo impulsaba a seguir adelante.

Al llegar al Parque Forestal, se adentró en el túnel secreto que lo llevó de nuevo a la caverna subterránea. Alka, el tue-tue, lo esperaba con una expresión de gratitud y alivio.

—Lo has logrado, Púas —dijo Alka con su voz profunda—. Has reunido las tres gemas y salvado nuestra ciudad.

Púas entregó las gemas a Alka, quien las colocó en el centro del lago. Los cristales alrededor de la caverna comenzaron a brillar intensamente, y una ola de energía recorrió el lugar, restaurando el corazón de Santiago.

—Gracias, valiente erizo —dijo Alka—. Eres un verdadero héroe.

Púas, con el corazón lleno de orgullo, regresó a su hogar en el Parque Forestal. Las aventuras de esa noche nunca serían olvidadas, ni por él ni por las criaturas mágicas que habitaban en los rincones ocultos de Santiago. Sabía que, aunque la gente de la ciudad nunca conocería su historia, él había jugado un papel crucial en la preservación de la armonía y la magia de su amado hogar. Y así, Púas siguió explorando, siempre en busca de nuevas aventuras y maravillas escondidas en la gran ciudad de Santiago.

Seguidor de ilusiones, por José Octavio Gallardo Aguilera (México)

¡Ahí estaba! Tirado a la vera del camino, no tenía nada. Hacía mucho tiempo que había perdido todo lo que de valor tenía y casi hasta la dignidad de hombre. Solo me quedaban algunos valores morales que, para el caso, no me sacaban de ningún apuro.

Me encontraba en el medio de ninguna parte, con mi carreta rota y un burro viejo que amenazaba seriamente con morir en cualquier rato, y por lo pronto me exigía algo de zacate y, si me alcanzaban las fuerzas, un poco de agua. Tenía en su lomo unas grandes mataduras que, a pesar de la creolina y el aceite de camión, no mejoraban, y cada vez que encontrábamos algo que cargar, me miraba con unos ojos tan tristes que comprendía que lo grande de sus heridas eran tan profundas como las de mi alma.

En ese momento, con la carreta rota y a pesar de su hambre, Silvestre se sentía casi feliz. Aunque no tenía pastura para darle, podía quitarle su madero, liberándolo de su penitencia diaria. Libre, podía caminar hasta el zacatal de las orillas del camino y echarse o revolcarse en la tierra para espantarse esas mugrosas moscas verdes que se lo querían comer literalmente. Aunque era tarde, tenía que afanarme a reparar la rueda de la carreta, pues si no lo lograba, dormiría a la intemperie y en diciembre, en Michoacán, sí que hace frío.

La resolana, el polvo, el sudor y mi frustración hacían que tejiera castillos en el aire. Soñaba con ser Porfirio Cadena o no sé quién, con la sola idea de no estar ahí, atrapado en la miseria, cerca de ninguna parte y lejos de todo.

¿Por qué no estudié? Tal vez, si me hubiera ido al seminario, tendría la esperanza de tener una parroquia y, por lo menos, matar el hambre de forma segura. Ser escuchado diariamente, tener una personalidad y, a lo mejor, un carrito viejo como el Mercury de mi papá.

A jalar un madero, y a remacharlo nuevamente para que, con su imperfecto estado, formara esa circunferencia bendita de toda bendición, donde se deslizaba esa, mi vieja carreta, como si danzara entre las piedras, levantando una polvareda milenaria, como formando una nube de humo que me separaba de mi realidad y mis fantasías.

Utilizando todo de mi imaginación, mucho de mi fuerza y algunos trozos de madera sacados de los bosquecillos que se formaban de vez en vez, dándole algo de belleza a aquellos páramos yermos, dejados por los taladores de árboles, pude levantar la carreta y poner la maldita rueda. Para esas horas, ya de noche, no podía bendecir, pues corretear el burro precisaba de algunas fuerzas y, para ese tiempo, no me quedaba más aliento que el de hacer una fogatita para calentar un ponche de tejocote y, con un poco de alcohol, dormir la mona hasta el siguiente día.

Un lengüetazo en la cara me despertó. Al fin no había pasado tan mala noche, y no es que mi burro se hubiera cansado de su magra libertad, sino que no sabía ninguna otra manera de vivir. Desde todos los tiempos había hecho que esa carreta se le pegara a la piel, y aunque le dolían las mataduras, detestaba su madero. Siempre rebuznaba al sentir su peso pero era seguro que, tirando de ella, llegaría a alguna parte y pararía dos o tres días en su corral, donde, aun siendo de piedra, había algo de heno donde podía descansar más seguro.

Como todo buen burro, se llamaba Silvestre. De un blanco siempre mugroso y un lunar en la frente que hacía que se pareciera a Lucero, el burro de los libros de primaria. Era el único valor real que yo tenía, pues carretas como quiera se hacía uno de ellas, y del jacal, pues sin tener con qué moverse no había lana para comer. Pero los burros y ruedas eran muy escasos.

Al fin nos pusimos en camino hacia Queréndaro, que al paso de unas horas y rodeando una ciénega llena de lama, carrizos y lirios que, más que dar gusto de ver, daba miedo. A más de fría, por las noches se llenaba de neblina y los témpanos de carrizo y lirio se movían de un lado al otro con el viento, dejando sendos pasillos donde aullaba el viento. Los viejos del pueblo decían que se aparecía la llorona gritando por sus hijos muertos.

Qué rosa se veía su cúpula y tan ceniza la torre del campanario de esa iglesia que los domingos unía pueblos que lanzaban cantos al cielo. Por lúgubres, más parecían un reclamo a Dios para que los sacara de la miseria, que los dejara entrar a un mundo nuevo. ¿Cuál? Cualquiera que no fuera ese, pues ese era malo, muy malo.

Poco a poco fui descendiendo por la vereda hasta ese mercado que, con su monótono bullicio, indicaba que eran muy pocas las mercancías para ofrecer. Aun así, era el único lugar donde se intercambiaban cosas, y como el patrón de todos solo dejaba cultivar chiles entre el trigal, el maíz y el frijol, ese sería entonces el lugar ideal para el intercambio de puro chile.

—¿Se le ofrece a su merced que le lleve sus mercancías, para acá o para allá?

Parados toda la mañana, mi burro mascando hojas de elote, y yo, pues nada más viendo cómo las camionetas de motor se llevaban todo a todos lados. El sol cruzando poco a poco el horizonte y el tiempo escurriéndose entre las manecillas del reloj de la iglesia que, cada cuarto de hora, sonaba sus campanas como un insulto a mi tedio y a mi inutilidad de competir con el pujante progreso. Por fin, un indito me pide que le lleve unas cuantas anegas de carbón a la colonia y, casi agradeciendo más que dando precio, nos pusimos de acuerdo en la dejada. Tres pesos eran buenos, pues yo por ahí vivía y tendría para comprar el recaudo para comer. Al fin y al cabo, traía lo de la dejada de Zinapécuaro y además llevaría con qué comer. Sacaría mi día y, por fin, Silvestre podría descansar un par de días, a ver si con eso y la creolina se le curarían un poco sus mataduras.

Ya más tarde, echado en el catre de ixtle, me puse a pensar: ¿Será esto la vida de toda la vida? Me voy a hacer viejo, ¿y cuánto vivirá mi burro? No tenía los 400 pesos para comprarme otro. Debe de haber otra manera, pues el patrón ¿cómo se hizo patrón?

Tantos años matándome como Silvestre y tan solo tengo unas ollas, un corral, un burro y mi jacal, que si me muero ahora no me alcanzaría ni para que me enterraran. Como esos entierros donde llevan al muerto a la iglesia en un cajón de palo, y le llora la mitad del pueblo. Pues aquí medio pueblo somos parientes. No habría para la bandilla que suele acompañar la fila de gente que va hasta el camposanto, aunque no se cobraría por la carreta, pues como la mía es la más enterita, suelen llevar a los muertos en ella. Ya no hay muchas de estas y a la gente no le gusta que los lleven en las camionetas como carga. Y al hombro, sí que es cansado, pues está lejos el famoso nuevo panteón, ya que al cura y al doctor se les ocurrió cambiar el que estaba junto a la iglesia, justo del lado del atrio, porque dizque contaminaba y se lo llevaron lejos, atrás de la colonia.

Y luego los novenarios, ¿quién pagaría el café y el piquete, y las lloronas y todo eso que se necesita para llorar a un muerto?

Tengo que hacer algo, o pensar en algo, pues lo que hago ya no me sirve y si sigo como hasta ahora me haré viejo como el Bolas y no podré acarrear más que agua. Les diré que el Bolas es mi vecino y tiene desde que se murió su padre una de las pocas carretas tiradas por burro del pueblo, pero después de dos burros ya se puso viejo y cansado y solo acarrea agua del río en tambos para las casas, pues ya no puede hacer otra cosa.

¡Ya sé qué! En Morelia hay una tal familia Aguilera que tiene un circo. Tal vez, ayudándoles a cargar las lonas en el camión, limpiando animales o, qué sé yo, me junten y pueda conocer algo más que esto que conozco, pues de polvo, pinos y piedras no salgo.

Así fue. Le encargué mi burro y mi carreta al Bolas, con la recomendación que no lo hiciera trabajar hasta que se curara del lomo. Y que, al cabo, pa' cargar agua y a lo cortito, no sufriría tanto como conmigo y tal vez tendría paciencia para verme regresar.

Pues si fracasara en eso de salir del pueblo, pues ni modo. Aquí dejé el jacal, mi carreta y mi burro y… mi vida. Sé que al salir no sé a dónde iré y tendré una vida que no es la mía y que iré bordando poco a poco, muestras que de entre tantos retazos pueda extender una alfombra grande, para entonces sí decir: esta sí es mi vida, esta sí me pertenece.

Me subí a la flecha con más miedo que equipaje y salimos para allá, donde todos se van pa'l norte. Pero yo no soy tan aventado y me quedaré en Morelia a buscar a esos tales Aguilera y a echarme a andar, si estos querrían, pues hasta eso uno pide y los otros son los que quieren o no. Así es la vida del pobre.

—¡A ver usted! El que viene de Queréndaro y quiere trabajar en nuestro zoológico.

—Bueno, sí sabe; allá no hay mucho que hacer y los pobres vivimos del chile y para el chile, pues el patrón no nos deja otra cosa que hacer.

—¿Y qué sabes hacer?

—Bueno, sé bañar burros, arreglar carretas y cargar de todo. Estoy fuerte y sé cómo acomodar arrobas de maíz o carbón, o bien puedo cargar y estibar pacas de alfalfa, encostalar trigo o desgranar maíz con olotera o a máquina.

—¿Sabes manejar?

—¡No, eso sí que no! Pues los choferes son muy sangrones y siempre se llevan a las comadres o a las muchachas malas y yo soy pobre, pero con muchos modos y algo de educación.

—¿Qué escolaridad tienes?

—Pues eso sí, estudié la primaria hasta sexto año en la escuela parroquial, ni más ni menos, pero no quise irme al seminario porque eso del latín no se me daba y, como en la parroquia el padre era el único que lo hablaba, pues no traía chiste aprender para andar hablando solo.

—Fíjate que no hablas tan mal y parece que tienes chispa para arreglártelas si no sabes algo. Te vamos a contratar como el gritón.

Y sí, después de muchos días y conocer todos los menesteres de un circo, sus penurias y las dificultades que contaban los muchachos de avanzada. Aunque suene algo complicado, estos salían dos o tres días antes que nosotros con cartelones hechos sin fecha y sin pueblo. Filemón, el que hacía todos los letreros y las pinturas del circo, les ponía el pueblo siguiente y los días que estaríamos con nuestro fabuloso espectáculo y nuestra cirquera traída desde Las Vegas y otras tantas y muchas mentiras que gritaba yo a todo pulmón por una cornetota de lámina que hacía que yo tuviera la voz de un anunciador de radio o como el tal Porfirio Cadena. Además, algo que no me gustó mucho, era el de bañarse todos los días y que me vestían de monosabio con un sacote que tenía una cola larga como la de Cri-Cri. Era esta ropa de muchos colores como rojo, negro o amarillo, además colgándole muchos vidrios también de colores que, cuando yo aparecía en la pista de la carpa, me echaban la luz de un focote que hacía que disparara yo muchos rayos que se reflejaban en las caritas de los niños de los pueblos llenos de tierra y con sus mocotes que se les salían de tanto reír, pues nuestro payaso era bueno de adeveras.

Quiroga, Uruapan, Cherán, Tzintzuntzan, Charo. Indaparapeo, Zinapécuaro, Moroleón y muchos pueblos. Y yo, cada vez gritando más y más, y hasta copiándole uno que otro chiste al payaso, que era tan buena persona que nunca se enojó conmigo. Eso sí, dormía muy bien, pues aunque siempre fue hasta después de las tres de la mañana y detrás de una casita con ruedas, mi cuartito tenía un espejote, una sillota y muchas luces para que me pusiera bien mi traje de monosabio, que para los últimos días ya eran más de tres o cuatro y hasta uno color azul lleno de chaquira y lentejuela que hacía que los brillos que reflejaban parecieran reflejos de sol. Con decirles que hasta contrataron un gritón menor para que me anunciara.

—Señoras y señores, con ustedes el hacedor de ilusiones, el seguidor de sueños, el anunciador de espectáculos y, desde la misma Europa, ¡Tristán!

…Y salía yo corriendo con mi embudote que ahora sabía, por palabras del patrón, que se llamaba Magnavox, y comenzaba yo a gritar el orden del espectáculo. Una mentira tras otra y uno que otro chiste del ya ahora amigo mío, payaso de triste andar y gran sonrisa, marcha de pato, pero corazón de león.

Cuántos sueños, cuánto andar. Ahora comía tres veces al día y hasta con refresco. Y a veces, cuando me estaba pasando el trago y lo gordo de mi torta, me acordaba de Silvestre y pensaba que si le hubiera pintado rayas negras lo hubiera hecho pasar por cebra como el burro del circo, y entonces sí le hubiera cambiado el nombre por el de Lucero. Así podrían anunciar en la cartelera al gran Tristán y Lucero, su cebra amaestrada. ¡Ah, qué sueño! Pero de todos modos le mando al Bolas un dinero para que me lo cuide y no me lo cargue tanto pues, aunque es viejo no es tan viejo y me costó cuatrocientos pesotes.

Hoy mi día es diferente. Ando con el corazón en la mano, pues mandamos la avanzada a mi pueblo. Les dije que hablaran con los Corona, para que les prestaran la cancha de fútbol que está en el casco de la hacienda, pues está muy amplia y solo tiene una entrada donde podría colocarse la taquilla. Ahí, donde eran las caballerizas, se puede armar el campamento y colocar las jaulas del zoológico. Y en la cancha sí cabrían las dos carpas que con un solo cuerpo dan cobijo a la pista principal y a una nueva que, aunque pequeña, sirve para el payaso, los enanitos y otras monerías que no atrasan el "Nuestro Gran Espectáculo traído directamente desde Roma" o no sé de dónde.

Vamos bajando por la misma vereda en camiones de motor y yo voy hasta adelante en un camión cerrado que anuncia nuestro circo. Comienzan a salir los niños a ver las jaulas. Yo reconozco a algunos y me lleno de alegría. ¡Qué gozo! regresar con el corazón henchido, con la boca llena de saliva y en la garganta un nudo pensando: no tuve que regresar con la cabeza gacha, ni tengo que cargar carbón o arena. Salí a buscar una ilusión y la pesqué. Salgan, busquen, no se queden con el "si pudiera" o el "si hubiera". Hagan algo, luchen, busquen. Está tan cerca como desearlo con todo el corazón. Pide, que no te dé pena. Si tiene sentido tu ilusión, si es auténtica, si es para madurar o para crecer, o para sentirte auténticamente tú, siempre habrá un alma buena, un amigo, gente comprometida que te tenderá su mano y podrás palpar con la yema de tus manos tu realidad. Sentirás en tu piel el gozo de sentir tu corazón latiendo rapidísimo cuando te den tu diploma, cuando te vean tus amigos y no tengas que agachar tu vista por pena o por vergüenza.

Levanta tu vuelo,
ve al frente, con tu mirar limpio.
Siente en tu pecho el amor auténtico,
déjate llevar,
sé responsable y tendrás siempre,
o casi siempre,
una gran recompensa.
Levanta tu vuelo y déjate llevar.

CIENCIA FICCIÓN

De viajes en el tiempo y otras paradojas, por Jonathan Najera Pintor (México)

El Doctor H.W. Wells tomó su diario y miró la hora en la pantalla de su celular, que se encontraba en la mesa. 8:25 a.m. Era la hora que aparecía en números grandes en la pantalla encendida, pero evidentemente bloqueada de su celular. Comenzó a anotar: "MIPT, septiembre 29, 2019. 8:25 a.m. Los viajes en el tiempo serán posibles gracias al nuevo mecanismo de..."

Interrumpió su escritura, ya que el teléfono comenzó a vibrar al recibir una llamada. No había número en la pantalla; indicaba "número desconocido".

—¿Diga?

—¿Doctor Holden Wells?

—Sí, él habla.

—Se trata de una emergencia. Sugiero que anote este número telefónico; es importante: 495 408 4554.

—¿Pasa algo?

—Por favor, Doctor, anote el número. Es muy importante.

El doctor tuvo la sensación de que algo malo había acontecido a algún familiar, así que hizo a un lado su diario de trabajo, tomó su cuaderno de notas y se dispuso a escribir el número.

—¿Puede por favor repetirlo?

—495 408 4554. Soy el Doctor Marcus Leach. Le hablo de un número local; estoy hospedado con una familia que me encontró en las afueras de Moscú. Tengo algo importante que comunicarle. Los viajes en el tiempo serán posibles dentro de treinta años aproximadamente. Tengo más detalles; sin embargo, debo solicitarle que realice dos máquinas. Aún está a tiempo para incrementar su presupuesto; dos viajes deben ser programados la primera vez. Usted meterá el presupuesto mañana.

—No entiendo de qué me habla.

—Componentes muy importantes de la máquina se pierden después del salto; sin embargo, es posible. Un viaje debe realizarse a este preciso momento; del segundo le daré instrucciones, o la destrucción a causa de la guerra será inevitable.

—¿Es esto una broma?

—Va a colgarme, lo sé, pero márqueme una vez que haya derramado su café sobre la silla y levantado la fotografía de su hija Martha del piso. Es importante, y tengo instrucciones.

—Disculpe, aun si fuera cierto, hoy no traje café y la cafetería se encuentra cerrada.

El doctor colgó, evidentemente molesto. Pensó que todo se trataba de una broma de mal gusto. Arrojó el cuaderno al escritorio. Tomó su diario de investigación y, antes de continuar escribiendo, dudó si debía o no anotar el incidente que acababa de ocurrir. Decidió que no, y siguió documentando su día. Trabajó varias horas en algunos artículos y avanzó hasta el segundo escritorio, donde jaló un folder con documentos que requería. Al hacerlo, un libro de física cuántica de su hija, que servía de apoyo para otros libros, se deslizó, arrojando un vaso desechable que contenía café sin terminar de la noche anterior sobre la silla y tirando otros documentos al suelo.

"Demonios", pensó.

Se dispuso a limpiar el café derramado y a levantar los documentos que habían caído al piso. Entre ellos, destacaba la foto de graduación de su hija Martha, que llevó a la oficina y nunca enmarcó. Era imposible no relacionar el incidente: el café sobre la silla, la foto de su hija... El hecho de que era domingo y era inusual que se encontrara en el laboratorio del campus ese día.

Corrió al escritorio anterior, donde había dejado su teléfono. Tomó su cuaderno de notas y se dispuso a marcar el número que le dejaron unas horas atrás... Las manos le temblaban...

Informe interestelar alfa, por Pablo Eugenio Contreras Veloso (Chile)

Por cientos de años, la posibilidad de realizar viajes de "curvatura" fue el sueño más apetecido por los físicos e ingenieros de todo el mundo. La idea de construir finalmente el dispositivo *warp* de Alcubierre y plegar el espacio para trasladarse a velocidad lumínica fue catalogada como ciencia ficción.

Sin embargo, la ciencia logró, poco a poco, subsanar progresivamente el mayor de los problemas: distorsionar el espacio. Esto requería cantidades ingentes de energía negativa y ahí todo se volvía complicado y consistentemente imposible... hasta que mi primo Erik Lentz descubrió la alternativa. No me explayaré aquí en sus detalles, pero solo diré que la solución estaba en la energía positiva.

Erik construyó la burbuja *warp* y, adivinen, yo seré el primero en probarlo. Me siento como un gran astronauta, tanto como mi ídolo Neil Armstrong, el primer hombre en pisar la Luna.

No he dormido en varios días pensando en este viaje. Yo sé que Erik es uno de los mejores físicos del mundo. Por algo las Naciones Conjuntas por la Ciencia (NCC) le han dado todo el apoyo necesario para llevar a cabo este importante proyecto... pero, aun así, tengo mis reparos. Por ejemplo, la dilatación del tiempo es algo que me preocupa. No es un tema menor volver de mi viaje y que en el planeta hayan transcurrido siglos... y para mí solo unos días. Realmente no me siento preparado para eso. Amo a mi familia y no quiero perderla de un momento a otro.

El tema del posible enlentecimiento del tiempo a grandes velocidades es planteado por la teoría de la relatividad y, aunque no se ha probado en velocidades lumínicas, es mi temor más marcado. Sin embargo, Erik me ha explicado que este primer viaje solo durará 22,2 horas, y lo mismo de vuelta, para evitar, en lo posible, fenómenos indeseados. Eso me tranquiliza.

Escribir día a día este informe me ayuda mucho también. Anotar mis aprehensiones y describir lo que me pasa hace que esta peligrosa aventura no me altere emocionalmente. Creo que ese es uno de los objetivos que tuvo la NCC para solicitarme la redacción diaria de este informe, incluyendo cuando esté en la cápsula.

Los planes son que mañana, día de mi partida, me dirija a 300.000 km por segundo, y por un lapso de 22,2 horas (80.000 segundos) hasta llegar al lado del Voyager 1, lanzado por la NASA en septiembre de 1977. Esta sonda espacial fue diseñada para estudiar el espacio interestelar y a la NCC le interesa visitarla luego de casi 50 años de su lanzamiento. Actualmente se encuentra a 24 mil millones de km de la Tierra y abandonó el sistema solar en 1990. Durante todos estos años nos ha enviado valiosísima información acerca de Júpiter, Saturno, Titán, etc.

La Voyager 1 cuenta con un disco chapado en oro que lleva grabada información artística, científica y cultural por si acaso en su largo viaje se topara con vida inteligente. Hasta el momento, no podemos descartar si eso ha ocurrido o no.

El objetivo central de mi misión es estar unos minutos frente a la sonda, fotografiarla desde varios ángulos, cambiar su batería, revisar su disco y luego retornar. Parece sencillo... pero es el viaje más importante del género humano. No lo digo yo, sino todos los grandes cerebros de la humanidad. Con esta travesía se probará, por fin, nuestra real capacidad de colonizar el universo y, de paso, aumentar las posibilidades de contactarnos con posible vida extraterrestre, más allá de nuestro sistema solar.

Por ahora, me han instruido que tome un largo descanso antes de ingresar a la cápsula porque mañana debo estar en buena forma para este histórico viaje. Por eso, retomaré mañana este informe.

***

¡Llegó el día! Acabo de despedirme de mi familia, asegurándoles que muy pronto estaré de vuelta y que no se preocupen ya que todo está bajo control. En realidad, no estoy tan seguro de eso, pero debo transmitirles confianza porque es la única manera de que estén tranquilos.

En dos horas más estaré a bordo y se iniciará la mayor aventura de la humanidad. La ficción de Star Trek y su nave Enterprise, impulsada por un motor *warp*, finalmente serán una realidad. Y yo, al igual que el legendario capitán Kirk, seré su comandante. Creo que será el mejor homenaje a Eugene Roddenberry, creador de esta saga. Y será, por cierto, el triunfo de la raza humana por sobre el tiempo y la distancia, los que hasta ahora han sido nuestros permanentes condicionantes.

En fin, ha llegado la hora y debo ingresar a la cápsula. Continuaré este relato en el interior.

***

Ufffffff... Ya estoy sentado frente a los comandos. A minutos de iniciar el despliegue. El lanzamiento en este caso se llama despliegue porque no es un impulso tradicional, sino que se trata de un pliegue delantero del espacio y una contracción del espacio trasero. Es decir, es el espacio el que se mueve; la cápsula es solo una burbuja que "navega" en el espacio.

Mientras les explico esto último, escucho las últimas indicaciones de la central. A partir de ahora deberé continuar este informe mediante grabación, porque tendré que manipular los controles.

Empieza la cuenta regresiva... Diez, nueve, ocho, siete, seis, cinco, cuatro,   treeeeeesssss,   dooooos, uuuuuuuuuuuuuunnnnnnnoooooooo...

De pronto, la cuenta regresiva se detiene mucho rato en el uno, como si nunca fuesen a desplegar la cápsula. Pero lo más probable es que sea la primera manifestación del enlentecimiento del tiempo. Cuando termina, siento un gran tirón en la espalda, como si mi sillón y mi columna fueran una misma cosa. Pero poco a poco esta sensación comienza a desaparecer, transformándose en un pequeño vértigo.

Mis pensamientos se extienden como si fueran relatos interminables y es bastante raro porque uno quiere darles fin, pero no se puede... algo impide que un pensamiento termine, algo lo alarga inexplicablemente. Esto transforma el pensar en una actividad muy difícil.

Miro la velocidad y esta indica 250.000 km por segundo. Todavía no voy a velocidad lumínica.

Me cuesta grabar porque siento que hablo desde un lugar distinto a mi cuerpo, como si fuera otra persona quien habla. Otro tanto cuesta mirar porque la amplitud de la mirada se ha reducido a la mitad, es decir, los costados se ven como difuminados y solo se ve con nitidez lo que está al frente.

En este preciso instante he alcanzado la velocidad lumínica y todo en la cápsula se ve como en un sueño. De mi imagen corporal se desprende otra imagen fantasmal que me persigue a todas partes. Mis movimientos se vuelven lentísimos y la conciencia que tengo de mí mismo es casi nula. Apenas lo mínimo como para relatar lo que me pasa.

Siento, además, una cosquilla insoportable que me hace reír sin parar. Esto es lo único que reconozco como algo previsto porque Erik me había advertido que esto era posible que me ocurriera apenas igualara la velocidad de la luz.

De pronto, siento poco a poco el proceso de detención y ¡oh, sorpresa!: ¡tengo frente a mí al Voyager 1! Las 22,2 horas me parecieron cinco minutos.

Empiezo a preparar mi salida para dar fiel cumplimiento a mi misión. Siento vértigo cada vez que trato de incorporarme. Creo que es una consecuencia del proceso de ralentización. Finalmente, logro desasirme de las correas de mi sillón de comando, me pongo la escafandra y me dirijo lentamente a la salida. Llevo conmigo la cámara fotográfica y las herramientas necesarias para abrir el gabinete donde está el disco.

Al abrir la escotilla me amarro firmemente al chasis de la cápsula y me doy un pequeño impulso para llegar al Voyager 1. Una vez aferrado a una de sus antenas, observo la inmensidad que me rodea y lo que más me asombra es la lejanía del sol. Apenas se ve como una estrella lejana, pálida y con escasa luz. Y es que me encuentro fuera del sistema solar y el sol aquí no se ve como un círculo dorado y omnipresente.

Mientras fotografío el exterior del Voyager 1, noto algo muy extraño en el gabinete del disco. Me acerco más y veo que la placa ha sido removida y el disco original que con tanto orgullo preparó el gran astrónomo Carl Sagan ya no está. Y en su sitio hay otro disco, color acero y de una textura parecida a una esponja.

Después de mi natural asombro, mi primera conjetura es que hubo contacto alienígena con la Voyager 1 y que se llevaron el disco y lo intercambiaron por otro que, probablemente, contenga valiosa información acerca de su civilización. Esto marcaría un hito en la historia de los viajes espaciales y, desde luego, el mayor éxito de esta misión, junto con lograr la velocidad lumínica.

Sumido en estos pensamientos, extraigo delicadamente el disco alienígena, saco las últimas fotografías y vuelvo a la cápsula.

Al ingresar, de inmediato comunico a la Base Central los históricos pormenores de mi viaje. Sin embargo, sé que yo llegaré casi al mismo tiempo que las señales de radio. Pero es muy importante enviar esta información por si acaso me sucediera algo inevitable durante mi viaje de regreso y no pudiera ser yo mismo quien reportara estos sucesos.

Espero que en la Tierra tengamos actualmente la tecnología para leer el disco que nos dejaron.

Ahora, lo importante es volver. Así que me pongo rápidamente las sujeciones de mi sillón de comando y presiono el botón de retorno.

Nuevamente, mis pensamientos se alargan y se tornan interminables. La grabación sufre los mismos efectos y el espectro de mí mismo rodea mi sillón. Todas estas distorsiones se mantienen por un tiempo que parecen durar cinco a diez minutos... pero la verdad es que el viaje de retorno dura efectivamente 22,2 horas.

Aunque, respecto a la duración de mi viaje, todo es relativo, porque al llegar sano y salvo a la Base Central... habían pasado dos años.

El sueño de Ur, por John K. Lewis (Chile)

Ur se revolvía en su sueño. Se sorprendía, sin despertar, de poder entremezclar tantas ideas, conceptos e imágenes de manera simultánea, sin solución de continuidad. Siempre dormía tranquilo, agotado por el trajinar del día a día y sin nunca sobrenadar, como ahora le acontecía, en un maremágnum de sensaciones tan sorprendentemente nítidas.

Nunca imaginó que iba a ser un testigo de cuerpo presente de tantas innovaciones tecnológicas como las que había presenciado llegar a su entorno y luego a su vida, las que, a su tiempo, había podido utilizar con perfecta naturalidad. Así, pasó revista a las tremendas transformaciones e innovaciones que la tecnología, la experimentación y el ingenio habían conseguido, en distintas áreas del conocimiento — literatura, arquitectura, ciencia, comunicaciones, filosofía— en un lento pero sostenido crescendo, y que se habían traducido en mejoras espectaculares respecto de aquellas de las que él conocía o que simplemente ignoraba.

Pensó en las maravillas tecnológicas que permitían conservar los sonidos y disfrutarlos cada vez que lo quisiese, y que en cada nueva aparición mejoraban sorprendentemente la calidad, desde las radios a tubos, para luego ir a las mejoras conseguidas por los transistores hasta llegar a los chips de silicio; al uso primigenio de cuadernos, lápices y libros, para luego contar con procesadores de texto e impresoras; del paso de las películas mudas en blanco y negro al cine sonoro y en colores que hasta puede ser individualmente almacenado; del devenir de las monturas a los automóviles, del ábaco y la regla de cálculo a la calculadora manual, del salto cuántico de los pergaminos manuscritos hasta la imprenta, del trueque al dinero, de la salazón a la refrigeración, del dolor físico a los medicamentos o al quirófano, del globo aerostático al avión…

Sumergido en una suerte de remolino gigante, se vio rodeado de innumerables imágenes, sensaciones y sonidos que, a la manera de un Aleph*, podía ver en forma individual y en conjunto de manera simultánea. Así, se contempló sumido en un espacio donde confluían aparatos electrónicos, libros, religiones, herramientas, discursos, armas, vehículos, música, instituciones, viajes espaciales, exploraciones submarinas, guerras, pirámides, catedrales y rascacielos, hambre y miseria, opulencia y saciedad, bancos y dinero, fronteras y pasaportes, exploraciones y conquistas, exploraciones, explotaciones, individuos de inconmensurable caridad y déspotas de infinita maldad, enormes panoramas de bosques, desiertos y hielos, hasta quedar sumido en una suerte de vértigo inimaginable, un caleidoscopio mayestático que, por su propia extensión y su magnífica precisión, era imposible de aprehender.

Un ruido inesperado lo sacó de su maravillosa desesperación y despertó sobresaltado, revuelto con las pieles: en medio de la naciente claridad que se vislumbraba en la boca de la caverna, su mujer empezaba a avivar el fuego casi extinguido durante la noche, y hasta le pareció distinguir el boceto del ciervo que había comenzado a dibujar en la roca de la pared.

Ur trató de recordar los detalles del fantástico sueño y su inexplicable claridad, pero junto con pensar en todo lo que había que hacer para reunir a la tribu y salir por varios días a la caza del mamut, con todos los riesgos y trabajos que ello suponía, sus preocupaciones inmediatas prevalecieron, como siempre.

(*) Extraordinario relato del argentino Jorge Luis Borges.

Varios autores

MEDIO AMBIENTE

Érase una vez una niña llamada Maya, por Nancy Diaz Pinillos (Colombia)

Antes de que Maya naciera, el pequeño pueblo donde vivían sus padres era como un lugar de fantasmas, pero los que vivían en él lo consideraban un paraíso por su belleza natural y su estrecha relación con el entorno. El pueblo, llamado Arboleda Esmeralda, estaba rodeado por majestuosas montañas y densos bosques, y decían que a su alrededor había espantos como duendes, diablos y tundas que salían a cuidar el territorio. Sus habitantes solo tenían conocimiento de sus ríos que serpenteaban a través del valle con sus cristalinas aguas. Los habitantes vivían en armonía con la naturaleza. Este equilibrio se debía, en gran parte, a la sabiduría y dedicación de una mujer especial: la abuela de Maya, Doña Elena.

La única que sabía todo sobre estos misterios era Doña Elena. Ella había pasado su juventud explorando los secretos de los bosques, cada leyenda, planta y animal, y comprendía la importancia de mantener el equilibrio natural. Sus conocimientos sobre hierbas medicinales y prácticas sostenibles eran buscados por todos en la comunidad. Había aprendido estas tradiciones de sus antepasados, y siempre enseñaba a quienes quisieran escuchar sobre la importancia de respetar y cuidar la Tierra.

Los padres de Maya, Javier y Clara, compartían el mismo amor por la naturaleza. Se conocieron en una reunión comunitaria organizada por Doña Elena para discutir formas de proteger el bosque de la tala ilegal. Javier era un hábil carpintero que usaba solo madera obtenida de manera sostenible, mientras que Clara era maestra, apasionada por enseñar a los niños sobre el mundo natural. Juntos, soñaban con criar a sus hijos en un ambiente donde el respeto por la naturaleza fuera fundamental.

La noticia del embarazo de Clara fue recibida con gran alegría. Doña Elena estaba especialmente emocionada por la llegada de su nieta, a quien esperaba enseñar todo lo que sabía. Durante el embarazo, Clara pasaba largas horas en el jardín, hablando suavemente con su bebé sobre los árboles, las flores y los animales que pronto conocería. Sentía que, de alguna manera, estas conversaciones conectaban a su hija aún no nacida con la naturaleza.

Una noche, durante una tormenta particularmente fuerte, Maya nació. El viento aullaba fuera de la pequeña casa de campo, y los truenos resonaban en las montañas. Todos los espantos salieron de sus escondites para nunca más volver, pero dentro, había una paz y una alegría inmensas. Al sostener a Maya por primera vez, Clara sintió una conexión profunda y antigua. Parecía como si la pequeña hubiera llegado al mundo ya comprendiendo su misión.

A medida que Maya crecía, su conexión con la naturaleza se hizo evidente. A los dos años, ya podía nombrar varias plantas y flores del jardín, y seguía a su abuela por el bosque, observando atentamente mientras Doña Elena recogía hierbas y explicaba sus usos. Los habitantes de Arboleda Esmeralda veían en Maya una chispa especial, una mezcla de la sabiduría de su abuela y la pasión de sus padres.

Desde muy pequeña, Maya mostró un deseo innato de proteger el medio ambiente. A los cinco años, se indignaba al ver basura en el suelo y siempre insistía en recogerla. A los seis, plantó su primer árbol, un joven roble que se convirtió en su compañero de juegos y reflexiones. Mientras sus amigos jugaban con juguetes, Maya se perdía en el bosque, explorando y aprendiendo.

Doña Elena, observando a su nieta, sentía que Maya era un regalo especial para su pueblo. La niña absorbía conocimientos como una esponja y mostraba una empatía notable hacia todas las criaturas vivientes. Elena sabía que un día, Maya jugaría un papel crucial en la protección de la naturaleza. La crianza de Maya en ese entorno, rodeada de amor y respeto por la Tierra, sentó las bases para su futuro como la protectora del planeta, un destino que su familia había comenzado a escribir incluso antes de su nacimiento.

La abuela de Maya, una sabia mujer que había pasado su vida protegiendo los bosques cercanos, le contaba historias sobre cómo los humanos y la naturaleza solían vivir en armonía.

Un día, mientras paseaba por el bosque, Maya encontró un lugar desolado donde antes había un hermoso arroyo. Los árboles estaban talados, y el agua del arroyo había desaparecido. Los animales que solían vivir allí también se habían marchado. Con lágrimas en los ojos, Maya decidió que debía hacer algo para salvar el bosque y proteger el medio ambiente.

Maya comenzó a estudiar sobre la conservación del medio ambiente. Leyó libros sobre reciclaje, energías renovables y la importancia de preservar los ecosistemas. Inspirada, comenzó a enseñar a sus amigos y vecinos sobre cómo cuidar la naturaleza. Creó un club ecológico en su escuela, donde enseñaba a los niños a reciclar, a plantar árboles y a cuidar los ríos y lagos.

Pronto, Maya se convirtió en una líder en su comunidad. Organizó jornadas de limpieza en el bosque, plantó cientos de árboles y creó campañas para reducir el uso de plásticos. La gente del pueblo, inspirada por su dedicación, comenzó a cambiar sus hábitos. Dejar de usar bolsas de plástico, optar por el transporte público y reducir el desperdicio de agua se volvieron prácticas comunes.

Un día, Maya recibió una invitación para hablar en una conferencia internacional sobre el medio ambiente. Nerviosa pero emocionada, viajó a la gran ciudad. Allí, frente a miles de personas, habló con pasión sobre la importancia de cuidar el planeta. Compartió la historia de cómo su pequeño pueblo había cambiado sus hábitos para proteger la naturaleza y cómo, si todos se unían, podrían hacer una gran diferencia.

Maya explicó que cada pequeña acción cuenta. Plantar un árbol, reciclar una botella o apagar las luces cuando no se usan puede parecer insignificante, pero cuando millones de personas lo hacen, el impacto es enorme. Habló sobre la urgencia de actuar para detener el cambio climático y proteger los ecosistemas para las futuras generaciones. Su mensaje fue claro: la Tierra es nuestro hogar y todos somos responsables de su cuidado.

Al finalizar su discurso, recibió una ovación de pie. Los asistentes se comprometieron a llevar sus enseñanzas a sus propios países y comunidades. Maya regresó a su pueblo, donde fue recibida como una heroína. Pero para ella, el verdadero héroe era cada persona que hacía su parte para cuidar el planeta.

Con el tiempo, el bosque que Maya había encontrado destruido comenzó a regenerarse. Los árboles crecieron fuertes y altos, el arroyo volvió a fluir y los animales regresaron a su hogar. El pueblo entero se había transformado en un ejemplo de sostenibilidad y amor por la naturaleza.

La historia de Maya muestra que el esfuerzo de una sola persona puede inspirar a muchos y que juntos podemos proteger el medio ambiente para un futuro más verde y saludable. Su legado perduró, recordándonos la importancia de cuidar el planeta todos los días.

El compromiso y el trabajo de Maya en la protección del medio ambiente no pasaron desapercibidos. Su pasión y dedicación la llevaron a ser invitada a múltiples conferencias internacionales. En estos eventos, compartía con líderes, científicos y activistas de todo el mundo las lecciones aprendidas en Arboleda Esmeralda y cómo un pequeño pueblo había logrado grandes cambios.

En una de estas conferencias, realizada en la sede de las Naciones Unidas, Maya dio un discurso impactante. Habló sobre cómo la educación ambiental desde una edad temprana puede transformar comunidades enteras. Relató cómo su abuela Doña Elena había inspirado su amor por la naturaleza y cómo sus padres habían fomentado su deseo de protegerla. Subrayó la importancia de las acciones locales y cómo cada persona tiene el poder de marcar la diferencia.

Maya no solo era una oradora inspiradora, sino también una innovadora. Desarrolló varios proyectos comunitarios que se convirtieron en modelos a seguir. Uno de sus proyectos más exitosos fue la implementación de jardines comunitarios en áreas urbanas, promoviendo la biodiversidad y proporcionando alimentos frescos a las comunidades. También impulsó programas de educación ambiental en escuelas, donde los niños aprendían sobre reciclaje, conservación del agua y energías renovables.

Su trabajo la hizo merecedora de numerosos premios. Recibió el Premio Global de la Juventud Ambiental, el Premio Goldman de Medio Ambiente y fue nombrada una de las "30 menores de 30" de la revista Time por su influencia en la protección del planeta. Cada reconocimiento reforzaba su determinación de continuar su misión.

Un día, Maya fue galardonada con el Premio Nobel de la Paz por sus esfuerzos incansables para fomentar la paz y la armonía entre los seres humanos y la naturaleza. En su discurso de aceptación, agradeció a su familia y a la comunidad de Arboleda Esmeralda por su apoyo y enseñanzas.

—Este premio no es solo mío —dijo—. Pertenece a todos aquellos que creen en la importancia de cuidar nuestro hogar común.

Maya utilizó el premio como una plataforma para lanzar una iniciativa global llamada "Manos Verdes", que unía a personas de todas las edades y nacionalidades en proyectos de conservación y sostenibilidad. Bajo su liderazgo, "Manos Verdes" plantó millones de árboles, limpió ríos y mares, y educó a comunidades sobre prácticas sostenibles.

De vuelta en Arboleda Esmeralda, Maya nunca olvidó sus raíces. Continuó viviendo en el pueblo, trabajando codo a codo con sus vecinos para mantener la armonía con la naturaleza. El bosque que una vez encontró desolado ahora florecía con una vida exuberante, y el arroyo cantaba alegremente a través de los árboles. Los animales habían regresado, y el pueblo era un modelo de sostenibilidad para el mundo.

La historia de Maya inspiró a generaciones enteras a valorar y proteger el medio ambiente. Los niños crecían escuchando sus cuentos y soñando con ser como ella. Su vida demostró que con amor, dedicación y acción colectiva, es posible crear un futuro en el que los seres humanos y la naturaleza coexistan en paz y prosperidad.

El legado de Maya perduró mucho más allá de su tiempo, recordándonos siempre que cada pequeño esfuerzo por cuidar nuestro planeta es un paso hacia un mundo mejor. Su vida fue un testimonio de que la verdadera grandeza reside en el amor por la Tierra y en la voluntad de protegerla para las generaciones futuras.

Un cementerio convertido en jardín, por Liliana Cisneros Dircio (México)

—Laralaa, laaa —en el tarareo de la canción, Marina trata de refugiarse mientras lleva varada 40 minutos en la autopista México-Querétaro. El entorno a casa es hostil: calor agobiante, cláxones desesperantes, su cabeza a punto de estallar. Constantemente mira su reloj de pulsera; los minutos parecen volar, y el tiempo se agota. Su voz de una tesitura cautivadora y su habilidad verbal la posicionaron en el camino de la locución. A las 13:00 hrs., en Radio UNAM, sale al aire su programa "La claqueta", destinado al mundo del celuloide, pero dentro de la cabina siempre debe ingresar media hora antes.

—Mmm, solo me pasan estas cosas a mí. Me hubiera regresado anoche a casa. Pero, la briaga estuvo buena, ¿verdad? —murmura entre dientes mientras golpea su frente con levedad sobre el volante. La resaca le hace aún más insoportable la espera dentro del coche. Decide llamar a su productor del programa y reportarle que será imposible llegar debido a un accidente en la autopista. Sabe que eso será una falta tremebunda; en la radio, las ausencias no son fáciles de perdonar, pero ella nunca ha tenido una inasistencia. Así que, eso a su vez, le da cierta tranquilidad: sería la primera vez que no acudiría a la cabina.

Su enfado es interrumpido por una pequeña marea de personas que, agitadas, corren entre los coches parados en fila. Marina asoma la cabeza por su ventanilla y observa con detalle cómo los jóvenes que avanzan a zancadas, con mochilas y objetos a cuestas, se dirigen hacia el punto que ha originado el estancamiento vehicular en la autopista. Marina ya sabía qué había provocado el atasco; el rumor se había diseminado. Al ver a los jóvenes correr, movida por la curiosidad genuina de su mente de periodista, se le ocurre bajar del carro y caminar hacia el punto del desastre.

—Total, ya no llegué al trabajo, veamos bien qué diantres está pasando —se dice a sí misma.

A menor paso, sigue al puñado de jóvenes que avanzan a la distancia hacia un enorme tráiler ubicado a varios metros.

Desplazándose entre los coches, Marina recorre un tramo de la carretera hasta llegar a la escena, la cual es anunciada bajo el preludio de un olor sofocante entre sangre y heces. ¡Y qué decir de los chillidos apabullantes, desgarradores! Los jóvenes que llegaron antes están alrededor de un tráiler volcado, haciendo una especie de valla con maderas y cualquier otro objeto. Los pocos policías ubicados solo han colocado conos naranjas; fuera de eso, no se observa ninguna acción para ayudar a los individuos accidentados.

Con espasmo, Marina clava la mirada en el camión de tres pisos volcado: dentro de él, decenas de cerdos se encuentran aplastados. Los cuerpos de varios están sofocados por el peso apilado entre ellos mismos; otros más están atravesados en los barrotes de las paredes del tráiler. Pero hay uno que jala la atención de la locutora: se encuentra en el nivel bajo del camión, la cabeza del cerdo asoma por un par de barrotes, el resto del cuerpo está atrapado del otro lado. Ya no patalea como los demás; solo se aprecia su respiración agitada, hilos de sangre salen por su boca y su nariz, su mirada está llena de terror. Sorpresivamente, los ojos del cerdo agonizante se topan con los de Marina. Ella experimenta un agudo y punzante escalofrío. La mirada acuosa del animal le ha trastocado fuertemente; una especie de vacío se forma en su estómago, y siente un ligero mareo, interrumpido por semejante empujón propinado por uno de los chicos que avanzaban con objetos.

—¡Permiso, permiso! —grita el joven, quien lleva herramientas y se acerca a sus compañeros que están tratando de evacuar a los cerdos ubicados en posiciones menos complicadas. De entre las herramientas, los jóvenes extraen unas sierras que empiezan a usar con frenesí para mermar los barrotes y liberar a los animales atravesados.

El empujón recibido le ayuda a Marina a reaccionar. Se acerca a los jóvenes rescatistas, que son activistas a favor de los derechos de los animales, y ofrece su ayuda para maniobrar. Una chica que la ha escuchado alza la voz y le dice que necesitan apoyo para hacer palanca con una barreta y abrir un espacio en el ala izquierda del camión para sacar a los cerdos que están allí. Con la adrenalina al cien, Marina se une a la acción. Nunca pensó que sus manos de piel delicada entrarían en contacto con las heces, la sangre y demás fluidos de aquellos cuerpos mancillados y malolientes, condenados a la tortura y a la muerte. Como una epifanía, en su mente apareció la revelación: se cuestionó, tras la detonante mirada del cerdo que agonizaba, en qué momento la humanidad se había convertido en el demonio de los demás animales.

"¿Por qué estos cerdos están condenados a morir? ¿Todo esto se reduce a una simple cadena alimenticia?", se agolpaban las preguntas en su cabeza inquieta.

Tras horas de rescate y con el apoyo de más activistas que llegaron al lugar —entre ellos, médicos veterinarios—, fueron evacuados 64 cerdos con vida; 126 murieron en el lugar. Las autoridades que llegaron no se pronunciaron a favor de los animales; el apoyo médico solo fue para el chofer que manejaba el camión. Los cerdos solo fueron vistos como pérdida material, no como vidas en peligro.

Con la ropa y las manos sucias, el cuerpo magullado y el cabello desaliñado, Marina aún no concebía en lo que había participado. Se sentía como un espectro, pero algo en sus entrañas y en sus neuronas estaba cambiando. Aquel cerdo que la miró en el umbral de la muerte, que no pudo ser salvado, sería la causa innegable para que ella se sintiera de cara ante la arbitraria línea que los humanos han creado para justificar cualquier tipo de explotación sobre los animales.

Tras un operativo de ayuda civil, los 64 cerdos tendrían la oportunidad de una existencia digna. Paradójicamente, "un accidente les había salvado la vida"; serían llevados a santuarios de animales rescatados. Con la tranquilidad de que los animales serían trasladados a un santuario, Marina se despidió de los activistas y se dirigió a su coche para marchar a casa. Llegó por la noche a su apartamento, se duchó y, aunque estaba físicamente agotada, su cabeza era un torbellino. Tampoco tenía hambre, solo una sed insaciable que la movió a la cocina para preparar una limonada desbordada de hielos. Acto seguido, se sentó frente a la computadora. Durante el rescate, hizo contacto con uno de los veterinarios activistas, con quien entabló una charla sustancial. El galeno animalista le dijo que los cerdos son animales con una elevada cognición y sensibilidad; poseedores de sustratos neuroanatómicos y neuroquímicos semejantes a los humanos. Los cerdos —acentuaba el veterinario— son seres muy sociables. Debido a los aportes científicos de la biología y de la genética, se demostraba cómo el abismo "insalvable" entre homo sapiens y otras especies animales se volvía cada vez más un fantasma al servicio del antropocentrismo.

Así que, encausada por las palabras agudas del veterinario, Marina, postrada frente al monitor, indagó sobre el tema. Encontró entonces un concepto que titilaba con una luz muy especial: sintiencia, fundamento reconocido por estudios de las neurociencias, como el indicador para considerar a los animales individuos de derechos y principios ontológicos, asentados en la Declaración de Cambridge.

"El mundo cambia, siempre ha cambiado", pensaba Marina. Reflexionaba en torno a cómo, en el siglo XVII, la mentalidad colonial y esclavista consideraba a la población africana como animales; y también en siglos pasados, las mujeres y los infantes eran entidades cosificables.

—Ahora es tiempo de regresarles lo mucho que les hemos quitado a los animales —suspiró Marina. Se fue a la cama, pensando y repensando, hasta que Morfeo la atrapó en sus brazos. A la mañana siguiente, el sonido de la alarma la despertó. Se arregló para salir de casa y desayunar antes de enfilarse a la cabina de radio. Llegó a la cafetería donde siempre almorzaba; con una gran sonrisa, saludó a las empleadas del lugar.

—¡Hola, chicas!

—¡Buen día, Marina! ¿Vas a querer jugo verde? ¿Te preparo chuletas a la BBQ como otras veces? —expresó una de las empleadas. Marina parpadeó. Aquella pregunta era el primer puyazo para repensar su cambio de actitud. Volvió a esbozar una amplia sonrisa y con seguridad contestó:

—¡Por supuesto que el jugo verde! Pero… la chuleta ya no, Lety, la chuleta ya no. Mi estómago dejará de ser un cementerio para convertirse en un jardín.

Nota: Basado en hechos reales, sucedidos en febrero de 2024.

Varios autores

MUNDOS DE FANTASÍA

Viaje en el tiempo a Egipto, por Aurelio Martínez Madrigal (Chile)

En tiempos de Horemheb, último faraón de la dinastía XVIII, un hombre nos narra su experiencia.

Me conocen como el hombre de confianza de Paramesu. Me llamo Sanafaru y mi historia comienza cuando nuestras familias eran cercanas desde la infancia al gran Chaty Paramesu, el segundo después del faraón. Jugando de pequeños por el delta del Nilo, practicábamos tiro a larga distancia para poder ser grandes guerreros cuando el faraón lo requiriera. El Chaty siempre comentaba que sería faraón en algún momento.

Con el correr de los años, la dinastía XVIII, bajo el reinado de Horemheb, atravesó malos años de escasez y de descrédito por parte del pueblo. Si fuéramos más claros, no existía en el faraón la figura de un líder guerrero y fuerte, ni en el pueblo un respeto a su figura. Y justamente en eso se preparó mi amigo Paramesu. Ya familiarizándose en su corte desde antes de su nombramiento, Horemheb le confiaba asuntos reales a Paramesu: liderar batallas, controlar los esclavos y siervos, y otras tareas diversas conforme la situación lo requiriera. Hasta que lo nombró oficialmente su Chaty —visir— un día curiosamente nublado. No pasó mucho tiempo y, se dice, hubo un acuerdo anterior del que desconozco los detalles. Mi amigo Paramesu, el gran Chaty, al morir Horemheb, pasó a conocerse a sí mismo como el primer faraón de la XIX dinastía, su fundador.

Se preguntarán, ¿por qué registro todo esto? La verdad no es que me interese ser otro faraón; con mi amigo Paramesu basta. Por cierto, se me olvidó decirles su nombre de faraón. Suena bien: fue el famoso Ramsés I. Mi intención es expresarme en este aquí y ahora, viviendo en el norte de Egipto, en el año 1318 a.C., donde las cosas no pueden ser tan perfectas. Nada he dicho de todo este interés de escribir estos jeroglíficos.

Mi amigo, el ahora faraón, tiene un hijo llamado Seti. Seti es mi hijo, sí, es mi hijo. Desde niños teníamos un romance con su madre, que cortamos por el interés de Paramesu en Sitra, su esposa real. Sitra es aún la luz de mi vida, la mujer más bella que jamás existirá. No sé cuántas mujeres bellas nacerán en la cuenca del Nilo, pero esta mujer, que existe como faraona, es en la que no puedo dejar de pensar. No puedo olvidarme de su piel y de su respiración.

Ramsés quiere que vaya a su despacho para nombrarme hoy su Chaty. No sé si deba hacerlo. Pero es más fuerte que yo lo que me impulsa a aceptar este rol. Quizás es el magnetismo de poseer solo yo a Sitra. No sé qué será de nosotros.

Año 1315 a.C.: el gran faraón Seti I ha liderado muy bien el nuevo imperio egipcio. Él es mi hijo, y sus descendientes lo serán también de mí. Nunca pude tener solo para mí a Sitra, pero Paramesu, pobre, desapareció antes que yo. Entre los aristócratas parientes de Horemheb, enemigos lograron acceso a su recámara y lo ultimaron en extrañas circunstancias. Me encantaría decirte, hijo mío, que eres sangre de mi sangre. Probablemente ya muera, pues los años han pasado, al igual que lo hicieron en tu madre, a la cual amé y frecuenté hasta el final de sus días, entregándole estas palabras y otras en una carta.

Año 1817 d.C.: "Interesantes jeroglíficos, Vicenzo. Una verdadera historia de amor que podría cambiar la historia. Acá, en el valle de las reinas, cerca de Luxor, abrimos la momia de Sitra. Había, entre otras importantes cosas, los jeroglíficos que acabamos de descifrar".

Giovanni dijo:

—Vicenzo, debemos llevar esto y publicarlo en Roma.

—Así será, Giovanni, así será —dijo Vicenzo.

Ellos nunca llegaron a su destino; tuvieron un incauto accidente. Y estas palabras se han liberado en el presente por quién sabe quién. Por cierto, ¿entiendes jeroglíficos?

Realidades múltiples, por Nicolle Burton Pinto (Chile)

Se dirigía directo al abismo, corriendo sin dar tropiezo alguno, con lágrimas que brotaban de sus ojos de la misma manera en que lo hacía la maleza en su jardín, aquel jardín que tenía descuidado como a ella misma, o de la misma manera en que los turbios pensamientos la invadían día a día, empañando la escasa claridad mental que tenía.

Corría fuertemente con la esperanza de dejar atrás aquella vida que ya no le favorecía, una vida que no se sentía propia, una vida que ya no se merecía, al menos, eso era lo que pensaba.

Llegó a su destino, un borde tenebroso de profundidad incierta; sin embargo, esto no era nada comparado con lo tenebroso que se veía su vida si la continuaba tal cual la llevaba. Sin pensarlo mucho, con sentimientos ambiguos, pecho apretado y un dolor punzante en su estómago, saltó y todo se oscureció.

—Ya abriste tus ojos. Dormías profundamente y parecías estar en un sueño terrible. ¿Te encuentras bien? —le pregunta sarcásticamente quien parecía su pareja.

Desconcertada, pensó que todo lo que sentía antes de despertar había sido parte de un sueño, o, mejor dicho, una pesadilla… y qué pesadilla había tenido.

—¿Qué hora es? ¿En qué día estamos? ¿Dónde estoy? —preguntó.

—¿Qué es lo que te pasa? ¿Me estás tomando el pelo nuevamente? ¿No te das cuenta de que ya llegarán mis invitados e invitadas? Será mejor que te arregles y prepares todo, no quiero pasar vergüenzas nuevamente —dijo enojadamente la persona que tenía enfrente. Sin saber qué decir, confundida y asustada, se levantó del sofá en el que estaba recostada. La habitación daba vueltas y un profundo dolor en su costilla le hizo sentir un intenso malestar.

—No te quejes, ¡tú te lo buscaste! ¿No ves que a mí también me duele verte así? Si tan solo supieras comportarte, ¡nada de esto pasaría!

Tan pronto sus palabras dejaron sus labios, comenzó a recordar los maltratos que recibía por parte de su pareja, sus ganas de abandonarlo y rearmar su vida, sueños e ilusiones, pero no podía; no tenía los medios económicos para hacerlo, su familia le había dado la espalda y sus amistades las había perdido en la medida en que su relación con aquel hombre aumentaba.

"¿Qué voy a hacer? No puedo seguir así. Un día amaneceré muerta a causa de él o a causa mía", pensó tras incorporarse e ir a preparar la mesa mientras su pareja, a través de un grito, le decía que saldría a comprar.

Sola en su casa, fría, lejana y distante, tomó la decisión de elegir su destino y se dirigió a la librería en donde había escondido las pastillas que había comprado hace un tiempo para ganar su libertad. Nerviosamente tomó el frasco, lo abrió temblorosamente, sacó unas cuantas píldoras de color verde oscuro y se dispuso a consumirlas. El miedo, la angustia, la ansiedad y la incertidumbre por lo que iba a realizar invadieron su ser; necesitaba valor. Tomó un poco de vino para darse ánimos y prendió la radio para distraer con la música de fondo sus pensamientos. Sonando música afro-jazz de fondo, se puso a bailar por lo que pensaba sería su última vez. Le dio un gran sorbo a la botella de vino que tenía en su mano y, con los ojos cerrados, se dejó llevar por su imaginación. Al cabo de unos momentos y al darse cuenta de que se había bebido toda la botella de vino, metió la mano en su bolsillo, sacó las pastillas de color verde y, sin temor alguno, las ingirió cerrando sus ojos para siempre.

—¡Despierta! Mira la hora que es, eres el esclavo más holgazán que podamos tener —dijo enojadamente quien parecía el capataz del fundo en el cual se encontraba. Tan pronto se dio cuenta de que estaba en otra vida, una mucho más anterior a la que temporalmente pensaba que pertenecía, miró con temor sus manos agrietadas y sucias.

—¡Ya deja de perder el tiempo y ponte a trabajar! —dijo dándole con el látigo el hombre de aspecto frío, rudo y sin alma que tenía enfrente.

Sin entender qué era lo que le sucedía, se puso de pie mirando fijamente al hombre que parecía querer azotarle nuevamente. Las piernas le temblaban, su estómago rugía, el pecho, brazos, espalda y hombros le dolían. No sabía por qué, no entendía nada, y lo más pronto posible, tomó la pala que encontró a su lado, salió de lo que parecía un establo y vio su reflejo en el charco de agua que había. Era un hombre de piel oscura, ojos tristes, enflaquecido, canoso. Al verse, sintió pena de sí mismo, una mayor que la confusión que tenía; sin embargo, esta nuevamente apareció. ¿Cómo era posible que estuviera en otro sueño? No había otra explicación. Sin lugar a dudas, se encontraba en un sueño dentro de un sueño, o algo así, pensó, y mientras se disponía a correr para escapar de aquel lugar y del hombre que nuevamente se le acercaba con el látigo, sintió un fuerte grito de advertencia. Hizo caso omiso y su marcha continuó.

—¡Detente! ¡No me obligues a hacerlo! ¡Es una orden! ¡Detente! —dijo el hombre tras él; sin embargo, poco le importó y corrió, corrió y corrió tan fuerte hasta que una bala lo alcanzó.

Una habitación oscura, con escasas luces de múltiples colores y aparentemente vacía lo rodeaba; sin suelo ni cielo, parecía estar flotando en medio de un océano oscuro, vasto, calmado.

—No tengas miedo de nada, soy tú, tú eres yo, somos un todo —dijo la sombra que tenía en frente. Esta vez miró sus manos y observó que no tenía sexo, género o forma humana.

—Mantén la calma, esta es tu verdadera dimensión. Somos energía que vive una experiencia humana; ya has visto parte de tus experiencias.

—¿Quieres decir que, en todas las vidas, soy yo?

—Así es, son vidas diferentes, pero con una misma lección: aprender a amarte, valorarte y elegirte.

—Entiendo, pero en ninguna vida pareciera que lo logré. ¿Puedo volver a intentarlo?

—Cuantas veces quieras y sientas necesario. Es tu elección, la elección de tu alma. Recuerda que alma tenemos, espíritu somos.

—Está bien, gracias, sé lo que debo hacer.

—Cierra tus ojos y piensa en un lugar en el que te gustaría estar, lo que vas a experimentar para aprender, las personas que a lo largo de tu vida te acompañarán y todo lo que tendrás. Pareciera mucho, pero ya verás cómo todo fluirá a través de ti. ¿Estás lista/o/e?

—Sí —dijo con una tranquilidad que lo invadía por completo, cerró sus ojos y se dejó caer.

Un medio líquido y claro fue el entorno que recibió su llegada, y al cabo de flotar por unos instantes, las manos de alguien lo retiraron del medio entregándolo a los brazos de su madre.

Quién sabe la vida que experimentaría, las situaciones que le tocaría vivir o las personas que conocería, pero de lo que sí estaba seguro/a/e era de que, en esta nueva experiencia, no se fallaría, o al menos, eso pensaba y esperaba antes de que su mente todo lo olvidara.

Un cuento antes de dormir, por KathVIR (Ecuador)

—¡Aún no quiero dormir, papá! —mencionó la pequeña niña a su padre, que la sostenía en brazos.

—Pero Jaci, tienes que dormir para crecer y ser más alta que yo.

El padre recostó a su hija en la cama, pero esta no quería dormir.

—Mamá, cuéntame una historia para dormir, por favor. Prometo dormirme después.

La pequeña se sentó en la cama y le habló a su madre. Ambos padres se miraron, el padre acercó una silla a la orilla de la cama, mientras que la madre se acostó con su hija.

—Está bien, corazón, ¿quieres que yo te cuente una historia? —mencionó el padre a su hija.

—¿Tú sabes historias para dormir, papá? —la pequeña giró su cabeza, dudando ante tal pregunta de su padre.

—Sé una historia que nadie más sabe —el padre bajó la voz y se acercó a su hija—. ¿Quieres que la cuente?

Los ojitos de la niña se iluminaron, expectante ante su cuento para dormir. Se acomodó entre los brazos de su madre y miró a su padre, lista para escuchar la historia.

—Había una vez…

"Hace varios milenios, existía la magia en la Isla Madre. Todo lo que está en los cuentos de hadas: unicornios, ninfas, lagunas que mostraban lo que más añorabas. Las personas eran un vínculo entre el mundo mágico y nuestro mundo real, pero como todo, nada es para siempre, y menos cuando no se cuida correctamente.

En la Isla Madre había cinco grandes familias muy influyentes, dedicadas a mantener el orden mágico y natural de cada rincón del archipiélago. Pero había una familia interesada en ser la única gobernante de todas las islas y de poseer el poder que cada una resguardaba.

La guerra se desató en la búsqueda de poder por parte de esa familia. Consiguieron aliados rebeldes de lugares lejanos para llevar a cabo su meta, acabando con la vida de miles. El caos estaba presente en cada rincón; todo se volvía cada vez más difícil de conseguir y mantener. La magia estaba inestable, cada criatura mágica era encerrada y decapitada al día siguiente, exponiendo sus cuerpos en cada rincón de la isla, impartiendo terror a todos. Las escasas criaturas mágicas que quedaban fueron desapareciendo sin dejar rastro, y la magia se desvanecía poco a poco. La familia De'Ath tomó el control del castillo, logrando posicionarse como los regentes de una era llena de sombras, siendo este el momento en que la magia desapareció por completo del archipiélago. El sol dejó de brillar en el cielo, y solo habitó la noche sin luna. Los sobrevivientes se vieron sometidos por el nuevo mandato, lleno de egoísmo y maldad, sin una pizca de amor.

—¡No podemos quedarnos de brazos cruzados!

Una noble, de galas humildes y cabello dorado cual hilos de oro, con ojos tan azules como el mar, fue la primera en abrir la reunión ante los presentes.

—¡No tenemos más magia! Se ha marchado; todo ápice de ella se fue o fue asesinado por los De'Ath.

—Tampoco tenemos tropas ni hombres que quieran ir a otra guerra en este punto tan crítico para todos. Tampoco recursos. Será difícil hacer algo ahora, madame M.

Había varias personas en la cabaña de madame M., todos pensando en cómo regresar su hogar al brillo del sol, pero sus conclusiones se iban viendo cada vez más oscuras con la gélida realidad.

—Entonces, madame M., ¿cuándo piensa llegar aquella persona de quien nos comentó?

La puerta fue tocada sutilmente al terminar de pronunciar la duda uno de los presentes, y madame M. se dirigió a comprobar quién era. Al hacerlo, abrió la puerta con todo el entusiasmo que cabía en su cuerpo, recibiendo a la recién llegada con un cálido abrazo. Los presentes en la sala se quedaron atónitos al ver a la joven en la entrada. Su cabello rojizo borgoña natural destacaba, sus ojos verdes con motas doradas resaltaban en su rostro de facciones delicadas, pero a su vez misteriosas y bellas. Con un solo vistazo a su apariencia, todos los presentes supieron que en sus venas aún portaba la magia que daban por perdida.

—Disculpen mi tardanza; me topé con algo indeseado en el camino. Soy Amery, y mi apellido a estas alturas no importa.

Para los presentes en la sala no quedó duda alguna: era la heredera de todo. Se rumoreaba que la habían matado, decapitada en la capital ante la toma del castillo, pero ahí estaba, viva, entre los que querían armar una revolución.

—Tranquila, querida, no es tarde. Ya es lo suficientemente bueno que hayas podido llegar a unirte a nosotros. Y bien, me dijiste que tenías un plan. ¿Qué piensas que sería lo mejor que podemos hacer a estas alturas?

Todos voltearon a verla, expectantes ante la respuesta.

—Todo el perímetro del castillo está resguardado; sería muy imprudente dar un ataque directo. Primero enviemos gente para estudiar la rutina de los guardias; con dos semanas que estén ahí será suficiente. Señores, ¿tenemos caballeros o gente que sepa manejar una espada o un arco? He encontrado muchas personas dispuestas a seguir la causa, pero entre más seamos, mejor será el resultado.

Todos se miraron entre sí. La forma en que la princesa hablaba era digna de un líder; no había flaqueza en su voz. Era firme y daba la sensación de querer dejar la vida en sus manos.

—Tenemos unos cuantos hombres y mujeres especializados en combate, pero no llegan a setenta, y una parte de ellos está herida e incapaz de ir al campo de batalla.

—Muy bien, que ellos sean los encargados de enseñar entonces. Los visitaré mañana para hablar con ellos; esto se tiene que hacer sin dejar pasar mucho tiempo, pues ahora los De'Ath creen que no hay nada que los pueda vencer, y tomaremos eso a nuestro favor. Tenemos tres meses para que todos estemos listos.

La reunión continuó por un largo tiempo. Todos prestaban atención a lo que Amery hablaba y trazaba. Cada hombre y mujer presente dio su apoyo y lealtad ciega para seguirla al campo de batalla. Cada uno planeó qué hacer para evitar tantas bajas en soldados. Lo mejor sería aprovechar la magia que aún se encontraba viva para protegerlos.

El alba dio la bienvenida a un nuevo día, pero las densas nubes no dejaban que la luz del sol iluminara completamente la tierra. Con la llegada del día, cada uno fue a realizar los preparativos para iniciar el reconocimiento del lugar destinado para el ataque, en conjunto con el reclutamiento de quienes estuvieran dispuestos a darlo todo por su isla.

Pasaron varias semanas desde aquella reunión en casa de madame M., y en la capital de la Isla Madre se celebraba una fiesta que se había extendido por dos días. Los aliados de la familia De'Ath estaban celebrando su tercer aniversario de la conquista, pues era verdad que, sin un plan previo, interponerse entre ellos se consideraría un suicidio.

—¿No crees que has bebido suficiente? —mencionó la actual heredera de la familia De'Ath, la princesa Jaci, mirando a su hermano menor en una de las sillas, con una botella de licor de pera en sus manos y, en la larga mesa, gran variedad de vinos y licores.

—¿No crees… que eres muuuyyy entrometida? —dijo su hermano arrastrando las palabras.

Jaci le quitó la botella de las manos y le dio un gran trago, pero sin juntar sus labios a los de la botella. Bebió y tiró la botella al suelo, llamando la atención de las pocas personas que aún continuaban despiertas. Acto seguido, salió del salón de banquetes para dirigirse al jardín trasero, a las barracas de los hombres encargados de la guardia.

Los días eran fríos, pero no tanto como para ver el vaho del aliento. En el almacén recogió su espada, "Ámbar", la que siempre usaba, de mango rojo borgoña con decorados verdes y filo de plata tan delicado y fino que con el simple hecho de ver su filo podrías salir herido. Cuando había magia, aquella espada reaccionaba a la sangre de su oponente, sin detenerse hasta que el contrario estuviera muerto y su alma fuera erradicada de todo medio real y espiritual, conocida como la muerte total.

Pero ahora, solo era otra espada, con filo mortal, pero sin la necesidad de sangre y la mortalidad definida que poseía. Limpiar su extensión lograba callar, por un instante, los gritos de dolor de todos aquellos que murieron en sus manos.

Al llegar al mediodía, se adentró en el bosque que marcaba los límites del Palacio. Todos quienes estaban dentro se encontraban bajo los efectos del alcohol; era el momento propicio y la hora acordada estaba cerca.

Entre todos los árboles cualquier persona se perdería, pero no Jaci; sabía la extensión del bosque como su propio cuerpo, mente y corazón, y este último nunca le fallaba. Una pequeña vertiente se iba haciendo cada vez más ancha mientras más caminaba en contra de su corriente, hasta llegar a una pequeña laguna.

Había rocas de gran tamaño y otras más pequeñas; todo le era tan familiar, con tantos recuerdos en cada espacio. "El amor se encuentra en donde uno menos lo espera", se decía Jaci internamente. Un amor había florecido en ese lugar; ahí pasaron muchas cosas que se quedarían como el secreto eterno y receloso de aquel bosque. Sus memorias vivirían eternamente en aquellas aguas cristalinas.

—¿Terminaste de recordar? —una voz tan familiar, que Jaci sería capaz de reconocerla, aunque fuera sorda, hizo que se girara para verla.

Su cabello rojo borgoña y aquellos ojos llenos de vida y magia no eran los mismos que la miraron hace algunos años atrás llenos de amor; ahora eran fríos y la magia tan amenazante hacia ella.

—No pensé que nos veríamos así —dijo Jaci, sosteniendo la mirada de Amery. Tenía claro que a partir de ese momento ya no habría más amor.

—Tú me dejaste viva. ¿Qué esperabas? ¿Que no regresara a salvar a mi gente? —comentó Amery, acercándose a Jaci con fuego en sus ojos.

Jaci solo alzó los hombros despreocupadamente ante la presencia de Amery. Ella estaba segura de que nada le haría; la conocía, y también se conocía a sí misma.

Amery se separó un poco de Jaci, dejando un espacio prudente entre ellas.

—Como sea, me dejaste vivir, así que te preguntaré una vez: ¿Estás conmigo o con ellos? —señaló con su cabeza en dirección al Palacio. Eran claros los caminos y sus resultados, pero ambas ya no estaban en el mismo sendero, ni caminando juntas.

Jaci esbozó una pequeña sonrisa triste, combinada con un suspiro cortado.

—Estoy con ellos, Ary. No elegí esto antes, no creas que lo haré ahora. Se convirtió en mi camino, y ya no tengo ruta de regreso.

Las palabras que Jaci pronunció en aquel instante marcaron la diferencia entre ambas. Su voz era segura, pero al decir lo último, sus ojos dejaron de ver a Amery y voltearon hacia el Palacio.

—Sabía que esa sería tu respuesta —la expresión de Amery se tornó rígida, pero en sus ojos se veía la tristeza de aquellas palabras—. Solo quería confirmar; eres muy cambiante.

—No tanto como tú. Esta faceta tuya no la conocía.

—Porque no sabía que existía, hasta que las circunstancias se tornaron en estas.

Ambas se miraron un poco más, en un silencio que decía tantas palabras que solo ellas podían comprender.

—Entonces, Jaci, la próxima vez que nos encontremos será en la guerra, y nuestra batalla será hasta la muerte, recuérdalo.

—Lo sé. Y agradezco que mi vida finalice a tu lado.

Cuando las personas se aman, sus corazones intentan latir al unísono cuando están cerca, y es algo que el alma sabe.

Ninguna de las dos se movió de su lugar. El viento hacía ondear sus cabellos y era frío hasta que, en un instante, un beso. Un beso de aquellos que se encuentran a medio camino, y no hay primeros ni segundos. Fue el que unió a Jaci con Amery. Sus labios se reconocieron entre sí, un beso con una tormenta de sentimientos. Estaba presente el amor que se tenían, el pasado que compartieron en ese mismo punto, y que en sus corazones quedó grabado con fuego. Era un beso triste también; sabían que la próxima vez que se vieran, ambas morirían por sus espadas. Era un beso de despedida, cargado de amor y plegarias, en el que se mezclaron lágrimas saladas por todo lo que les esperaba.

El mundo se detuvo para verlas, para ver aquel amor que floreció, destruirse por la avaricia y el odio, pero que nunca les llegó. Ellas solo eran títeres de los planes que aquel Dios les dio para cumplir un destino, un propósito, en donde una vida juntas no sería posible.

La guerra llegó a la capital de la Isla Madre, en las entradas del Palacio, con paredes de fuego que venían del bosque y calcinaban a quien quisiera escapar. Habían pasado semanas desde aquel último beso.

El grupo de rebelión había crecido, hombres y mujeres dispuestos a luchar contra la opresión. Quienes no sabían de armas aprendieron, los heridos fueron sanados con magia y estaban listos para atacar el Palacio en cuanto su líder, Amery, diera la señal.

—No les prometeré felicidad ni vida, no les aseguraré que regresaremos en una pieza, pero lo que sí les diré es que, ¡mañana saldrá el sol para todos! No habrá más oscuridad para los habitantes de la Isla Madre, ni de ninguna de nuestras islas. Erradiquemos el mal de raíz y dejemos todo en nuestras armas. Y les aseguro que mañana será el inicio difícil de una mejor era. ¿¡Están listos!?

El clamor de todos llenó el espacio y con ello dio inicio a una batalla que terminaría ese mismo día. El plan era entrar, matar a todos y salir. Salir con la victoria en los labios, en los hombros y en toda la región que estaba sometida.

La señal fue dada y empezó una masacre. Todos los soldados del Palacio daban pelea, pero eso no los exentó de su final. Cada rebelde sabía qué hacer; habían sido entrenados para ello en poco tiempo y debían dar lo mejor. Amery los guiaba, acabando con quien se le pusiera delante sin importarle quién fuera. La sangre y el humo hacían del ambiente algo sofocante, mezclándose con los choques de espadas, las flechas, ballestas y demás armas. Los gritos eran la melodía de fondo que seguían en aumento; los gemidos coléricos de cada uno, el sonar de los huesos rotos y de los ventanales siendo destrozados, eran todo lo que se podía escuchar.

Pero para quienes estaban luchando, nada existía, solo el deseo de lograr el cometido de liberar a su patria, y para la contraparte, no dejar derrumbar lo que habían conseguido.

Las alcobas estaban vacías, no había miembros reales en los cuartos ni tampoco estaban en batalla. Amery continuó su búsqueda, hasta toparse con el menor de los De'Ath. Acabó con él sin mayor esfuerzo; nunca iba a estar a su nivel un mocoso que solo sabía beber y medio empuñar una espada. Siguió bajando, hasta llegar a los establos; y ahí los encontró.

—La Familia Real impostora quiere vivir —dijo Amery con sarcasmo en su voz.

Hizo una señal a los hombres que la acompañaban para que se dispersaran y evitar que escaparan. Solo estaban el "rey" y la "reina"; faltaba la princesa, faltaba Jaci, y eso no le gustó.

Uno de los hombres que se acercó a los "reyes" recibió una flecha en el cuello.

—Tan inesperada como siempre, Jaci.

Todos miraron hacia el lugar de donde había salido la flecha, todos menos Amery. Ella solo avanzó hacia el hombre tendido en el suelo, le quitó la flecha del cuello y la lanzó al "rey" usando su magia, para que este muriera.

Los gritos de la "reina" se escucharon vivaces en el jardín, pero no tardó mucho en que la misma flecha le atravesara el pecho y cambiara sus gritos por gemidos de dolor, ahogándose en su propia sangre.

Los De'Ath estaban muertos y su reino de maldad había acabado. Amery se quedó mirando a la pareja que yacía muerta en el suelo y cómo su sangre iba creando un charco que se extendía.

Los gritos dentro del Palacio llamaron la atención de todos. No eran los mismos que habían disminuido hace unos momentos, estos eran muchos y en gran medida. El fuego seguía en aumento y expandiéndose hacia el Palacio. Amery y quienes la acompañaban entraron de vuelta a la estructura, y al llegar al salón principal, aquel en donde había muertos y charcos de sangre por doquier, estaba Jaci, atacando a toda persona que se interpusiera ante ella. Su espada estaba llena de sangre y había muertos de ambos bandos.

—¡Ven! Y acabemos con esto de una buena vez, Ary.

Dijo Jaci girándose hacia Amery, con ira en sus ojos y alzando la espada hacia ella, retándola a un combate, uno del que no habría un ganador.

Amery se acercó a Jaci; en su rostro tenía unas cuantas gotas de sangre que resaltaban en su tez un tanto pálida. Ambas tenían espadas que con la magia se volvían aún más mortales. La espada de Amery era la herencia de los caballeros elegidos por el Dios Lys, controlador del mundo y de la magia. Ella era la última portadora de la espada D'Lys y de la magia.

Comenzaron el combate, manteniendo la distancia entre ambas, donde solo la punta de sus espadas lograba rozarse. Ninguna se adelantó o actuó por impulso; fueron pacientes, rodeando de forma circular su espacio, hasta que Jaci fue la primera en atacar, queriendo herir el brazo izquierdo de Amery. Pero esta lo esquivó, dando un golpe al centro de la espada de su atacante, manteniendo un espacio prudente para poder controlar los ataques de la otra.

Empezaron de nuevo. Esta vez fue Amery quien atacó el costado de Jaci, pero ella logró esquivarlo y tuvo la oportunidad de darle un rasguño en la pierna a Amery, sin contenerse hirió el brazo de Jaci. El sonido del acero de ambas espadas era lo único que se escuchaba en la sala. Todos los que estaban antes en ella habían detenido su combate y se centraron en admirar el arte de un duelo real, comprendiendo que la ganadora de aquel combate sería la vencedora definitiva.

En un movimiento veloz quedaron cara a cara. Ámbar y D'Lys estaban activadas en magia, lo que significaba que aquella batalla sería tan mortal como sus filos. Se escuchó cómo ambas espadas se deslizaban entre sí cuando sus portadoras se separaron.

—Has mejorado, Jaci.

—Yo creo que tú te has oxidado, Ary.

Volvieron a atacar, con movimientos altos, bajos y certeros, pero la mayoría eran bloqueados. No había una cuenta certera del tiempo transcurrido desde que la toma del Palacio comenzó, y menos desde que ambas empezaron a pelear.

El espacio se redujo al querer dar un ataque por parte de Jaci, uno que fue esquivado por debajo y resultando en que la espada D´Lys se incrustara en su abdomen, dando como reacción que ella clavara a Ámbar en la espalda de Amery, dañando uno de sus riñones.

Nadie se movió. Todo estaba quieto, y solo se podía percibir el fuego en el bosque.

D'Lys y Ámbar fueron retiradas al mismo tiempo, pero ninguna emitió un sonido de dolor. Por el contrario, con una gran fuerza se abalanzaron una sobre la otra, y ambas espadas impactaron en sus pechos, justo en el centro. La sangre brotó de las heridas, y las hojas fueron bañadas en sangre, provocando que ambas cayeran de rodillas al suelo.

—Todo acabó —dijo Amery con una media sonrisa, mientras una fina línea de sangre brotaba de la comisura de su boca.

—Sí, el pueblo ganó —respondió Jaci, provocando el grito de los rebeldes que observaban la escena desde el inicio.

—Ja, pasaremos la eternidad juntas, ¿verdad? —preguntó Ary con una sonrisa triste, mientras su sangre se mezclaba con las lágrimas fugitivas de sus ojos.

—Sí, estaremos juntas de ahora en adelante.

Se sonrieron mutuamente, como si una batalla no hubiera pasado, o como si no estuvieran por entrar al valle de las almas desoladas. Solo que ellas se tendrían la una a la otra, y el paraíso sería su amor eterno.

Nadie se acercó a ellas. El tiempo las congeló en él, mientras la magia que Amery portaba se liberaba por todo el lugar. Las nubes pesadas del cielo se disiparon, dejando ver el sol del atardecer. Toda una mañana y gran parte de la tarde había durado la recuperación de la Isla Madre. La magia no regresó a las islas ni a nadie, pero las espadas D'Lys y Ámbar se desvanecieron de los cuerpos y nunca más se las encontró".

—Y así es la historia de nuestra isla, y el por qué ya no hay magia, pero siempre se habla de ella. ¿Qué te pareció la historia, Jaci? —finalizó el padre.

—Fue una historia muy triste, papá, pero… me gustó igual. ¿Ellas están juntas? —preguntó la pequeña, secando unas cuantas lágrimas que rodaban por sus ojos, mientras su madre le acariciaba tiernamente el cabello.

—De seguro que sí, deben estar felices por ver que no ha vuelto la guerra a ninguna isla. Espero que comprendas el valor de esta historia. Ha pasado de generación en generación en nuestra familia. Atesora, mi vida, este tesoro en forma de cuento.

—Entonces, ¿sí pasó? La hija de los De'Ath se llama como yo, ¿somos familia?

—Jaja, ¿te preocuparía si así fuera?

—Mmm, no lo sé.

—Bueno, no somos familia, nada nos relaciona a ellos con la sangre. Solo el hilo de la historia —el padre acarició la cabeza de su hija, y la madre le dio un beso en la mejilla.

—Pero ahora, es momento de dormir, corazón —dijo la madre, tomando la mano de su esposo.

—Hasta mañana, mami; hasta mañana, papi.

—Hasta mañana, mi vida.

—Que Lys cuide tus sueños, corazón.

Los padres dejaron a su hija en la habitación, y la pequeña entró en un sueño profundo, donde vio la inmensidad del mar y el borde del cielo, muchas islas, personas, puertos, amores y animales que solo en los cuentos de hadas había visto ilustrados. Jaci durmió plácidamente esa noche.

—Amor —dijo la mujer a su marido—, ¿crees que ella estaría feliz?

—Sí, gracias a ella sabemos que el amor no conoce el tiempo, solo conoce a los ojos que lo miran.

Ambos padres pasaron por un pasillo en donde había pinturas de varias personas con sus nombres grabados en una insignia; estaba cada cabeza de su familia, la familia Toriumi.

En un retrato estaba la imagen de una mujer con semblante amable, cabellos que igualaban los hilos de oro y unos ojos de intenso azul; en su placa enmarcaba el nombre de Maiara Toriumi.

La mansión del sueño rojo, por José Luis Fernández Pérez (México)

Un golpeteo apacible sonó en la puerta del doctor Confucio Rodríguez. El vetusto científico volteó la cabeza y, un tanto contrariado, se determinó a abrir. Estiró su frágil y rugosa mano para girar la perilla y asomó curioso para ver quién había profanado su sepulcral intimidad.

Una joven mujer de colorido aspecto, ojos grandes y centelleantes, mostró una afectuosa sonrisita al tiempo que estiraba sus manos para tomar las de aquel hombre de expresión inteligente.

—¿Interrumpo algo, doctor?

—¡Pasa, Lazarita! Solo estaba trabajando en un invento más.

—¿Lo sabré, doctor? ¡Dígame! ¿Lo sabré?

Él se alzó de hombros y retiró los anteojos de su rostro. Con una sonrisa resignada, asintió.

—¡Como buen ciudadano y consciente de que vivimos en una ciudad smoglodita en grado superlativo, me he determinado a la encomiable tarea de inventar un blanqueador para ropa…!

Lázara estuvo a breve santiamén de poner en tela de juicio el juicio mismo del anciano; iba a responder cuando nuevamente habló el hombre de ciencia, encastillado en su apasionada teoría.

—¡Aaaah! ¡Pero no cualquier blanqueador, no! Este será un súper blanqueador ecológico, que no representará daño alguno para ser viviente sobre la faz de este devastado y canceroso planeta.

La joven mujer dio un largo suspiro, se dejó caer sobre un antiguo sillón barroco y meneó la cabeza:

—¡Eso suena muy bien, doctor! Pero… ¿Qué hay de lo mío?

El doctor Confucio Rodríguez se acercó lentamente a Lázara, le acarició la barbilla y con voz suave le inquirió:

—¿Aún sueñas con esa pócima maravillosa que te hará llegar al hombre de tu vida? Escucha muy bien, tengo muy buenas noticias para ti…

Lázara, de un brinco, se puso de pie, y más atenta que nunca se acercó al anciano, de cuyos labios quería escuchar aquellas palabras que había estado esperando con ansias desde hacía ya varios atardeceres.

—No hay elíxir para ti… Podría existir algo aún mejor… Inventaré para tu uso exclusivo, para tus nupcias y para el resto de tu vida, al hombre ideal, al ser más perfecto y mejor domado que tus lindos ojos hayan visto; incluso, ya le tengo bautizado, será "El hombre Nutria".

Don Batmanio Luján, hombre gallardo y amable, desde su vigorosa infancia había tenido la sacerdotal idea de ayudar a cuanta persona se hallase en penuria. Su desempeño como minero en la compañía minera "La Gallina de los Huevos de Oro, S.A." le había sido propicio para realizar una heroica labor, pudiendo así haberse hecho merecedor un par de veces de la insignia "Mérito Al Valor", ganada a pulso por haber rescatado a dos compañeros suyos en distintos derrumbes en las minas, y que el mismo gobernador, don Pánfilo Villaurrutia, le había entregado de propia mano.

—Mérito a los huevos de oro —decía Benito González, un niño de siete años de edad, hijo de Malaquías González, quien se desempeñaba como capataz en las viejas minas.

Batmanio Luján vivía en compañía de Antolín López, flacucho hombre de carácter bonachón, y quien fungía como payaso en el gran circo de la ciudad.

Antolín siempre pensó que había llegado por accidente a esa plausible profesión, pero lo cierto es que era lo único que estaba exento de accidente en su accidentada vida. Tenía la enorme fortuna, o desventura, de ser perseguido por los perros; tropezar con innumerables objetos; caer en charcos de agua, golpearse la cabeza con una constancia insuperable y, además, todo eso con una extraordinaria gracia que le granjeaba la envidia de los más cotizados payasos del país.

Batmanio y Antolín habían llegado hasta el domicilio del doctor Confucio Rodríguez, ya que estaban plenamente convencidos de que era el único ser de la región que podría ayudarlos: uno quería ser más popular y admirado por los niños; el otro ya no quería cometer tantas torpezas, aun a sabiendas de que eso le costaría su empleo como payaso.

A ambos les habían llegado fragorosas noticias de que el doctor Confucio Rodríguez había hecho maravillas con algunas gentes desesperadas y las había transformado a tal grado que les devolvió el amor por la vida. Entre los casos más sonados se encontraba el de Genovevo Reséndiz, que era el ser más "inocente" en toda la ciudad. Genovevo solo recordaba la única travesura cometida en su vida: había sido cuando cumplió cuatro años de edad. Se preparó un esmerado festín en su honor, y cada invitado que se atrevía a decir:

—Qué bonito niño, y dime ¿cuántos años cumples? —Genovevo contestaba asiduamente—: Come caca.

Los padres se contentaron con sonreír a los convidados utilizando elaboradas excusas, pero cuando ya se había retirado el último de los asistentes, Genovevo fue tremendamente apaleado por estos, quienes se iban turnando en las fenomenales tundas, hasta desquitar toda la ira que les acumuló el oprobio. Desde entonces, Genovevo Reséndiz se había transformado en el hombre más "inocente" de la ciudad, hasta que visitó al doctor Confucio Rodríguez.

Otro caso digno de ser platicado entre la gente era el de doña Marilyn Pérez, madre de Benito González y esposa de don Malaquías. Mujer tan evasiva, que terminó por evadirlo todo, hasta se evadía a sí misma. Pero la milagrosa mano del arcaico doctor la transformó hasta convertirla en la presidenta del voluntariado "Mujeres en Acción".

Cuando Batmanio y Antolín encontraron el domicilio del doctor, este no pudo atenderlos porque se disponía a asistir a la elegante ceremonia nupcial entre la bella Lázara y el airoso hombre Nutria, mas la excusa sirvió a la vez de invitación.

La boda fue todo un éxito. Lázara lloraba a mares, pues se había hecho realidad el sueño que nunca había cesado de florecer, día tras día, noche tras noche, de suspiros y sollozos melancólicos. Ella caminaba tomada del brazo del hombre Nutria, el cual iba sobre un carrito tirado de un cordón por un pequeño paje, que agradecía con la mano la presencia de todos los invitados.

Días después, Batmanio y Antolín decidieron que era hora de hacer una nueva visita al doctor Confucio, pero de nuevo no pudieron ser recibidos. El honorable doctor tenía un compromiso con la inmortalidad: era la presentación en la universidad de su legendario invento: el blanqueador ecológico.

Aquella tarde, las golondrinas revolotearon sobre el espléndido auditorio; con sus graciosas alas saludaron en pos de un augurio que nadie percibió. El brillante científico, con micrófono en mano, disertaba sobre su valioso hallazgo. Ya casi al final, tomó la botella desechable que contenía el célebre blanqueador y pronunció:

—… Y para que puedan comprobar que es un blanqueador inofensivo, aquí tienen una prueba irrefutable…

El doctor Confucio Rodríguez se tomó hasta la última gota de aquel líquido verdoso, miró alrededor de sí, con una enorme y triunfal sonrisa, y poco después, con el peso de un tronco, cayó de bruces.

Ahí culminaba una vida entregada a la búsqueda de beneficios para la humanidad. Había sido, como los cometas, firme en su viaje, negándose a seguir el orden de los planetas, para encontrar los propios designios de su corazón. Pero el sueño rojo, entendido como el color de la energía, de la vida y de la pasión, habría quedado para siempre, como aquellas golondrinas… suspendido en el aire.

Umbrales, por Diego A. Moreno (México)

Salí del café y me fui sonriendo.

No lustré mis zapatos aquel día porque no lo vi necesario, ni me tomé las pastillas en la mañana. Percibí un aire fresco y mundano, tal como me gustaba para disfrutar de una tarde que pronto acabaría. Los transeúntes pasaban como si alguien los persiguiera, tal vez el tiempo o su abuela, pero en mí la energía fluía como colores con olor a canela.

Canela.

Un remolino tomó mi cuerpo y me llevó, empujándome hacia dentro de su vórtice. Entré en él y me sumergí, sonriendo.

La música se hizo notar cuando sentí mis posaderas en la antigua silla de mi tía Iveth. Los niños corrían como locos en un juego de vaqueros contra indios; a mí me parecía muy violento para mi edad, ni me gustaba evocar dentro de mi cabecita aquel genocidio que sufrieron los nativos a causa del hombre blanco. Era terrible nada más pensar en todas las familias y generaciones perdidas por la fiebre del oro y del poder.

Mis piernitas danzaban al son de un jazz muy propio para mi gusto, lo cual agradecí en silencio a aquella persona que tuvo esa gran idea de poner el disco del buen Charlie Parker.

Era más húmedo y cálido, por eso vestía mis pantalones cortos, camiseta de campo y un trapo viejo que rodeaba mi cuello, evitando que el sudor se escurriera por mi cuerpo. Todo iba tranquilo, como siempre, yo alienado de la algarabía infantil, hasta que un objeto pesado se estrelló contra mi cuerpecito y caí de lado, trayendo conmigo a la silla. Mi tía Iveth gritó desconsolada porque una pata de madera salió volando y se impactó en el pastel.

Yo reí, porque sentí unos besos mojados que eran de Tobby, el perro guardián de Alonso, mi primo de Puerto Rico. Los niños estaban alegres, como yo, ya que era algo divertido para recordar. Ah… el olor al chocolate de mi tía y su perfecto toque de canela. Era tímido, pero ese momento me pareció perfecto.

Y el suelo me tragó, como si hubiera sido una capa acuosa café. De seguro yo estaba sonriendo.

Ahora mis manos temblaban, posadas frente a una composición de barras de marfil apretujadas con lo que parecían pedazos de carbón bien formados, y que entre ellos simulaban una multitud de hombrecitos blancos y negros en una fila hacia el abismo. Ahí supe por el viejo John Watson que aquel gran pedazo de madera era un piano. Él me dijo que esto nos liberaría a todos los que somos de color, no solo de las cadenas que todavía existían en una sociedad donde gobernaban los otros, sino que también desataría el espíritu que nos conectaba con nuestros ancestros de la Gran África. Le pregunté qué era África y él se rio porque yo todavía era un niño y se me tenía prohibido estudiar. Calmo, con una ternura que sintieron las fibras más profundas de mi ser, su voz se volvió una melodía llena de puntitos oscuros y bemoles, haciéndome viajar hacia tierras lejanas, donde la paz y tambores revolvían mis pies en un acto divino; y se lo agradecí, se lo agradecí hipnotizado con la música que siguió; la fineza de sus vibraciones me hacía pensar que así hablarían los propios dioses, y se lo agradecí también; mis manos crecieron, se volvieron más acolchonadas y largas; el viejo Watson cada vez era más viejo, y su semblanza traslúcida, pareciéndose a la del rayo de luz que iluminaba mis días y mis noches.

Sir Cakes llegó con sus bigotes marrones y posó su felina figura al lado mío cuando ya tenía suficiente edad para tomar licor. En ese momento yo era la música, y mi sonrisa cautivaba hasta a las moléculas invisibles que aplaudían a ese concierto privado que les propinaba todas las mañanas, a la misma hora. Cakes entonó conmigo nuestra canción favorita, una de Baker, romántica, que me hizo recordar a Rosa, la primorosa dominicana que conocí en mis últimos años de secundaria y me dio mi primer beso.

—¡Eh, te estás desentonando! —me gritó el gato.

Yo ni sabía que mis manos estaban fuera del piano, acariciando el aire.

—Perdón, me distraje.

—Pensando en Rosa otra vez, ¿eh?

No se lo pude negar, así que afirmé con mi boca.

—Vaya, vaya. Estás más solo que el gato gordo de los gordos Pope.

—Yo no me siento solo.

—Claro, querido…, ¿qué no ves que hablas con un gato?

—¿Y qué tiene eso de malo?

Sir Cakes suspiró profundamente y empezó a acicalarse la cara.

—Le hablas a tu gato, el glorioso y magnífico Sir Cakes, y también al endemoniado perro ese callejero que se llama… que se llama…

—Diógenes.

—Ese, ese. Vaya nombre. Tú sabes que esto hace que la gente te vea raro, y muchos, en vez de acercarse, se alejan, tal como tus padres alguna vez lo hicieron de ti.

—Oiga, Sir Cakes, eso es mezquino de su parte.

—Lo sé, lo sé —se disculpó con reverencias graciosas, propias de los felinos de su clase—, pero soy franco como cualquier gato lo es y, como te estimo, querido humano, ojo, que otros de mi especie no son tan empáticos, te digo que necesitas ayuda de aquí —apuntó a su peluda cabeza.

Mientras yo seguí tocando una pieza ligera porque me sentía feliz.

—¿Ayuda? Ya tengo toda la ayuda del mundo; la música, tú, Diógenes, el viejo Watson y doña Aubrey en la fábrica.

—Sí, sí… empezando con ese viejo que ya lleva tiempo muerto. Te digo que me preocupas, y me preocupa que pronto nos saquen a patadas de tu departamento.

—Eso no pasará. Me condonaron este mes, así que la deuda la podré pagar cuando pueda, cuando tenga un mejor trabajo.

—Y eso, te repito, es lo que me preocupa. No siempre se vive de la caridad, humano. Yo, por ejemplo, vengo acá a cada ensayo tuyo, soportando a este artilugio que se desafina constantemente, cumpliendo con mi cometido, del cual ojalá hubiera más comida como recompensa.

—No cualquiera tiene un piano, menos alguien de color, como yo, y esto me es suficiente.

—Esto es o fue un piano, sí, pero suficiente… No. Necesitas ayuda psicológica, te digo.

Dos hadas hermosas pasaron por el lugar y nos saludaron. Me dijeron que me veía más radiante que en otras ocasiones, que eso era un augurio de que días mejores vendrán. El gato se quedó confundido por lo ocurrido.

—¿No vas a saludar a las bellas damiselas?

—¿Cuáles damiselas dices?

—Las aladas… ah, ya se fueron.

—¿Ves? No te digo, ahora ves hadas que ni yo percibo. Y los gatos vemos más cosas que los humanos, cosas y criaturas que no los dejarían dormir en toda su humana vida. Ni te platico de los portales, que de esos se me tiene prohibido hablar.

Yo me reí de la palabrería de mi pequeño amigo peludo y dejé que mis manos pasaran por un candoroso allegro, pero una arañada de Sir Cakes paró la música.

—¡Auch! No hay necesidad de ser violento, Sir Cakes.

—Es que, si no lo hago, empiezas a ver y a escuchar cosas que no son, y, por lo tanto, no me pones atención.

—Está bien, yo te escucho.

—Qué bueno, porque lo que te voy a decir va a cambiar tuuu… viii… daaa…

Yo estaba asustado porque la boca de Sir Cakes se abrió muy muy grande, así como un hoyo oscuro y gigante que me tragó de un bocado.

Ya no estaba contento, lo sabía porque el terror ahogaba mis bellos sentimientos y me hacía sentir los peores miedos de mi vida. Los golpes de mi padre, que era un pastor amante de la bebida y de sus amigas, que invitaba a la casa; de mi tía Iveth, cuando me hizo limpiar mi vómito con mi camiseta favorita; de mi abuela degollando a la gallina ponedora Madame Suzzane; al viejo Watson babeando y tocándome raro; de doña Aubrey y sus pálidas caderas regordetas temblando sobre mis piernas; a Sir Cakes comiéndose a una rata muerta; y yo…

Yo.

Yo, yo, yo.

Yo…

Acariciando el asfalto de la calle, no muy lejos del café en que solía trabajar. Los sonidos de los coches me habían despertado. Hacía mucho frío y mi barba crespa había crecido mucho. Un perro pasó a mi lado y me gritó una grosería antes de irse. Dos ancianas se dieron la vuelta para no pasar cerca de mí.

¿Dónde había estado todo este tiempo? No lo sé. No recordaba haberme puesto estos guantes sucios y viejos, dejando expuestos mi meñique izquierdo y mi pulgar derecho. Me dolía la espalda y las coyunturas.

La música era monótona, triste. Crucé la calle, abrazándome para que el abrigo no se abriera porque le faltaban botones.

El vapor de mi boca expelía esqueletos que desaparecían con la bruma de la ciudad. Me sentía solo. Perdido. La gente ya no saludaba, ni los animales. Me sentía un paria, todavía más bajo que un vagabundo. Escuché a unos borrachines del pub "Oficina del jefe" que me apuntaban llamándome "El loco de las voces".

No quise escucharlos, me tapé los oídos; sin embargo, sus caras narraban burlas hacia mi persona. ¿Qué me había pasado? Yo era alegre, estaba feliz con la vida, aun con sus altibajos que siempre pude tolerar. Llegué a un callejón que parecía no ser ocupado por nadie y me acurruqué sobre la pared, dejándome caer al suelo.

Quería que un remolino me ahogara, pero no fue así. Quería que el suelo me succionara, pero tampoco fue así. Quise encontrarme con un gato malhumorado, pero a lo sumo vi unas ratas pelear por un pan rancio y otro tipo de alimañas a punto de congelarse. Solo... estaba solo. No me acordaba ni de mi nombre.

No sé por qué me llegó por un momento la idea de que ayer yo era un rey africano, que justo acababa de hacer un viaje a un lugar extraño donde se hablaba un idioma que desconocía; la gente era de otro color, mucho más clara que los de mi pueblo. Creí haber hecho lo correcto al hacer la excursión diplomática, no obstante, nada de eso me dejó tranquilo.

Y mis pies se congelaban; las suelas de mis zapatos estaban a punto de despegarse. Era mejor no moverse para no darle cabida al gélido aire.

Si mi memoria no fallaba más, ese rey que tenía mi cara se llamaba Glodie Um'Lunatu, primero de su nombre, de un significado que solo mi regio padre conoció. Desconozco la razón de por qué me sentí un pianista viviendo en un país extranjero, rezagado de las razas nobles, un esclavo de esta sociedad a la que no le importaban mis derechos más humanos.

Sentí agonía por el frío y el hambre.

Cerré mis ojos porque quise desaparecer del reino de este mundo. Muchos como yo pasaron experiencias terribles en el transcurso de los siglos cristianos, añorando el pasado de cuando éramos libres, hijos de la naturaleza, aliados de lo más prístino de la vida misma. Había proyecciones de chamanes, sacerdotes; políticos y guerrilleros; un presidente; música colorida, o triste, o violenta; y yo, un Sin-Nombre olvidado en los rincones de una ciudad ficticia, escuchando lo que dice un señor que presiona sus dedos sobre un piano atiborrado de teclas con letras tornasol, y que éste quisiera abrazarme... pero por fin terminará este cuento para que mi persona descanse en paz... no sin irme con la esperanza de que los míos vivan en un mundo más justo, y así con los demás.

El dragón de dos cabezas, el origen de la leyenda, por Fátima Estefani Rivera Buelna (México)

Vivo en un pequeño pueblo, un lugar que, aunque no es muy grande, está lleno de míticas historias: desde guardianes dormidos, el trono en piedra del señor del mal, una mujer agonizante por la pérdida de sus hijos, etcétera. Ahora voy a platicarles la más fantasiosa leyenda que se escucha, una historia que combina amor, traición y algo de brujería.

La historia se remonta a los mil seiscientos y tantos, posterior a la colonización del lugar por parte de los españoles. Comienza con una mujer, Elena, una viuda y madre del pequeño Luis de 2 años. Su esposo murió a causa de la tuberculosis cuando el bebé tenía apenas un año. La vida ya era dura para Elena, pero la pérdida de su esposo complicó más su existencia. A pesar de que ella había nacido y crecido en este lugar, no contaba con el apoyo de casi nadie para mantener a su hijo. Había perdido a sus padres un par de años antes de la muerte de su esposo. No tenía hermanos, no tenía a nadie. De vez en cuando, el sacerdote de la parroquia le daba un poco de comida y ropa para ella y el niño.

Elena tuvo una amiga en su infancia, María. Eran inseparables, pero María se casó con un hombre, Pablo, y se fue a vivir a otro pueblo. Debido a esto, ellas se alejaron y perdieron la comunicación.

Una tarde, mientras Elena y Luis estaban en la plaza del pueblo, se toparon con María y Pablo. Las amigas se abrazaron cariñosamente, pues se querían mucho, como hermanas. Todos ellos pasaron la tarde juntos, recordando lo vivido y poniéndose al día con lo sucedido. Elena les contó que había quedado viuda y que estaban sobreviviendo, cada día más difícil que el anterior. La única ayuda que recibía era del sacerdote, pero no bastaba para darle una buena vida a su pequeño. María y Pablo lamentaron mucho todo lo que les estaba pasando y decidieron ayudarlos. Los negocios de la familia de Pablo hicieron que ambos volvieran al pueblo para quedarse. Pablo había nacido en una familia adinerada, tenía tierras y ganado, además de una casona muy grande y con muchos lujos de aquella época. El matrimonio no había tenido hijos y el pequeño Luis no había sido bautizado, así que vieron la oportunidad de apadrinar al niño y, de esta manera, ayudarlos. Así fue: María y Pablo se convirtieron en los compadres de Elena.

Las cosas para Elena y Luis comenzaron a mejorar. Se fueron a vivir a la casona donde vivían María y Pablo. Ella se convirtió en el ama de llaves del lugar, encargándose de dirigir a toda la servidumbre. El niño ahora vestía con ropa digna, comían tres veces al día, recibía todos los cuidados que debía tener un pequeño de esa edad. María y Pablo adoraban a Luis y le daban regalos siempre que podían. No les faltaba nada, ni cosas materiales ni amor. Eran tratados amorosamente, con respeto, y ellos se sentían bien recibidos.

Esta situación dio un giro. Elena comenzó a hacerse ideas. Los buenos tratos que les daba Pablo la llevaron a querer ocupar el lugar de María, pues ella pensaba que Pablo la veía con ojos románticos y que veía a su hijo como suyo, especialmente porque María no había podido embarazarse a pesar de todo el tiempo que ya tenían juntos. En su cabeza daba vueltas la idea de que ella era la mujer que Pablo necesitaba y que él era el esposo y padre que ella y su hijo necesitaban. Se propuso conquistarlo e ideó un plan para lograr su objetivo.

El plan de Elena no tardó mucho en comenzar a dar frutos. Al parecer, Pablo ya se había encariñado con Luis y también veía a Elena como una mujer joven y atractiva. Además, pensaba que ella sí podría darle un hijo, un heredero, no como su mujer. Pronto comenzaron a encontrarse a escondidas, a besarse en los rincones de la propiedad, a tocarse siempre que tenían la oportunidad, hasta que por fin llegaron a la intimidad. Este suceso se repitió en varias ocasiones. Este jueguito lujurioso llevó a Elena a comportarse altanera. Comenzó a sentirse como la señora de la casa y a tratar a todos los empleados de forma despectiva, provocando que los trabajadores se quejaran con María.

Ellos le contaron que el comportamiento de Elena no era apropiado, que ella se creía la dueña de todo y de todos.

María se molestó mucho con la forma de actuar de Elena y la reprendió. Le hizo un comentario que dañó mucho su ego y la hizo enfurecer. María le dijo que no tenía el derecho de tratar así a los trabajadores y que si ella, que era la señora de la casa, los trataba con respeto, ella también tenía que tratarlos así, pues también era una empleada más. Las palabras de María hicieron que Elena explotara y confesara que Pablo y ella tenían un romance, que aprovechaban cualquier momento para estar juntos. También le dijo que Pablo la repudiaba porque no había sido capaz de darle un hijo, que no la amaba y que buscaba la anulación de su matrimonio para poder casarse con ella.

María, llena de ira por las palabras de Elena, hizo que la sacaran de la propiedad a rastras y prohibió que la dejaran entrar nuevamente. Pablo, quien estaba de viaje de negocios, regresaba, encontrándose en la entrada de su casa con Elena, quien lloraba llena de rabia. Asustado, corrió a consolarla. Ella le contó lo sucedido y todo lo que María le había hecho. Él estaba molesto porque Elena había confesado su aventura y esto podía complicar las cosas. Por este motivo, la regañó. Le comentó que sus padres adoraban a su esposa, la veían como la hija que nunca tuvieron. Además, eran apegados a la religión y muy conservadores; no estarían de acuerdo con lo sucedido y este sería motivo suficiente para que lo desheredaran. A este reproche, Elena contestó que ya no importaría, que estaba embarazada y que su deseo de tener un nieto opacaría el cariño que le tenían a María. Por fin tendrían el nieto que tanto anhelaban, el que continuaría con el linaje familiar. La noticia convenció a Pablo de enfrentar a María y echarla de su hogar.

Esto destrozó a María, quien se encontraba humillada, sola y triste. Sin tener otro lugar a donde ir, fue a refugiarse en la parroquia del pueblo. El sacerdote la encontró llorando en una de las bancas. Se le acercó para ver qué era lo que hacía que esa mujer se desbordara en lágrimas. Entre sollozos, María le contó el motivo de su tristeza y amargura. El sacerdote estaba muy sorprendido. Conocía a Elena desde pequeña y nunca pensó en los alcances que tendría la ambición y el deseo de esta mujer.

Como sacerdote de la parroquia del pueblo, conocía a la gran mayoría de la población, en especial a los fieles de la iglesia. Entre estos se encontraban los padres de Pablo, conocidos por ser muy devotos y tener ideas conservadoras. Siendo una familia de alcurnia, les importaba mucho mantener su nombre limpio y conservar su estatus. Siempre procuraban no estar relacionados con escándalos o chismes. Esto lo sabía muy bien el sacerdote, quien decidió buscarlos y contarles del inadecuado actuar de su hijo, para que ellos intervinieran en favor de María, que había quedado desamparada tras la traición del que ella consideraba el amor de su vida y la mujer que ella una vez llamó hermana.

Como era de esperarse, los padres de Pablo fueron a la casona a confrontarlo por todo lo que estaba haciendo mal. Al llegar al hogar de su hijo, lo primero que encontraron fue a Elena jugando con su pequeño en el jardín. Para este momento, el embarazo de Elena ya era notorio, lo que dio lugar a que los señores tuvieran sentimientos encontrados respecto al tema en cuestión. Deseaban que su hijo pudiera tener descendientes, pero eran conscientes de que la manera en que surgieron las cosas no era correcta, que con su forma de actuar habían atropellado los sentimientos de María. Entraron a la finca y hablaron con su hijo, mostraron su enojo por cómo hizo las cosas, pero también dejaron ver la felicidad que les provocaba saber que pronto serían abuelos. Al final, les ganó el sentimiento de alegría por la llegada del bebé y decidieron dar su bendición y apoyo a su hijo y su amante. Incluso intervinieron para que el matrimonio entre María y Pablo se anulara y él pudiera casarse con la viuda, pues no querían que su nieto fuera un bastardo por nacer producto del adulterio. Los futuros abuelos se olvidaron de todo el amor que un día le tuvieron a la que fuera su nuera, aquella que alguna vez consideraron como su propia hija.

El rumor pronto se corrió en todo el pueblo. Muchos comentaban su desaprobación, como si esto fuera a cambiar algo. Las noticias llegaron a oídos del sacerdote. Al principio, él expresó su desacuerdo, diciendo que la familia ya no sería bienvenida en la iglesia, pero pronto cambió de opinión cuando los padres de Pablo hicieron una generosa donación a la parroquia y a los bolsillos del sacerdote, demostrando que su moral tenía un precio.

María, quien ya no tenía nada más que perder, se dirigió a un poblado cercano, conocido por albergar a personas que se dedicaban a trabajar con cosas y seres más allá de nuestra imaginación y comprensión. Decidida a hacerlos pagar por todo el dolor que le habían causado, entregó todo lo que le quedaba para que una mujer usara su influencia con entes oscuros y castigara a todos los que le causaron sufrimiento, que los hicieran lamentar todo el mal que habían hecho.

Una lluvia de maldiciones llegó a la familia. El padre de Pablo tuvo un accidente con uno de sus caballos; el animal lo tumbó y lo arrastró por varios metros, destrozando su cuerpo, dejándolo casi irreconocible y haciendo que perdiera la vida. Seguida de esta desgracia, llegó otra: una noche, un dolor agonizante hizo que Elena se despertara, solo para darse cuenta de que tenía una hemorragia. Había perdido al bebé. La mala fortuna no acabó allí. La madre de Pablo enfermó de un doloroso padecimiento que la dejó postrada en cama. No moría, pero tampoco mejoraba y cada día el dolor en sus articulaciones aumentaba. El sacerdote también fue alcanzado por la maldición, o al menos eso es lo que se dice. Cuando hacían algunas reparaciones en la parroquia, un gran bloque de piedra le aplastó la cabeza, dejándolo sin vida.

Una mañana, María se presentó en la que una vez fue su casa. Parecía una persona completamente diferente, se veía bien, muy hermosa. Caminaba con firmeza, con la cabeza en alto; su presencia era notoria. No dejaba ver el dolor que albergaba en su corazón, pero el odio se podía ver a través de sus ojos. Fue a regodearse con el sufrimiento de todos ellos. Presumió, sin más ni menos, que ella era la causa de todos los males y que aún no terminaba, que el castigo que llegaría a Pablo y Elena sería el peor de todos y que suplicarían por sus vidas.

Una fría noche de luna llena, mientras Pablo y Elena se abrazaban, comenzaron a sentir que algo en sus cuerpos cambiaba. Sus cuerpos comenzaron a fundirse en uno solo. En cuestión de minutos, su aspecto se tornó bestial; todo creció desproporcionalmente. Unidos por el dorso, pero cada uno conservó su cabeza. Podían verse, pero no se reconocían. Sus rostros eran monstruosos, piel seca y escamosa, ojos amarillos, grandes bocas llenas de filosos dientes. Ya no eran Pablo y Elena, eran un dragón, un dragón con dos cabezas.

Los empleados escucharon el escándalo y fueron a ver qué sucedía. Al ver a aquella terrible bestia y sin saber que se trataba de sus patrones, aterrorizados comenzaron a atacarlos. El dragón salió de la casona provocando gran destrucción a su paso, lo que alertó a los pobladores. Estos persiguieron al monstruo hasta acorralarlo en la parroquia. El dragón trataba de defenderse, pero a pesar de su gran tamaño y fuerza colosal, no podía con las decenas de pobladores que lo atacaban por todos lados. Le lanzaban piedras, le clavaban picos, cuchillos, machetes. Los que poseían armas de fuego no dudaron ni un momento en usarlas. Le dispararon una y otra vez. Pronto se encontraba gravemente herido, el daño ya era irreparable, y fue allí donde dieron fin a su vida. La gente no entendía de dónde había llegado este demonio ni cuál era su propósito, simplemente lo asesinaron, pues el miedo los orilló a actuar así. Cuando se dieron cuenta de que la monumental bestia ya no respiraba y sin saber qué hacer, dejaron el cuerpo del animal allí. Al amanecer tomarían las decisiones pertinentes. Todos estaban cansados por la feroz lucha, preocupados por sus familias, y se fueron a sus casas.

Al día siguiente, los lugareños se reunieron donde el cadáver había quedado postrado. Al llegar al lugar, todos quedaron sorprendidos: como por arte de magia, el cuerpo ya no estaba, simplemente había desaparecido.

Algunas personas decían que la noche anterior vieron a María en el lugar, pero no hizo nada más que observar. Cuando todos comenzaron a irse, ella se acercó al dragón, susurró algunas palabras y se fue. Nadie sabe qué pasó con la madre de Pablo ni con el hijo de Elena. María nunca más fue vista.

La historia se contó de generación en generación hasta llegar a nuestros días, dando origen a la Leyenda del Dragón de Dos Cabezas.

Nota: La historia está inspirada en la leyenda del dragón de dos cabezas de Ahualulco de Mercado.

Tololo Pampa, por Patricio Bello Bustos (Chile)

Mi pie aplastaba el pedal del acelerador y mis ojos estaban irritados por el esfuerzo de mantener la mirada sobre el lóbrego camino que unía las ciudades de Copiapó y Vallenar, en el norte de Chile. Luego de casi cuatro horas de conducir, al fin pude ver las luces de un poblado, que brillaba como si hubiese un carnaval. No recordaba haberlo visto en mis viajes anteriores, pero no me extrañó, ya que pequeños poblados no solían ser parte de mi rutinario trabajo. Me desvié un pequeño trecho y me acerqué a la entrada del andurrial. Un gran letrero luminoso daba la bienvenida e invitaba al baile de máscaras de Tololo Pampa. Sus callejuelas empedradas estaban adornadas con lamparillas y banderitas de colores que colgaban desde ambos lados de la calzada, sujetas por cuerdas que bajaban de los iluminados balcones que engalanaban sus casas. Grupos de animados bailarines con graciosas máscaras recorrían la calle principal, bajo el son de una cautivante musiquilla carnavalesca, mientras familias enteras aplaudían el paso de las festivas comparsas.

Me bajé del coche con la intención de estirar mis casi acalambradas piernas y aprovechar para beber algo refrescante. Observé extasiado la calle principal, atiborrada de espectadores que disfrutaban del alegre y acompasado cabrioleo de docenas de danzarines, distribuidos en grupos de cuatro integrantes por fila.

Comencé a aproximarme a la multitud que aplaudía y gozaba de la atracción, cuando escuché que una mujer gritaba mi nombre entre la muchedumbre. Descolocado, intenté reconocer aquella expresiva sonrisa que se encerraba en un agraciado rostro coronado por una cuidada cabellera rizada. Mi cerebro recorrió las imágenes de todas mis amigas en un lapso menor a tres segundos, pero no logró coincidir con ningún rostro conocido. Avancé lentamente hacia ella, y la hermosa joven caminó hacia mí alzando sus brazos. Gritó otra vez:

—¡Renato! —y corrió a abrazarme, mientras yo seguía esforzándome por recordar esos ojos color miel que embellecían su delicado rostro. Absurdamente paralizado, respondí de manera dubitativa al cálido abrazo que me rodeó, seguido del delicado beso que estampó en mi mejilla. Aferró mi mano y me condujo hasta una mesa elegantemente adornada, repleta de diferentes manjares que indicaban un fastuoso banquete.

La pareja que la acompañaba estaba ataviada, al igual que ella, con finas vestimentas y joyas relucientes. Todos parecían estar disfrutando del magnífico acontecimiento. Me dieron la bienvenida y el hombre acercó una butaca para que me sentara y los acompañara. La hermosa joven me preguntó de dónde venía y si me apetecía un trago de licor o champán. No bebía alcohol desde hacía diez años y era mi máxima fortaleza poder declinar un ofrecimiento de tan bella mujer.

—Solo beberé una Coca-Cola, si es posible —le dije, mientras se acercaba un mozo con una bandeja llena de copas.

Me sentía fatigado por el arduo día de trabajo y el tenso viaje por la oscura carretera, pero la belleza de la mujer me subyugaba. Luego de confesarle que no la reconocía, comenzó a reír. Se levantó de su asiento y, de manera parsimoniosa y educada, me tendió su suave mano y se presentó como Jenny. Después de cenar, y tras un corto intervalo en el cual sus acompañantes desaparecieron de mi vista, me encontré bailando con la cautivante muchacha en medio de la calle, junto a varias parejas que gozaban de la absorbente música que brotaba de no sé dónde.

No tengo certeza de cuánto tiempo estuvimos divirtiéndonos. Su voz, su risa, su aroma y sus movimientos rítmicos eran un maravilloso bálsamo para mi alma. No quería que esos momentos acabaran, deseaba que el tiempo se detuviera para poder seguir viviendo y disfrutando por los siglos de los siglos. Mientras bailábamos y reíamos, nuestros rostros se impregnaban de rubor. Ella encarnaba la felicidad. Nada tenía un principio ni un fin; todo era vivir el instante, sin que nada ni nadie lo perturbara. Tomados de la mano, recorrimos algunas calles y me pidió que le regalara una delicada corona de flores blancas que un niño ofrecía a los festivos paseantes. La coloqué sobre sus rizados cabellos y una alegre sonrisa completó el cuadro. Era Afrodita la que se presentaba ante mis ojos. Caminamos abrazados por un callejón aledaño, hasta llegar a una esquina solitaria, en la que un pálido farol fue testigo del apasionado beso que pareció consumir toda mi energía. Nos acurrucamos, y rodeé con mi brazo su grácil y suave espalda mientras su rostro se anidaba entre mi hombro y mi cara. Exhausto, pero feliz, cerré mis ojos y un embotamiento anuló mi mente, haciéndome caer en un profundo y relajado sueño.

Una fina ventisca azotó mi rostro, llenando mi boca con arenilla y polvo. Escupí abruptamente y abrí los ojos a un sol que despuntaba sobre una leve colina que yacía en el horizonte. Me encontré en completa soledad, sentado sobre el térreo piso al costado de mi automóvil, con la espalda apoyada en una rueda y un fuerte dolor en mi brazo derecho, que mantenía acodado sobre la tierra. El silencio reinaba sobre el páramo y solo era interrumpido por el tenue silbido del viento sobre las escasas rocas que matizaban la aridez del desierto. Jenny no estaba y tampoco aquel pueblo lleno de bullicio y felicidad.

Con enorme tristeza, pude colegir que, por el agotamiento, me había detenido para dormir y tuve una vívida y maravillosa quimera. Apenado y confundido, subí a mi coche y, acelerando, retomé la carretera, dejando atrás una nube de polvo que enturbió la imagen del espejo retrovisor.

Cubiertas de la fina arenilla de la pampa, quedaban entre el olvido y las rocas una botella de Coca-Cola vacía y una corona de flores blancas marchitas.

Sin título, por Renata Castro Salgado (México)

La ciudad se alzaba en medio del desierto. Nadie estaba presente durante el anochecer; faltaba poco para que la ciudad empezara a movilizarse.

Regresé por el pequeño callejón que se ampliaba a cada paso. No tardé mucho en ver al equipo recargado contra la pared, esperando el atraco de esa noche.

—Falta poco —anuncié por lo bajo.

De mi bolsillo saqué una cajetilla de cigarros, encendiendo uno para mí. A mi lado derecho, con un movimiento, me quitan la caja. Solté un suspiro, enojada, y volteé a verlo; él solo se rio y guardó la cajetilla en su bolsillo.

—Eres muy joven, así que me quedo con esta niña.

Con manos rápidas me quitó el cigarro de la boca, apagándolo en su mano vendada.

—Dehar, deja a la niña —soltó Zayd—. Puede hacer lo que quiera, ya es mayor.

—Gracias, Zayd.

El silencio volvió a reinar. La poca luz entrante nos mantenía alerta, esperando la oscuridad completa.

Los sonidos de las calles empezaron a llegar al callejón. Comenzamos a caminar hacia la salida del callejón que nos ocultaba.

Afuera, todo se iluminaba con pequeñas luciérnagas brillosas que colgaban entre los edificios, dando un toque romántico a las calles de arena.

—Nos vemos en el templo, a la salida del bazar —Zayd fue la primera en salir, cubriendo su rostro con una manta negra.

—Suerte, novatas —Wang se despidió de nosotros, saliendo con dificultad debido a su enorme cuerpo.

—Bueno, Katyuska, vas primero, y luego tú, Conra. Una para la derecha y la otra a la izquierda.

Asentimos ante lo dicho por Dehar. Me puse detrás de Katyuska, quien salió caminando hacia el lado izquierdo con la capucha de su traje, cubriendo su largo pelo rojo.

Antes de salir, observé bien a mi primera presa: un joven pálido con redes de compra vacías y buenas ropas, un joven rico e ingenuo. Me puse la esclavina de tela y fui tras de él con cuidado.

El joven caminaba rápido y no pasaba de los 18 años; se notaba nervioso.

A cada calle trataba de acercarme a él. Había cada vez más personas rondando a mi alrededor. Conforme avanzaba, bolseaba a quien pasara a mi lado.

El joven aceleraba el ritmo. Parecía que tenía bastante prisa, pero no por ir al mercado. El terreno arenoso empezó a volverse más húmedo, como si nos acercáramos al oasis.

El joven ya me sacaba más de diez metros de ventaja, y había perdido las sandalias unos metros antes. No se había volteado ni parado por nada.

Empecé a acercarme a él, ignorando a todos los demás.

Los edificios empezaban a disminuir su altura y ya no parecían nuevos o tecnológicos. Entrábamos en los barrios antiguos.

Se detuvo frente a un templo abandonado, bastante viejo; ingresó por la abertura ceremonial, dejando las bolsas tiradas conforme avanzaba.

Poniéndome contra la entrada, solo asomé la cabeza lo suficiente para ver sus movimientos.

Se paró a mitad del patio, frente a una fuente de dragones. Volteó hacia ambos lados y caminó hacia la derecha, entrando en lo que creo que sería un salón ritual.

Me encaminé tras de él, pegada a la pared. Poco a poco, unas voces empezaron un debate. Las personas dentro preguntaban si lo habían seguido, y él, iluso, negaba todo.

Observar se volvía la mejor opción para saber bien lo que ocurría adentro. Sujetándome de las baldosas del techo logré subir, y, gracias a los dioses, encontré un hueco por donde se podían ver a seis personas mayores y al joven. En medio de todos, una lámpara de aceite de hace milenios iluminaba un poco sus rostros. Había cinco hombres y una mujer, todos guerreros.

Los guerreros se encontraban en línea recta, observando al joven, que temblaba frente a ellos.

—¿Qué información tienes, Ossian? —preguntó el del extremo derecho, un hombre calvo de barba oscura.

—El rey no va a venir al bazar, cito lo que dijo, "La plaga de los nereidas se ha vuelto un problema mayor, ya no solo de piratas y de las ciudades donde atacan. La corona del imperio pondrá dinero por su exterminación. A ustedes, los piratas, se les brindará la opción de redimir los pecados de sus familias y regresar a la línea de sangre como posibles herederos, si es que poseen la edad y el criterio para ser elegidos. Solo si logran exterminar a todos los Nereidas, trayendo con vida a las últimas directas que escaparon" —terminó, su nerviosismo solo aumentaba y trataba de no voltear a ver a nadie del consejo de ancianos frente a él.

—Así que el rey al fin quiere terminar con ese clan —contestó el que estaba a la izquierda de su formación.

—No especificó si podríamos armar un alboroto para deshacernos de ellos —continuó hablando el de mayor tamaño, a la extrema derecha.

—Nunca esperé eso del rey —añadió la única mujer del grupo, posicionada dos a la derecha.

La mujer, en su mano izquierda, llevaba un hacha de doble filo. La sujetaba con tanta fuerza que su mano se ponía blanca.

—Nayla, suelta el arma —ordenó a su lado derecho el que parecía el líder, alto, musculoso y serio—. Va a ser necesario ser más sigilosos de lo que pensábamos. No se puede repetir lo del año 0, pero tampoco podemos dejar pasar esta oportunidad de regresar a las líneas centrales —dio un paso al frente y se encaminó a los dos que no hablaron—. Yuka, Isiro —los dos hombres, uno rubio y el otro pelirrojo, dieron un paso al frente—, necesito que hoy mismo encuentren a algún Nereida y lo sigan. Descubran su siguiente movimiento. Si una batalla es necesaria para que se desintegren, eso es lo que haremos.

Mierda.

¿Por qué quieren exterminarnos? Es obvio que se aliaron con los reyes; no nos dejarán tranquilos. Ellos solo reparten comida y obtienen beneficios de la corona, no son héroes.

El líder les empezó a susurrar algo a los dos nombrados. Me acerqué más al hueco, poniendo mis manos cerca del borde, haciendo que una baldosa resbalara. Traté de sujetarla, pero terminó cayendo y rompiéndose, dando así mi ubicación a los piratas.

Me levanté justo cuando todos voltearon a ver el hueco.

Una flecha pasó a milímetros de mi rostro, saliendo disparada a la noche.

—Síganla y mátenla —ordenó la mujer con una sonrisa oscurecida.

Los tres hombres tomaron sus armas y fueron tras de mí.

Salí corriendo y saltando de techo en techo, hasta que, a lo lejos, divisé un cambio brusco de altura. No quedaba otra que continuar sobre la calle.

Los hombres lanzaban dagas hacia mis pies.

Bajando del último techo, ya había mucha gente caminando. El golpe sordo de mis perseguidores alertó a todas las personas. Volteé rápido y salí corriendo; el pelirrojo me apuntaba con un arco, y los otros dos estaban recargando sus armas.

Continué corriendo mientras empujaba personas. Los pasos a mi espalda se iban duplicando y el calor del láser pasando por mi lado solo me hacía huir.

El cansancio se iba apoderando de mí, mis piernas quemaban por dentro; solo podía respirar un poco por la máscara.

Dehar apareció a mi lado con una sonrisa. Sacó de su bolsillo una pequeña granada de las que fabricamos; abrió el gatillo y la lanzó.

La explosión llegó hasta nosotros, impulsándonos con la arena. Volteé rápido; mis principales perseguidores seguían en pie.

Wang y Katyuska aparecieron frente a mí, corriendo con bolsas de lo que sea que robaron.

Ya casi llegábamos al templo; atrás nuestro seguían volando flechas, dagas y disparos láser.

—Maldita sea, ¿quién fue esta vez? —la voz de Zayd sonó a mis espaldas—. Ya saben qué hacer, yo los distraigo.

Sabíamos que Zayd mataría a muchos; ese era su don, su chispa.

Los pasos disminuyeron mientras más nos alejábamos corriendo hacia el templo.

Antes de entrar, volteé a ver a Zayd, rodeando a aquella gente con una barrera de fuego mientras quemaba a quienes lograron pasarla.

Entramos a los baños; Wang abrió una alcantarilla y entramos todos.

Caminar ahí nunca fue incómodo, pero el silencio tenso y el miedo no ayudaban a relajarnos.

Tratamos de caminar lo más posible, pero el sonido de otra persona nos alertó a todos, poniéndonos a la defensiva. Cuando vimos la silueta de Zayd, bajamos las armas.

—Conra, fuiste tú —acusó en cuanto nos alcanzó.

Estando ella frente a mí, solo asentí, bajando el rostro un poco.

El golpe proporcionado por Zayd logró tirarme al piso.

—Cuando lleguemos, tú sola vas a explicarle a tu madre lo que sea que hiciste para que nos persiguieran casi cuarenta piratas.

Volví a asentir; ella empezó a caminar liderándonos hacia la guarida.

De verdad que estaba en problemas.

***

La guarida estaba en silencio. Todos nos rodeaban; Zayd me sostenía del pelo mientras estaba arrodillada.

—¿Qué fue lo que pasó? —preguntó la líder del clan.

Zayd jaló fuerte para levantarme el rostro y que viera a la líder a la cara; no contesté nada.

—Y bien, Conra, ¿qué pasó? —volvió a preguntar.

—Encontré a los líderes piratas en una reunión con un mensajero —solté, y Zayd jaló con más fuerza mi cabello—, pero me descubrieron y me siguieron.

Los ojos de la líder ardieron en llamas y una sonrisa salió de su rostro.

—Así que tu entrenamiento no ha servido de nada —caminó hacia mí levantando su mano y soltando un golpe en mi mejilla—. Todo lo practicado... no te funcionó... para que en tu tercera misión... lograras que casi mataran... a tres de mis mejores Nereidas —soltó otros cuatro golpes con ira.

—Lo lamento, líder.

—No, yo lamento haberte enviado a campo tan joven.

—Pero los piratas están en busca de nosotros para empezar una guerra.

Se quedó estática y Zayd soltó mi cabello. Nadie esperaba otra guerra.

—El rey quiere terminar con nosotros; dice que somos una plaga y espera que los piratas se deshagan de nosotros.

La líder tomó mi brazo con fuerza. Su mano se sentía caliente; poco a poco empezaba a quemar, ardía. Ella esperaba que mostrara debilidad frente a todos, que soltara un grito o lágrimas, pero jamás lo verían de mí, nunca les daría la satisfacción de verlo.

—Lárgate; en privado discutiré tu castigo, Conra —me soltó una vez se hartó de que no mostrara nada.

Me levanté rápido y di una reverencia antes de dirigirme a la salida; tenía el brazo de un color rojo brillante.

Al caminar, los comentarios del clan resonaban en mi cabeza. Sabía que no querían que yo tomara el liderato, y era peligroso la cantidad de errores que llevaba cometidos en tan poco tiempo.

Una vez fuera del búnker, me dirigí al único árbol cercano. Tomé asiento ahí, cansada de cómo había transcurrido la noche. Cerré los ojos tratando de despejar los pensamientos intrusivos que me atormentaban.

Los ruidos hicieron que abriera los ojos. Con una sonrisa saludé a mi visitante.

—Hola, Nilii.

—Hola, Conra.

Nilii bajó de la rama donde colgaba y se sentó a mi lado. Por su tamaño tenía que recostarse un poco para que nuestras cabezas estuvieran cerca.

—¿Ahora qué pasó?

—Nada, solo que otra vez la cagué en una misión.

—Pero, ¿cómo?

—Di mi ubicación a las personas equivocadas, pero fue por accidente.

—¿Dónde te lastimó tu madre?

Empezó a buscar alguna herida reciente, dando con mi antebrazo, ahora de color rosa.

Soltó un grito de terror, tomó su bolsa y sacó vendas y agua.

—Conra, esto va de mal en peor —comenzó a limpiar y vendar la herida—. Tienes que defenderte, no está bien que cada vez que se enoje contigo te trate de quemar.

—Lo sé, pero me da miedo.

Nilii terminó de vendar y me abrazó.

Ella lograba que todos mis miedos, enojos y desagrados se disiparan, solo para centrarme en el presente.

Se separó dándome una sonrisa cuadrada, típica suya.

Guardó el agua y sacó una pequeña manta, cubriéndonos a las dos recargadas en el árbol.

El silencio nos rodeaba, tranquilas, disfrutando de la presencia de la otra.

—Hace poco en mi familia falleció alguien, y cuando lo fuimos a enterrar, un tío tocó su cuerpo y se armó un escándalo —contó riendo.

—¿Por qué? ¿No es bueno que toquen el cuerpo? —pregunté sin entender su risa.

—No, en mi familia no tocamos a nuestros muertos para que sus almas no quieran quedarse. Una vez muerto, tienes una misión y no hay que intervenir. ¿Ustedes sí tocan a los muertos?

—Todo el clan toca el cuerpo para que su fortaleza pase a alguien débil que necesita una nueva alma.

—Eso suena un poco loco, es como si un alma se metiera y controlara a un vivo.

—Si lo dices así, sí suena extraño.

El silencio volvió a nosotras.

—Oye, esta vez lograste aguantar más tiempo en silencio que otras veces —dije con diversión.

—¿En serio? —sus ojitos se iluminaron y sonrió tanto que parecía tener un calambre en las mejillas.

—Sí, eso es bueno.

Emocionada, realizó un pequeño bailecito con las manos, celebrando su reciente logro.

El tiempo pasaba entre risas y anécdotas que nos contábamos. Poco a poco, el sol iba saliendo, por lo que el aire se tornaba más caliente, siendo difícil respirar bien.

—Vámonos ya, no tarda mucho en empezar la insolación —dije, levantándome.

Le ofrecí una mano a Nilii y la ayudé a guardar la manta. Una vez guardada, sacó una máscara antipolvo junto con sus goggles de sol.

—Nos vemos, Conra, vete rápido, que tú nunca sales preparada para el calor.

—Adiós, Nilii, nos vemos.

Caminé en línea recta hasta la puerta subterránea, solo volteando a ver cómo ella se iba cubriendo con una shayla verde.

Entré al clan; fui directamente a buscar a la líder. Tendría que enfrentar mi castigo más temprano que tarde.

La puerta de hierro bloqueaba cualquier intento de saber quiénes se encontraban dentro. El salón de las altas mandatarias siempre fue sombrío y daba un presentimiento de muerte. Tomé valor y, reteniendo la respiración, toqué la puerta. Inmediatamente fue abierta por Unax.

Agradecí con la cabeza y entré sin hacer contacto visual.

—Bien, Conra —empezó la líder—, ¿qué tienes que decir en tu defensa?

—Lamento mi comportamiento, líder, pero gracias a la información que logré oír podremos atacar o escapar de los piratas. Pero no sé por qué el rey nos persigue.

—Porque aquí hay personas con sangre plateada.

Abrí los ojos y volví a ver a todas las presentes.

—¿Son nobles? —pregunté con sorpresa.

Todas levantaron la mano y de ellas salieron fuego, rayos, viento, agua, y una se disolvió como arena.

—Somos descendientes directas de las líneas reales, fugitivas de la corona —explicó Zayd.

—Los piratas son parte de las mismas líneas que nosotras —continuó Suyay rehaciendo su cuerpo.

—Ellos se formaron a partir del primer incidente de escape, como soldados de los reyes —añadió Gya, la segunda al mando.

—Están formando la siguiente generación de piratas, y en ellos la sangre plateada ha pasado, por lo que son más peligrosos.

—Quieren acabar con nosotros.

—Pero, ¿por qué? —no entendía nada de lo que pasaba, si poseíamos la misma sangre.

—Nos fuimos para romper con la ideología de los imperios. Tratamos de hacerlo a buena cara, pero no tuvimos más opción que iniciar una guerra —la líder se notaba tensa; a simple vista no era un tema del que le gustara hablar—. Conforme más sangres plateadas desconocían a su familia, más poderosas volvíamos, y eso alertó a los reyes, empezando así una matanza.

—Por eso nunca nos quedamos mucho tiempo en un mismo lugar —habló por primera vez Unax, arreglando un poco su pelo electrificado.

—Gracias a los túneles hemos sobrevivido, Conra, y lo más seguro es que ya diste nuestra ubicación —dijo Zayd.

—Nos vamos al medio sol; recoge lo necesario, lo demás se quedará y se disolverá, así no hay evidencia —habló Suyay.

—En cuanto a tu castigo, en la nueva ubicación se te impondrá — terminó la líder, saliendo del salón a paso rudo y firme.

***

Seguíamos a la líder; la arena caliente soltaba vapor, quemando las partes expuestas, y el sudor empapaba los lentes protectores.

Los más jóvenes del clan batallaban para dormir al no estar acostumbrados.

Llevábamos casi todo el día bajo el sol; nadie estaba acostumbrado a aquellas temperaturas.

Los aerodeslizadores facilitaban desplazarse, pero no nos protegían del ambiente.

Lo bueno es que ya casi bajaba el sol; lo malo es que no nos detendríamos hasta llegar a la ciudadela de Tan.

Las altas mandatarias conducían los principales, los demás por los hombres del clan.

Una tristeza inmensa se adentraba en mí, recordando a Nilii y la promesa que rompía al irme del Bazard.

Ella estaría destruida; jamás la había engañado así, y si la volvía a ver, sería incapaz de disculparme.

El grito de "¡alto!" logró sacarme de mi mundo. Todos los aerodeslizadores paraban en el lago que separaba al desierto, dejando que rellenáramos cantimploras y nos refrescáramos.

El sol ya empezaba a bajar, dejando en el atardecer una vista hermosa, llena de calidez y pocas esperanzas.

—De aquí en adelante será más fácil el viaje; los que tienen guardia tendrán que soportar todo el viaje —gritaban dando órdenes.

No pasó mucho para que continuara el viaje.

Yo no tendría guardia, pero tampoco podría dormir.

—Conra, ¿por qué tan afligida? —preguntó Katyuska, sentándose a mi lado.

—Acabo de romper una promesa y, nada más llegar, me impondrán el castigo.

—No creo que merezcas ese castigo, a todas nos ha pasado alguna vez, pero tú obtuviste buena información.

—Sí, pero ya sabes cómo es mi madre.

—Pues sí.

El silencio se empezaba a hacer incómodo. No éramos de hablar mucho, así que me incomodaba no saber cómo continuar conversando.

—No entiendo por qué regañan tu edad, si casi todos comienzan a los 20.

—Sí, pero llevo muchos más años de preparación que otros y parece como si entrenara con los hombres.

—Sus entrenamientos son buenos, pero no tan específicos para misiones fuera de robar.

—Sí.

Nos volvió a rodear el silencio. Esta vez ya ninguna traía nada para cubrirse del calor, por lo que leía sus expresiones con mayor facilidad.

—¿Cómo crees que será el lugar donde nos vamos a quedar?

—No sé, solo espero que no sea diminuto como un sarcófago —comentó haciendo una cara de disgusto.

Reí por su extraño humor, acompañado de su expresividad; ella es única.

Durante el resto del camino ninguna habló, solo veíamos el camino esperando llegar rápido.

***

—¡Se acercan! —gritó un niño morocho, seguido de muchos otros.

Con los gritos, todos se despertaron y comenzaron a tomar armas y a disparar. Estábamos a nada de llegar a la playa, donde sería nuestra nueva guarida.

Las altas mandatarias estaban arriba de sus aerodeslizadores, listas para atacar. Ningún deslizador se detuvo; los niños preparaban el escudo protector.

Nuestros perseguidores disparaban desde tanques; ellos, dentro de esas máquinas, se protegían de nuestros ataques.

Rápidamente reconocimos quiénes eran.

—Son piratas.

Saqué mi equipaje, revolviéndolo en busca de granadas de presión. Encontré al menos quince de ellas y diez de fuego.

—¡Katyuska! —grité, y ella de inmediato volteó a verme—. Ayúdame a lanzarlas a las llantas.

Asintió, tomando algunas entre sus brazos. Una a cada extremo del deslizador, empezamos a lanzarlas. En varios deslizadores cercanos empezaron a copiar nuestra estrategia.

El impacto hacía que la arena se levantara, bloqueando su vista, y al menos dos de los tanques se volcaron, creando un choque masivo.

La luz empezaba a escasear; la dulce noche casi nos consumía, complicando el ataque al no poder ver casi nada.

—¡Guíense por la luz! —gritó quien creo que es Dehar.

Tal y como dijo, las luces de los tanques daban una ubicación un poco más precisa.

Las granadas no duraron; ahora solo teníamos láseres y flechas. Ya no había nada para defendernos, solo las altas mandatarias.

Nuestras desventajas en armas alertaron a los piratas. En pie, se acercaban cada vez más. La playa sería nuestro único escape.

Las ráfagas de fuego incendiaron el tanque más cercano; Zayd lanzaba bultos de ropa en llamas, siempre con su sonrisa maquiavélica.

El cielo se empezó a tornar nublado y la lluvia no tardó en caer, gélida y llena de rencor.

Unax parecía que volaba disparando rayos. Entre ellas dos se deshicieron de la mayoría de los tanques cercanos. Cuerpos caían de los deslizadores, dejando un rastro de nuestros guerreros; se volvían solo bultos en medio de la tierra.

Los conductores designados pusieron en su máxima capacidad a los deslizadores, logrando alejarnos de los tanques.

Volteé a ver qué ocurría. Una silueta humana se posaba encima de los deslizadores, levantando las manos y creando un torbellino circular entre ellas. Mantenía las manos en el aire, haciendo más grande el torbellino. A su alrededor, la tierra y la vegetación se movían con fuerza, tratando de llegar al torbellino.

Los deslizadores se detuvieron y todos empezaron a bajar. El aire se volvía cada vez más fuerte y se combinaba con los ataques de Zayd y Unax.

El clan corría directo al mar. Frente a nosotros se alzaba una gloriosa isla, nuestro escape.

No podía moverme de mi lugar; mis pies se aferraban a la tierra. La imagen de la silueta se volvía más definida: una chica cubierta con máscara antipolvo y el cabello negro ondeando en lo alto, bastante familiar.

Dirigió sus manos hacia el mar y lanzó su torbellino.

La descarga de aire tronó en mis oídos y me lanzó a metros de donde me encontraba.

No podía levantarme; el dolor del golpe me estaba consumiendo. Ningún sonido llegaba a mí, ni siquiera mi propia respiración.

Me quedé ahí tirada un buen rato, recuperando mis sentidos.

Logré pararme y caminar hacia los transportes donde habíamos estado disparando.

Piratas y Nereidas estaban a la orilla del mar, dos clanes distintos, y en medio de ellos, un solo cuerpo.

Los clanes estaban reducidos; quedaban pocos en cada uno. Ambos terminaríamos con nosotros mismos.

Empecé a caminar hacia ellos. Una sola pirata estaba arrodillada, gritando por el cuerpo a unos metros de ella. Atrás, sujetándola, estaba el anciano musculoso y serio del templo abandonado. Ellos eran los líderes de los piratas.

Avanzaba con dificultad por la arena mojada; la lluvia caía con suavidad, complementando la escena.

El cuerpo era largo y pelinegro.

Una presión invadió mi pecho. Aceleré el paso; no podía ser ella. Tomé una manta verde que se encontraba a metros de allí. Nilii no podía ser, ella no era una pirata.

Al llegar al cuerpo, no pude más con la presión. Nilii yacía en la arena teñida por su sangre; una de sus manos cubría su pecho. Toda ella estaba repleta de sangre.

Caí arrodillada y la envolví con mis brazos; pequeñas lágrimas mojaban mis mejillas y caían en su rostro.

Abrió un poco los ojos y me sonrió. Con su mano libre, limpió mi rostro.

—No debiste tocar mi cuerpo —dijo con dificultad. Tosió sangre y continuó—. Ahora no podré llegar a descansar.

—No, Nilii, tú no te puedes ir —lloré, recargando mi cabeza en su pecho—. No me puedes dejar, no así.

—Por favor, sé fuerte, por mí. Tengo miedo.

Aun en ese estado no dejaba de hablar sonriente.

—Nilii, por favor.

A cada segundo se ponía más pálida y sus ojos ámbar perdían brillo. Sujetaba con menos fuerza la herida y se volvía más pesada.

—Nilii, no me dejes; quédate a mi lado. No importa si somos enemigos jurados, quédate conmigo.

—Te convertirás en una mujer grandiosa, Conra.

Soltó un último suspiro y cayó inerte en mis brazos.

Desde mi corazón salió un grito desesperado.

Seguía llorando frente a ambos clanes.

—Una hija por una hija —la voz de Nayla sonó a mi lado.

Su hacha estaba en mi nuca; con un solo movimiento podría acabar conmigo, con un movimiento podría seguir a Nilii.

Cerré los ojos, ya que solo la oscuridad me acompaña a mi fin.

Los fantasmas, por Juan Pablo Soto Castelli (Chile)

No sabían exactamente cuánto llevaban viviendo ahí. Podían ser meses, años, décadas o incluso mucho más. Habían perdido la noción del tiempo. Pero seguían haciendo sus actividades cotidianas dentro de la casa.

A pesar de que no sentían hambre, cocinaban o fingían cocinar, veían televisión como en los viejos tiempos, ponían la tetera para beber, o fingir beber, un rico té o agua de hierbas, y en especial el hijo mayor y el menor tenían preferencia por el café.

Toda su vida habían habitado esa casa, y después quedó abandonada por completo. No dormían porque no lo necesitaban, pero hacían el gesto de ir a acostarse a cierta hora para volver a sentirse vivos. Tal vez ni siquiera era eso, sino más bien la costumbre.

El padre, el mayor de la casa, solía sentarse en el living a ver partidos de fútbol. Era su mejor pasatiempo. La madre solía hacer llamadas telefónicas desde el teléfono fijo de la habitación y daba vueltas al disco giratorio.

El hijo mayor se sentaba a planificar la semana. Era el único que podía tener una noción de qué día de la semana se encontraba o cuánto faltaba para Navidad.

El segundo hijo era un trabajador que se preocupaba por traer el dinero a la casa, por lo que se sentaba en su escritorio a firmar papeles y a teclear en el computador.

El tercero se preocupaba mucho de hacer deporte. Como le complicaba salir a trotar, tenía que subir al segundo piso a hacer bicicleta estática y pesas.

El cuarto pasaba su tiempo libre leyendo. A pesar de que tenía libros de historia y economía, pasaba sus horas leyendo novelas y ficción.

Todos sabían que su vida no era normal, pero eran felices recordando cómo habían sido sus días. Cuando el hijo mayor les decía que probablemente ya era viernes, todos se alegraban. Al oscurecer, se sentaban en la mesa del comedor, servían un poco de ron y jugaban póker o dudo con sus vasos de cacho. Cuando ya empezaba a amanecer —o eso parecía—, iban a acostarse. Nunca iban todos al mismo tiempo; simplemente se iban bajando del juego de a poco a medida que estuvieran cansados, aunque en realidad ya no se cansaban.

Por las mañanas del día siguiente, se sentaban a desayunar todos juntos. Hacían como que preparaban huevos, té y jugos naturales. El segundo hijo no trabajaba porque correspondía tomarse sus días de descanso. No todos se levantaban a la misma hora, pero quedaba un espacio para que se sentaran todos juntos. Mientras desayunaban, ya iban discutiendo qué podrían almorzar. Por ser fin de semana, siempre se les antojaba algo como papas fritas con arroz y alguna proteína. Aunque el huevo tenía que ir sí o sí, no estaba considerado dentro de la proteína, a pesar de que lo era. Necesitaban algo de carne.

A veces pensaban en escalopas o, si querían variar, podían ser mariscos. De todas maneras, una vez al mes, según los cálculos del hijo mayor, tenían que comer sin falta una pizza hecha por la mamá. Era la mejor pizza del mundo, según comentaban todos los hijos, y de verdad lo creían.

La madre se esmeraba en preparar la masa, donde estaba el secreto. Había algo en su preparación que sabía que gustaba mucho a la gente. También le pasaba con los panes amasados que solía preparar en fechas especiales, fines de semana lluviosos o los canapés que preparaba para los cumpleaños.

El hijo menor solía preguntarle a mamá:

—¿Por qué seguimos celebrando cumpleaños si en realidad no estamos cumpliendo años?

—Es la tradición. Y seguiré haciéndolo hasta que muera.

—Pero ya estamos muertos.

—Hasta que muera mi alma.

Tenía razón. Las tradiciones seguían. Cuando el mayor estimaba que se acercaba el mes de diciembre, el padre subía solo al entretecho a buscar los adornos de Navidad y el árbol. Estaban un día entero adornándolo, aunque ninguno de los hijos ayudaba mucho, pero sí se alegraban tremendamente al verlo montado.

No podían salir de la casa porque en realidad no veían nada afuera. Estaba todo muy nublado y sentían que había un vacío eterno. Ese hogar tenía todo lo que necesitaban.

Un día de supuesto domingo, mientras la madre veía televisión y tejía un chaleco, el tercer hijo le preguntó qué pasaría si llegaba nueva gente a esa casa.

—¿Nos iremos de aquí? No tenemos dónde ir.

—No nos iremos. Pero no los molestaremos. Apareceremos en los horarios en que ellos no estén, mientras duerman.

—¿Y crees que nos puedan ver?

—No lo sé, hijo. Solo Dios sabe esas cosas.

El domingo al atardecer, el padre se sentaba con una cerveza a ver algún partido de fútbol. Estaba toda la tarde en eso. Los hijos solo se sumaban cuando su equipo favorito tenía que enfrentarse. A veces se ponían camisetas para alentar con más fuerza. Los resultados no siempre eran buenos para su equipo; aun así, mantenían la esperanza de que algún día volverían a ganar el campeonato.

Y cuando jugaba la selección nacional, todos se reunían, incluso la madre, que no adoraba mucho el fútbol, pero sí valoraba el momento, y se ponían a alentar con todas las fuerzas.

Además de estas actividades inocuas, el padre siempre sentía la necesidad de reparar algo o trabajar para la casa. Era común que quisiera pintar la casa, primero de blanco entera, luego de un color gris claro y hasta de color morado. Iba de a poco y por partes, y sentía que le daba vida a la casa.

A veces tenía que reparar la lavadora y, aunque no fuera necesario cambiarse de ropa habitualmente, lavaba, y lo hacía —según los cálculos del hijo mayor— al menos dos veces por semana.

Otros días sentían la necesidad de ordenar la habitación, y esto muchas veces implicaba mover álbumes de fotografías. Ambos padres se quedaban horas recordando a sus viejos amigos y familiares.

—¿Te acuerdas del tío José? Qué manera de quererlo los niños.

—Oh, claro. Siempre tenía una sonrisa en la cara.

—¿Y en esta foto ves a tía Ana? Podía estar pasando por momentos muy difíciles, pero siempre tenía un chiste para sacarte una sonrisa.

Y así se la pasaban mirando a sus viejos seres queridos hasta que alguno de los hijos pasaba por la habitación, veía ese revoltijo de fotografías y se quedaba viéndolas.

—Qué lindo viaje a Buenos Aires. Nunca olvidaré el sabor de esa carne.

El hijo mayor era muy confidente con su madre. Siempre la consideró su mejor amiga y le contaba todo: sus preocupaciones, sus miedos, y cada cosa en la que tuviera que tomar alguna decisión, por menor que fuera, la consultaba con ella. Eso no cambió con su nueva estadía en la casa, donde parecía que ya tenían una sabiduría infinita, pero sus características terrenales no cambiaban, y eso hacía sentir muy empoderada a la mamá.

Ella siempre fue la reina en un reino de hijos poderosos pero inseguros que la necesitaban para que les diera la última palabra.

El padre siempre fue fuerte y enseñó con el ejemplo. Aunque podía ser duro a veces con sus opiniones, se sabía que era un hombre muy sabio y admirado por muchos. Ambos en conjunto eran un ejemplo de una familia unida y que se amaba profundamente. Nadie en vida hubiese podido imaginar a uno sin el otro, y tal vez fue por eso que los astros se alinearon para que, incluso más allá de la vida conocida por todos, siguieran juntos.

Los días más melancólicos, la madre se quedaba en su cuarto escuchando tangos que le hacían recordar a su padre, un excelente cantante de estos. Lo imaginaba cantando y, a la vez, bailando con su santa madre, y se apenaba por sentir que no volvería a verlos nunca. Incluso en ese mundo, donde pensaba que todos se reunirían, se hacía tan difícil la comunicación.

El segundo hijo insistía en que, si se esforzaba llamando por el teléfono, tal vez daría con ellos, que con fe todo se podía, y eso era algo que ella misma les había inculcado.

El hijo mayor era un poco más incrédulo y trataba de ser "realista" y "objetivo".

El tercer hijo le discutía al primero que cómo hablaba de ser realista cuando estaban ya viviendo ese mundo de fantasía.

El cuarto los oía y, a veces, anotaba algunas cosas. No quería desgastarse discutiendo algo para lo que sabía que no tenía respuesta. Al igual que su madre, creía que esas cosas solo las sabía Dios.

Un domingo en la mañana, mientras el padre lavaba algunos platos, escucharon sonar el teléfono de casa. Algunos hacían como que despertaban y se levantaban, y no tardaron en llegar hasta la habitación de la madre, desde donde provenía la llamada. Ella lloraba.

—¿Qué pasó? —preguntaron todos.

—Me ha llamado el tata. Vienen hoy a almorzar en la tarde.

Disco volador, por Cecilia Román (Chile)

Las olas se escuchaban a lo lejos. El sol pegaba fuerte. Las bocinas de los otros vehículos chillaban al son de las voces de los vendedores ambulantes que pasaban ofreciendo cocaví a los veraneantes.

Estaba echado en la arena sobre mi disco volador, mientras miraba hacia el horizonte en mi lugar de siempre, cuando vi que un auto gris con patente de cuatro dígitos, se detuvo frente a la entrada de la playa. De repente, se bajaron las ventanas delanteras.

—¿Tienes plata para la bencina?

La voz pertenecía a un hombre viejo, gordo, de piel grasa, cabello lacio y cara de pocos amigos. Llevaba una remera ajustada y tenía el vientre hundido. Olía a cebolla. A su lado, una sombra un tanto más baja de estatura, que apenas podía distinguir.

—No.

La segunda voz era de una mujer madura, de un olor que no resultó nada interesante para mi estómago.

—Te dije que trajeras.

—...

—¡Marta!

Seguí mirando hacia el horizonte. De repente, se escuchó un portazo. La mujer había salido del auto. Llevaba un abrigo, un vestido floreado y unos botines. Algo abrigado para este clima, pensé, pero no le di importancia. Tenía una sonrisa agradable, pero con un dejo de tristeza en sus ojos. Se puso a recoger piedras en la arena para más tarde metérselas en los bolsillos. Mientras, murmuraba entre dientes:

—¿Tienes plata para la bencina?

Pasó un rato. Tomé mi disco y se lo dejé a los pies, a ver si aceptaba mi invitación. La mujer se sacó el abrigo y aceptó. Era bastante menuda, algo que no se notaba con toda la ropa que llevaba encima. Calculo que pasaron varios minutos, o quizás la tarde entera, mientras jugábamos.

Al terminar la sesión, estaba muy agitado, por lo que dejé mi platillo en el suelo. La mujer sobó por debajo de mi hocico y pecho, por lo que terminé por mostrarle el lomo para que también lo acariciara. Después, se puso su abrigo y siguió buscando piedras, para luego echárselas a los bolsillos.

La mujer volvió a murmurar:

—¿Tienes plata para la bencina?

Se hizo de noche y tenía curiosidad por saber qué había ocurrido con el hombre del automóvil, ya que hacía rato no había rastro de él.

De repente, sentí olor a cebolla.

—¡Marta! ¡Marta! —gritaba el hombre gordo a distancia.

En un instante, la mujer se adentraba en el mar con el abrigo, el vestido floreado y los botines.

El agua de las olas chocaba con las rocas, mientras la marea subía. La mujer seguía adentrándose en el horizonte. Decidí nadar hacia ella.

No me di cuenta cómo, pero tenía mi disco. Lo lanzó. A pesar de mis jadeos, fui a buscarlo.

Regresé con él a la orilla para que lo volviera a lanzar. La mujer saludaba con su mano desde el agua.

Imagino que se despedía, porque luego ya no estaba. Lo último que alcancé a oír fue un suave murmullo:

—¿Tienes plata para la bencina?

—¡Marta! ¡Te dije que trajeras plata para la bencina! —alcanzó a decir el hombre, mientras la mujer se hundía.

Uno, Dos, Tres, por RE (Chile)

Un relato del Ser en tres actos.

Uno: en el principio Uno era todo.

Ciertamente este era un lugar extraño, suponiendo que lo pudiéramos llamar un lugar. Para empezar, no sería fácil darle una ubicación específica; tal vez la expresión "está en medio de la nada" podría aplicarse en este caso. En efecto, no había nada alrededor.

También podría decirse que era un lugar tan callado que solo se escuchaba el silencio. Ciertamente, en este lugar imperaba un silencio profundo, reverencial, como "ahuecado", algo así como un silencio que se envuelve a sí mismo…

Era un silencio luminoso... ¿Luminoso? Mmmm… Aunque no podría decirse con certeza si era de día o de noche, se sentía como una profunda y clara oscuridad, o una obscura e inconmensurable claridad.

Y en medio de ese extraño lugar podía sentirse una presencia, como si se tratara del lugar mismo. Podríamos decir que era su espíritu. En verdad, no habría forma de ubicarlo en el espacio, ni tampoco precisar su forma… Tal vez era un sonido o algo como una especie de murmullo o de susurro.

Mmmmmm… sí, era un murmullo, un susurro, un sonido sin materia, algo parecido a un tremor sin origen claro. Lo envolvía todo y hacía pensar que, en medio de aquella nada, ciertamente había "algo". No había duda de que "algo" existía allí. Era una presencia también extraña. Era sólida y sutil. Era inmensa y diminuta. Era tranquila y amorosa. Era como si un manto silencioso cubriera toda aquella nada.

Vamos a llamarla "Uno", para poder referirnos a esa presencia, porque a pesar de que no emitiera sonidos, indudablemente tenía pensamientos y sensaciones. Uno estaba allí, en un rincón, ocupando todo el espacio sin forma. Uno sentía una gran paz y tranquilidad. No había nada que pudiera perturbarlo. Bueno, en realidad es que no había nada, literalmente hablando. Uno pasaba los días y las horas, una tras otra, sin ninguna diferencia entre sí; aunque no podría decirse que existiera algo así como el paso del tiempo, a Uno le era difícil imaginarse que hubo un ayer o que habría un mañana. Es como si viviera en un eterno presente, donde todo pasa y nada pasa...

Y en realidad pasaba todo, porque sus sensaciones y pensamientos eran de una inmensa riqueza. Uno podía ver toda clase de colores y movimientos surgiendo y desapareciendo en su consciencia. No podría decirse que eran recuerdos, porque Uno no había tenido ninguna experiencia que pudiera recordar. Tal vez era algo así como convulsiones cognitivas o volutas creativas o sacudidas sensitivas... mmm... Era muy raro todo aquello.

Lo único cierto es que Uno estaba allí, en silencio, en medio de la inmensidad y siendo la inmensidad misma, sin poder comprender el límite entre él y cualquier otra cosa. En algún momento, algo parecido a un pensamiento empezó a tomar forma en su conciencia. ¿Conciencia? Sí, parece que Uno experimentaba algún tipo de conciencia, como si se diera cuenta de algo más allá de sí mismo, que tal vez fuera él mismo.

Un pensamiento extraño, desconocido, como vacío. Uno se preguntaba qué hacía allí en medio de la nada, siendo nada y al mismo tiempo siendo todo. Una situación algo absurda y contradictoria que Uno se esforzaba por entender. Sin embargo, por más esfuerzo que hiciera, no podía comprender esta cosa paradojal de su existencia...

Uno era un solo pensamiento...

Un pensamiento persistente que estaba empezando a volverse algo incómodo. Uno intentaba entenderlo. Era como una imagen que intentaba formarse en su conciencia. Era una imagen vacía, carente de toda referencia a nada.

Uno se sentía vacío… o vacía, porque tampoco podría decirse que Uno tuviera género. Uno era un inmenso vacío en sí mismo.

Y la incomodidad iba en aumento. Uno se movía inquieto, en medio de una quietud insoportable. Empezó a sentirse atrapado en algo que era él mismo, porque fuera de él mismo no había nada. La sensación de estar atrapado en sí mismo empezó a ocupar toda su conciencia, empezando a hacerse insoportable.

A Uno nunca le había pasado algo así. Aunque no hubiera tiempo en aquel lugar, ese nunca parecía real. Uno nunca se había sentido vacío, porque él era todo lo presente. Sin embargo, no cabía duda: Uno estaba muy inquieto.

Y el tiempo pasaba, o no pasaba, lo cual era peor aún para su inquietud, que seguía creciendo constantemente. Era como si algo estuviera creciendo en su interior.

Y poco a poco el murmullo empezó a transformarse en un sonido más sólido, algo parecido a un rugido… primero suave y luego más fuerte. Sí, era un rugido acompañado por un extraño movimiento en medio de la inmensa nada. Uno parecía envolverse en sí mismo con una fuerza y ansiedad inusitadas. Uno se retorcía en un movimiento espiralado, lleno de colores y destellos. El rugir se hacía mucho más sólido, ocupándolo todo y llenando cada rincón de su conciencia. El giro de la espiral era cada vez más vertiginoso, creciente e incontenible. Uno parecía estar convulsionando en ilimitados estertores. Luz, oscuridad, silencio, estruendo, quietud, movimiento, contracción, expansión...

Uno se contraía y se expandía, ocupándolo todo, siendo todo en medio de la nada. Era algo que estaba allí... no se sabe de dónde surgió, pero estaba allí. Era algo muy caliente y denso, que empezó a tomar forma en el espacio y en la conciencia. Uno sentía como si estuviera muriendo, o tal vez naciendo.

Una sensación de totalidad del espacio y del tiempo empezó a apoderarse de Uno. Eran todas las formas de la materia, de la energía y del movimiento. En algún momento se volvió transparente y las fuerzas que Uno empezaba a experimentar dejaban sentir su influencia, bajo la cual comenzaron a crecer pequeñas heterogeneidades dentro de sí mismo, atrayendo toda la conciencia circundante. Uno empezó a transformarse en una especie de gran nube que se expandía rápidamente en medio de una nada que se convertía en existencia. Y entonces hubo algo parecido a una explosión... una gran liberación de energía en el espacio, una fragmentación en la conciencia de Uno. Y todo se tornó incierto. Donde antes no había nada, ahora estaba todo, existiendo, vibrando, expandiéndose, conociéndose... Uno dejó de existir. Uno nunca más volvería a estar solo.

Dos: la historia de Wakj.

Era una tarde de verano del año 7.457.988 a.C. En la penumbra de una cueva, al abrigo de un monte que se alzaba majestuoso en los confines de una exuberante llanura africana, Lucy iniciaba el trabajo de parir a su quinta cría.

Habían pasado otros tantos millones de años desde el último avance glacial, durante los cuales los hielos habían retrocedido y los períodos de frío fueron reemplazados por intensas lluvias que hicieron subir el nivel del mar. Poco a poco, el paisaje y el clima del planeta fueron tomando una nueva fisonomía. Todas estas transformaciones climáticas determinaron una gran variación en la flora y la fauna terrestres.

Lucy era la descendiente directa de un grupo de primates superiores que había comenzado, algunos miles de años antes, a bajar de los árboles al suelo. La selva había comenzado a reducirse y debían buscar alimento a campo abierto para sobrevivir. Los ancestros de Lucy caminaban apoyándose sobre los nudillos de sus manos, pero poco a poco se fueron irguiendo y desde hacía ya varias generaciones habían liberado sus manos, pudiendo empuñar piedras y palos para cazar pequeños animales o para defenderse de los grandes mamíferos.

Lucy era una primate especial. Tenía un brillo diferente en su mirada que, por supuesto, no podía ser percibido por sus congéneres. Ella se quedaba durante largas horas mirando el horizonte, atraída por la profundidad y la intuición de que algo interesante sucedía más allá de donde su vista alcanzaba. En ese momento ya había parido cuatro crías saludables, inquietas y juguetonas. No bien lograban dar sus primeros pasos solos, salían corriendo y saltando de matorral en matorral, subiendo y bajando de los árboles.

Su quinta cría sería diferente. Wakj nació durante una noche de luna llena, en medio de aullidos lejanos que reflejaban un inusual movimiento de energía. Nació muy despacio, como si temiera asomarse a ese mundo desconocido que le esperaba al otro lado de ese lugar calientito en el que se encontraba. Wakj salió temerosamente y, antes que cualquier otra cosa, abrió sus ojos y miró a su alrededor… miró la cueva, miró el horizonte dibujado al fondo y, por supuesto, miró a su madre, encontrándose sus miradas y sintiendo los dos un extraño sobrecogimiento. Wakj tardó mucho más tiempo en lograr moverse por sus propios medios que sus hermanos mayores. Se veía inseguro e indefenso. Era claro que la dependencia de su madre era mucho mayor. Lucy empezó a observarlo de una manera diferente a sus otros hijos como si reconociera, reflejada en sus ojos, la inmensidad del horizonte que antes le embelesaba. Wakj había heredado el mismo brillo de la mirada de su madre.

Lucy y Wakj pasaban mucho tiempo mirándose uno al otro. Se reconocían, se acariciaban, se cuidaban mutuamente. Pronto Wakj empezó a producir unos sonidos diferentes que llamaban la atención de la manada. Acostumbrados a los chillidos y a los gritos de todos los días, quedaban sorprendidos cuando escuchaban una especie de quejido gutural acompañado de un gesto inusitado en su rostro. Era como si estuviera haciendo un gran esfuerzo por controlar los sonidos que emitía. Wakj se llevaba las manos al rostro e intentaba sentir la fuerza del aire expelido por su boca. Poco a poco fue dominando mejor los sonidos y empezó a jugar con algunas combinaciones. "Mmmm ap… mmmmm", algo así podría escucharse que decía. Esos sonidos iban por lo general acompañados de algunos signos, posiciones y actitudes corporales.

Wakj señalaba a su madre y a su padre pronunciando sonidos diferentes que cuando señalaba a sus hermanos o a los otros miembros de la manada. También, cuando tenía hambre o le ofrecía algo de comer a sus hermanos, hacía gestos extraños que incluían algunos abrazos que bien podían leerse como expresiones amorosas.

Wakj solía alejarse regularmente del territorio de su manada para explorar otros lugares. Caminaba bastante más erguido que sus hermanos y miraba cuidadosamente todo lo que iba encontrando a su paso. Tocaba la textura de las hojas de los árboles, olía el aroma de las flores, escuchaba el sonido del río y del viento, descubría el calor del sol sobre su piel. A veces se quedaba embelesado contemplando el vuelo inquieto de un colibrí o el majestuoso despliegue de un águila escudriñando en el cielo por su próxima presa. Wakj era un gran observador y disfrutaba de conocer todo lo que la naturaleza ponía en su camino.

Pero el lugar preferido de Wakj era un árbol, bajo cuya sombra se sentaba por largas horas, mientras acariciaba una manzana antes de comerla. Tomaba la manzana, la miraba, la olía, la tiraba hacia arriba y la recogía con su mano derecha, la mordía lentamente y suspiraba. Definitivamente, algo estaba pasando por su cabeza. Recostado sobre el tronco del árbol, miraba el horizonte, el mismo horizonte que tanto atraía a su madre. Su mirada era la misma. Wakj pensaba algo, no había duda.

Wakj sentía y se daba cuenta de que sentía… A veces cerraba los ojos para experimentar extrañas sensaciones internas, a veces una punzada, otras un hormigueo, un ahogo, una presión en el pecho. No podía entender qué producía esas sensaciones. Miraba tratando de ir más allá, más profundo, no solo afuera, sino adentro de sí mismo… Sí, Wakj empezó a descubrir que no solo era parte de una manada de primates, empezó a sentirse conectado con todo lo que le rodeaba. Empezó a no distinguir dónde terminaba él mismo y dónde empezaba todo lo demás… era él, su manada, su territorio, las montañas, el cielo y algo misterioso e incomprensible que estaba mucho más allá de lo que sus ojos podían alcanzar.

Lucy lo observaba a distancia, sin que él se diera cuenta. Se sentía muy curiosa y al mismo tiempo muy preocupada. ¿Qué ocurría con este chico singular que no se unía a la algarabía de sus hermanos, que no se lanzaba con frenesí a recoger frutas de los árboles para devorarlas con entusiasmo, dejando cáscaras y desperdicios esparcidos a su paso?

¿Acaso padecía de alguna enfermedad desconocida? ¿Acaso era el precursor de una nueva clase de primates? Por supuesto, eran preguntas que Lucy no podía hacerse, pero en el interior de su corazón de madre, sentía una ternura infinita hacia su pequeño y extraño hijo.

Tres: en la tierra del amor sin aspavientos.

Ahí estaba, una vez más acariciando sueños y sintiendo la savia creativa recorriendo su cuerpo. Pasaba cada cierto tiempo cuando algo, un evento, una especulación o la imagen de una posibilidad, le llenaban de entusiasmo y energía.

Me gustaba verlo así. Era como un niño bueno. Y es que en realidad era apenas un niño con apenas 15 años recién cumplidos, con su mente inquieta y con su corazón ansioso, que aún ignoraba la lesión que se alojaba entre sus dos aurículas y que 12 años más tarde lo llevaría al quirófano. Pero no nos desviemos, esa es otra historia, porque la que ahora nos ocupa tiene que ver con acompañarlo en una situación totalmente inesperada que en principio le haría maldecir su destino y la torpeza de un conductor inocente, para muy luego encontrarse disfrutando de un espacio sin tiempo en la "Tierra del Amor sin Aspavientos".

Tengo que hablar un poco de ese lugar. La "Tierra del Amor sin Aspavientos" era un lugar cálido, inocente y muy amoroso que él había descubierto recién a sus 4 años, cuando soñaba con vivir con su vecinita, de la cual estaba perdidamente enamorado. Se imaginaba durmiendo junto a ella en una carpa de juguete instalada en el patio de la casa de sus abuelos. Re —se llamaba Re nuestro personaje— imaginaba que se abrazaban inocentemente después de haber compartido el tetero de las buenas noches, en un estado de total despreocupación y cobijados por ese amor simple e inocente que solo necesita de la atención y la compañía para sentirse absolutamente dichoso. Esa era la "Tierra del Amor sin Aspavientos".

Bueno, Re se encontraba exultante porque acaba de reunir todos los materiales para un proyecto de revista con artículos sobre la vida, el planeta y el futuro que llamó "América India" en honor a un cantante colombiano que en esa época tenía una canción del mismo nombre. Re había logrado organizar un concierto para presentarse en su ciudad ante un reducido auditorio de algunos amigos y conocidos en un inmenso auditorio desocupado, como una antesala del lanzamiento de su flamante revista. Re estaba feliz y decidió viajar a la capital y aparecer por sorpresa en la casa de sus padres, aprovechando para llevar los originales de la revista, los artículos y sobre todo la portada diseñada por su querido tío que vivía en París. Todo lo necesario para iniciar el proceso de edición e impresión. Era un momento perfecto.

Re salió corriendo de la última clase de matemáticas, rumbo a la casa de sus abuelos, donde vivía desde hacía unos meses, luego de haber decidido no viajar a la capital, a donde se había trasladado su familia —su padre, su madre y sus dos hermanos— por asuntos del trabajo de su padre. Re llegó, saludó a su abuela, se comió raudo las onces que "Lita" le había preparado, le dijo que se iba esa noche para Bogotá y se dispuso ansioso y feliz a empacarlo todo.

Dos horas después, estaba en el terminal de buses de San Andresito, comprando los pasajes para viajar durante toda la noche y llegar en la mañana muy temprano, tomar un taxi, llegar a su casa, golpear la puerta y decir: "Hola, mami, decidí venir a desayunar con ustedes"…

Sin embargo, el destino tenía otros planes para Re. El bus partió e inició el último viaje que haría. Cuatro horas más tarde, en la madrugada, en medio de una densa niebla, al tomar una curva cerrada, se encontró frente a frente con una tractomula cargada de Martinis.

Re no lo podía creer. Estaba teniendo un accidente con todos sus originales en el portaequipaje superior del bus, sabiendo que se estaban destruyendo, al igual que la sorpresa que esperaba darle a sus padres. Sintió que se bamboleaba de un lado para otro, como si fuera un saco de papas… no había dolor, solo rabia con el conductor que había tenido la mala idea de estrellarse justo con él a bordo.

El bus dio varias vueltas sobre sí mismo y se detuvo finalmente. Todo estaba oscuro y húmedo. Solo se oían ruidos sordos y los gritos de los pasajeros pidiendo ayuda. El escenario debía ser dantesco. Re estaba en shock… No entendía qué estaba pasando realmente y, medio aturdido, salió por una ventana, tratando de encontrar a tientas sus lentes, que nunca aparecieron. Re no veía mucho, solo se daba cuenta de que caminaba por encima de escombros y en medio de gritos desesperados.

Pasaron horas de confusión y desconcierto. Re daba vueltas sin saber qué hacer. Llegó a subirse en otro bus que estaba del otro lado del accidente, pensando ilusamente en continuar su viaje. Cuando se dio cuenta de que era imposible, de que su pierna izquierda le dolía mucho y que no podía caminar, decidió pedir ayuda. Lo llevaron alzado al otro lado, donde estaban las ambulancias, y lo entregaron a los enfermeros que estaban sacando a los últimos accidentados para llevarlos al hospital más cercano.

Allí llegó Re, sintiendo los brazos que lo sostenían y empezando a sentir un extraño sopor, como un sueño ligero que definitivamente lo estaba transportando a la "Tierra del Amor sin Aspavientos". Era muy extraña esa sensación en medio de toda la tragedia. Re se encontraba feliz de estar vivo o tal vez simplemente agradecido por los cuidados y el amor recibido de enfermeros, enfermeras y médicos que se preocupaban por él. Fueron horas de liviandad sin causa, incluyendo bromas simples en medio de un estado de paz inexplicable. Muy pronto llegaron sus tíos, que vivían en un pueblo cercano a donde había ocurrido el accidente, y lo llevaron a su casa para ducharse, descansar y recuperarse del shock, mientras empezaba la recuperación del hematoma de la pierna izquierda. Ya allí pudo hablar con sus padres, explicarles lo sucedido y sumirse en ese estado de disfrute simple por la vida, recordando el estado de total despreocupación cobijado por el amor inocente de su vecinita, y ahora por la atención y la compañía de su familia. Era su segunda visita a la "Tierra del Amor sin Aspavientos", donde solo existen el amor y la vida expresándose de manera inocente, simple y generosa.

DRAMA

¿Vale la pena arriesgar?, por Gonzalo Lara Gómez (México)

Este relato está basado en hechos reales. Resulta que, en años anteriores, a finales del siglo pasado, estaba en boga la migración de indocumentados hacia los Estados Unidos de Norteamérica.

En plática con amigos de un pueblo del estado de Oaxaca (México), y en relación con sus inquietudes de experimentar un viaje a los Estados Unidos, deciden probar suerte como indocumentados con la idea plena de una mejor solución a sus problemas económicos por la situación de vida en la comunidad que se menciona como en muchos otros. Es bien sabido que todo redunda en conseguir un mejor futuro, y en base a la situación precaria que viven, proyectan la posibilidad de establecerse posteriormente en un futuro incierto de bienestar más cómodo para la familia, por lo que toman la firme decisión. Con iniciativa propia, deciden superar la difícil etapa que los sujetaba en estos momentos, más que nada por la falta de recursos económicos que requieren para salir adelante, principalmente para la superación de sus hijos con perspectivas acorde a la evolución, Todo porque en el lugar no existe fuente de trabajo, tampoco en la región ni en la capital del estado.

Eder, de treinta y cinco años, tez morena y complexión robusta, deja a cargo de su esposa a sus dos pequeños adolescentes. De la noche a la mañana se decide y, en común acuerdo con uno de sus amigos — Fredy, soltero de ventiocho años—, abandonan en común acuerdo sus hogares, familiares, parientes, amigos, y se incorporan con una justa idea y convicción a la realización de una aventura que ya el amigo le había platicado. En virtud de que Fredy, con esta nueva aventura, sería ya la tercera ocasión en realizarlo así que, en confianza y por conocimiento de la ruta, no existía ningún problema; todo les resultaría sin inconveniente alguno. Supuestamente convencidos de las peripecias que encontrarían en el camino, así como de las circunstancias que afrontarían en el transcurso del recorrido, el proyecto a lograr estaba definido mentalmente, al igual que el futuro deseado. Con esta gran alternativa, inician de esta manera una supuesta superación personal, contando, desde luego, con la plena convicción y el firme propósito incondicional de cada uno. Arriesgando el viaje en base a la experiencia que el amigo cercano aportaba de sus idas anteriores a la tierra prometida, partieron con fe y esperanza, convencidos plenamente de la problemática interna de sus hogares. Sobra decir que, para tal motivo de acción, el ferrocarril sería precisamente el medio indicado de transporte para el inicio de la ruta que los llevaría hacia el estado de Veracruz. De manera tal que fue así como se trasladaron a este lugar mediante un largo recorrido, sentados y sin dormir encima de un vagón de carga de la ya famosa "Bestia". Luego avanzaron por otra más que los alejó del lugar hacia otro rumbo indicado por el norte del país, transbordando para poder llegar y finalmente aterrizar muy cerca del destino que los esperaba.

Las personas que han tratado o tratan de atravesar los desiertos en busca de una mejor formación y libertad, como en este caso tuvieron que hacer, desgraciadamente son vistas con recelo, como personas de peligro, inseguridad y amenazas. Estos migrantes, por su precaria situación, se ven obligados a realizar trabajos mal pagados. Con la intención de salir de la miseria, intentan encontrar oportunidades de una mejor vida, pero siempre consideran a estos emigrantes como una carga. Obligados por dicha situación, aceptan humillaciones denigrantes sin pensar nunca que esa gran urbe o país fue precisamente conformado por migrantes de diferentes partes del mundo. Esto implica reconocer que salieron de su tierra a buscar una mejor oportunidad de vida, llegando a un lugar a trabajar y no a ser delincuentes, como muchos creen. Pero, en fin, el caso es que este en particular, si reflexionamos bien, con muchos sacrificios logran su propósito y objetivo. A los quince días de estar ubicados, avisan a sus familiares que ya se encuentran trabajando. ¿En dónde o en qué condiciones? Solo ellos lo sabían. Y, si nos detenemos un poco más, nos daremos cuenta de que, poco a poco, la humanidad se va integrando y conociendo las necesidades. Este fenómeno dejará en pocos años de ser un conflicto

Afortunadamente, no sufrieron detención alguna ni fueron deportados, pero sí los lazos familiares se fracturaron. Si bien es cierto que la situación económica mejora, por otro lado, no redunda en un mejor bienestar y calidad de vida, sino que, al contrario, la experiencia, por lo general, al hacer falta la figura masculina que brilla por su ausencia, sufre la transformación en su hogar, así como la fragmentación de vínculos familiares. Es indudable también que esta circunstancia afecta el tejido social de la comunidad y únicamente se vive la realidad; se experimenta en la formación de los hijos. Es necesario salir de sus implicaciones como migrantes; las rutas que recorren como indocumentados son peligrosas y muy difíciles. Algunos tienen buena suerte, pero muchos otros no. El tema es largo y amplio de contar, por lo que solo mencionaremos a Eder: vivió su experiencia y estancia por el lapso de un año, y, de no ser por el fallecimiento de su madre, se considera probablemente que aún estaría por aquellos lugares, sufriendo las incertidumbres. Mientras agilizaba su viaje por medio del autobús que lo traería de regreso hasta el estado de Oaxaca, y en la necesidad de alcanzarla a ver y estar junto a ella en su última morada, llegó lo más pronto posible a reunirse con sus hermanos en este sensible acontecimiento familiar.

Una vez transcurridos los nueve días del proceso funeral acostumbrado, requirió trasladarse nuevamente a la frontera, pero cabe mencionar que, en esta ocasión, lo hizo únicamente en condiciones de recuperar su vehículo —una camioneta— que había dejado encargada, vehículo que logró gracias a su buena conducta y al apoyo brindado por su jefe en la producción del campo. Ya de regreso en casa, y en pláticas con su esposa e hijos, concluyen que es necesaria su estancia en el lugar y, por ende, su responsabilidad en el control de los problemas diarios que ocasionó con su partida. En resumen, y en decididas cuentas, acepta quedarse de manera permanente al lado de su familia, optando por no retornar y permanecer siempre junto a ellos.

De forma tal que visualizó y analizó la situación de sus acciones a partir de ese momento, logrando con esto la resolución de reincorporarse nuevamente a continuar en su sistema de vida anterior campirana. Por lo tanto, se olvida del paisano Fredy y de su aventura como indocumentado. Se comunica con él para darle a conocer sus nuevos planes y la decisión de su permanencia en el pueblo. Con lo poco ahorrado que logró reunir en sus andanzas por los campos estadounidenses, se compró un kit o equipo de cómputo para establecer un "Ciber" como negocio propio, proporcionando el servicio al estudiantado del pueblo, así como a los de las comunidades aledañas que lo requerían y les hacía mucha falta, bien para la adquisición de partes y servicios relacionados con los sistemas de cómputo, como para la telefonía celular, papelería y artículos varios. Ya con este negocio en su haber, en los meses posteriores, después de haber laborado y echado a andar el programa recurrente, le da seguimiento a su siguiente opción. Se traslada a un poblado que se ubica muy cerca del municipio y puerto de Salina Cruz, Oaxaca, cerca del río Tehuantepec, mismo que desemboca en el golfo del mismo nombre, muy cerca de la ensenada o bahía "La Ventosa", a seis kilómetros del propio puerto. El sistema de vida de la mayoría de los pobladores de este lugar se finca en el cultivo de tierras ejidales. De hecho, el pueblo se encuentra dentro del propio ejido correspondiente. Por otro lado, también se dedican a la pesca de productos marinos. En la solvencia de poder adquirir una pequeña embarcación para este último quehacer citado, visualiza la oportunidad de dedicarse también al oficio de pescador, no sin antes dejar encargados en la administración del "Ciber" a sus propios hijos, mismos que, por motivo de horarios en la asistencia a sus respectivas escuelas de nivel medio superior, se turnarían la atención de dicho establecimiento en común acuerdo con la coordinación de clases de cada uno.

Mientras tanto, Eder buscaba la forma de establecerse con otras actividades, pero con la idea y visión inmediata del trabajo extra de la pesca que lo beneficiaría para solventar mejor sus ingresos económicos. Sin menospreciar la oportunidad que le brindaron sus paisanos y amigos conocidos del citado lugar, se relaciona rápidamente con el más allegado en cuanto a estos menesteres, logrando, así mismo, incorporarse y formar parte del grupo de pescadores ribereños. Así que adquiere un bote, canoa, lancha, o como se le pueda llamar por este rumbo, en relación con el equipo de trabajo para sus propias necesidades. Ya para incursionar en el oficio de pescador, se identifica plenamente con las vendedoras del mercado municipal de Salina Cruz, que asisten todos los días muy temprano a la compra de los productos del mar, relacionados con la comercialización del día con su clientela, adquiriéndolo muy temprano por la mañana en el momento mismo de la llegada de las embarcaciones a las distintas pescaderías ribereñas. En virtud de que el producto de diversa índole es acaparado directamente fresco por estas personas particulares, en sus distintas clases y tamaños, utilizando para tal efecto, desde luego, vehículos propios o taxis de sitios de alquiler. La mercancía adquirida es trasladada de inmediato por este medio. Es menester mencionar que, en los diferentes lugares o pescaderías, los oficios se clasifican en diferentes rubros: hay pescadores de moluscos, almejas, caracoles y ostiones; otros más, a la pesca general en las lagunas, como el camarón y peces en alta mar. De tal forma que Eder, para estas acciones mencionadas, requirió adquirir los complementos que le hacían falta para contar con su equipo completo. De manera que se hizo de un trasmallo o red de agujeros pequeños, que estuviera en excelente condición y altura para el buen uso que se requería, en este caso, para la pesca en mar abierto. En relación al bote adquirido, este se conformaba con un motor fuera de borda adherido a popa, o más bien, en la parte trasera de la canoa. El problema para él era que carecía de la experiencia y conocimientos del mar como de la embarcación, de manera que invitó a su mejor amigo de años, Camilo, de 37 años de edad, para que lo asesorara, al mismo tiempo le sirviera como su segundo de abordo, compañero, o chalán para estos menesteres tan necesarios e importantes. La bahía de "La Ventosa" sería el punto de salida como base principal de sus operaciones, así que decidieron realizar sus primeras pruebas de inicio. Una vez de tenerlo todo completo, en las dos primeras ocasiones que zarparon para probar suerte como pescadores novatos o principiantes, lo consideraron como un buen augurio, "emocionante y positivo", a pesar de que la captura les había resultado mínima en el aspecto de cantidad y calidad. Como se dice en los términos del alcance, argumentaron una sencilla razón, que más que nada se trató por el corto recorrido de distancia hacia las profundidades del mar, como de peces en la zona del área elegida.

Ya con la determinación, entusiasmo, ánimo y mucha voluntad de por medio, persistieron muy contentos e insistieron en el tercer intento para lograr algo mejor. Se lanzaron decididos nuevamente al mar, contentos, seguros. En esta ocasión aventuraron un poco más allá de las dos pruebas anteriores, adentrándose en dirección al oriente, a la altura de la boca barra de las dos lagunas, superior e inferior, que se localizan sobre el Golfo de Tehuantepec. El rumbo de estas lagunas antes mencionadas, se localizan considerablemente al sur de Salina Cruz, hacia las costas con el estado de Chiapas. Según versiones explícitas de estos dos personajes, el día que zarparon con fines de alta mar no tuvieron contratiempo alguno y se trataba más que nada de una tarde bastante despejada y cálida, propicia especialmente para la buena pesca con red, según sus puntos de vista. De manera que esperaban que el viaje les resultara de provecho, sin ningún contratiempo y sin novedad alguna al frente. Navegaron avanzando sobre la costa para no adentrarse directos hacia las profundidades intensas, de ser posible tener una vista cercana de poder apreciar hacia la costa. Cuando decidieron anclar, escogieron el lugar estratégico y área específica para intentar una buena pesca en ese espacio escogido por ambos. Apagaron el motor y tiraron a las tranquilas aguas una pequeña ancla que los mantendría a flote durante el buen tiempo requerido. De igual forma hicieron con el trasmallo o red que arrojaron a las azules aguas del océano, con la finalidad ahora sí de lograr una buena captura de peces.

El objetivo no se hizo esperar mucho y estaba resultando, hasta esos momentos, a la altura de las circunstancias y expectativas, inclusive un poco mejor de lo esperado. Al grado de comentar alegremente que el bote ya se encontraba casi repleto y, de fortuna, hasta una tortuga se había enredado en la malla. Pero decidieron, por unanimidad propia, liberarla en virtud del peso que ello implicaba al momento de decidir el regreso a casa, confirmando que de la misma red aún desprendían peces enmallados. Pero… por el esfuerzo de la maniobra y por la emoción que los embargaba en esos instantes, no se percataron de que la mar había empezado a agitarse lentamente, o tal vez, por el propio peso de la carga, no sintieron los movimientos constantes que las aguas ocasionaban con su vaivén. Caía la tarde y enseguida, efectivamente, comprobaron que se trataba de un mal tiempo que se avecinaba por el lado oriente. Los nubarrones oscuros daban una impresión nada alentadora, por lo que rápidamente y sin pensarlo ni un segundo más, intentaron arrancar el motor para regresar lo más pronto posible. Para mala fortuna de ellos, sorpresivamente, este no respondió. La rapidez de esfuerzos, como las maniobras realizadas a la ligera, no bastaron para que el motor encendiera y se echara a andar rápidamente, haciendo con esto, que los minutos transcurrieran rápidamente y la desesperación colectiva del miedo se posesionara de sus cuerpos. La inquietud traicionaba sus nervios al no encontrar la solución para que la lancha arrancara. Gasolina tenía suficiente, pero desconocían muchos aspectos de su manejo, por lo que no entendieron ni supieron nunca cuál fue el motivo de la falla inesperada del motor. El temporal se les vino encima y el oleaje picado golpeaba fuertemente la embarcación en un movimiento constante de peligro. La pequeña embarcación, al garete, subía y bajaba cual juguete en alta mar. Ya con el vaivén de las olas, visualizaron unas luces que en esos momentos resultaban perceptibles, lejanas, pero con la posibilidad de un buen augurio al fin. En la imaginaria, dedujeron que se trataba de pescaderías o chozas que se encontraban a orillas, representando mentalmente un punto de salvación para la intención de sus planes y problemas, sobre todo, porque la oscuridad de la noche ya había cubierto rápidamente la inmensidad del espacio.

La furia del mar, con su estruendoso viento, agitaba la pequeña embarcación con la fuerte lluvia frente a sus miradas, y las turbulentas aguas golpeteando rápidamente en la inquietud de incapacidad por no saber qué hacer, se gritaban el uno al otro.

—¡Inténtalo otra vez, Camilo! —le dijo Eder.

—¡Ya lo hice, patrón, pero no jala! —le contestó Camilo.

Se decían otras incoherencias relacionadas con la situación, pero ninguno de los dos lograba entender claramente lo que vociferaban por no escucharse bien a la distancia. En uno de esos minutos desesperados, estuvieron juntos sentados al piso, posesionados fuertemente con sus manos y dedos a la fibra de vidrio de la canoa que sujetaban con temor, tratando de sostenerse firmemente a manera de no salir volando por los costados. Solo un milagro los salvaría y estaban conscientes de esta posibilidad por la inestabilidad. Invocaron a Dios desesperadamente rogando por su salvación y pensando más que nada en sus familiares que estaban pendientes de ellos. En los instantes mismos que eran sacudidos de un lado a otro, repentinamente, una ola gigantesca invisible, tan oscura como la noche, inesperadamente los envolvió, aventándolos a las aguas embravecidas y volcando al mismo tiempo en segundos la embarcación. El producto y las herramientas se perdieron al instante de sus vistas. Solo un firme propósito les quedaba por intuición, que era la de sobrevivir en la esperanza física de lograr los desafíos del mar, tratando de sobreponerse al peligro para lograr sobrevivir, ya que, a la deriva, naufragando y sin nada de nada, flotaban al garete a merced de las corrientes marinas y, sobre todo, con un destino incierto de alcanzar la orilla. En esos instantes, una fuerza enorme de voluntad o de súplica constante los invadió y sobrevino para intentar no separarse en la oscuridad de la noche, apoyándose en sus gritos. Lo hacían conscientes con la finalidad de escucharse mutuamente sobre las fuertes olas, sin rumbo fijo, sin saber exactamente la distancia que había que superar del punto que los separaba en ese instante hacia la costa.

—¡Camilo, Camiiilo! ¿Me escuchas?

Nadaron en dirección correcta a las luces de las chozas con el firme propósito de avanzar en lo posible, pero las fuerzas les flaqueaban y en pequeños lapsos se sostenían pataleando sobre las aguas a como diera lugar para poder proseguir al impulso de las olas en avanzada. Cansados de nadar, se dejaron apresar y flotaron sobre ellas, hasta que, por fin, fueron arrojados materialmente sobre una playa desconocida, considerando después que, gracias a las plegarias invocadas con fe, fueron escuchados, y estas habían ayudado a que no quedaran muy separados ni distantes uno del otro. Ya fuera de las aguas, sobre la extensa playa, desorientados y perturbados por los zarandeos de las olas como por los golpes recibidos al ser arrastrados en la arena, caminaron sin rumbo fijo, encontrándose en la oscuridad de la noche por medio de gritos desesperados.

—¡Camilo, Camilo! ¿dónde andas? —entre la maleza, ramas, bejucos y espinas entre el monte y playa, le contestó:

—¡Ahí voy, patrón, ya lo escuché! ¡Estamos cerca!

Por lo que respecta a la embarcación, ya no supieron nada, ni se preocuparon por buscarla en esos momentos de fatiga. La dejaron al olvido a manera que, al día siguiente, con la ayuda de otros compañeros pescadores, la buscarían para lograr encontrarla y, más que nada, para tratar de recuperar el motor si es que estaba en la canoa, o se había desprendido hacia otro rumbo. Mientras tanto, el frío intenso hacía estragos en sus cuerpos, de manera súbita decidieron emprender la caminata en la oscuridad de la noche y bajo la constante lluvia que en esos momentos no dejaba de parar, o mejor dicho del "pencazo de agua", como dijeran por estos rumbos. Con temor, miedo, truenos y relámpagos, prosiguieron el regreso a casa por toda la costa, con las luces que emanaban de los rayos, orientándose para buscar los paredones, caminos vecinales y veredas transitables, así como atajos para atravesar y hacer más breve el acceso para llegar ya casi amaneciendo hasta el lugar de origen, de donde habían salido.

Un día después, o sea, al amanecer del tercer día, después de haber comentado lo sucedido a sus paisanos, fueron acompañados fraternalmente por varios conocidos de la comunidad, saliendo todos unidos en busca del bote para tratar de localizarlo entre los matorrales con rumbos desconocidos, en la idea de haber sido arrojado o desprendido por la marejada y poder encontrarlo varado a la orilla de la playa. Pero el resultado fue negativo e inútil a pesar de los grandes esfuerzos de búsqueda, ya que no encontraron nada. Varios de ellos tuvieron que regresar al día siguiente por los compromisos en casa. Dos días después, ya cansados de tanto caminar y explorar la zona establecida, Eder y su chalán Camilo localizaron una ranchería de pescadores "huaves o mareños" que habitan dicha zona costera. Ahí les informaron que el motor había sido encontrado por otros pescadores vecinos del lugar y que estos se habían adueñado de él, no tanto con el bote que descubrieron en pedazos sobre los arbustos y matorrales. De hecho, ya con estos datos, todo estaba prácticamente perdido y los reclamos e insistencias por recuperarlo fueron inútiles; jamás progresaron a pesar de la recompensa ofrecida. De la pesca intempestiva, como de la aventura que pasaron Eder y Camilo, quedaron en el recuerdo de una triste hazaña, una aventura de pesca que sería, a la postre, la mejor de todas por mucho tiempo y, más que nada, por haber sobrevivido. Eso sí, con la siguiente conjetura analizada: que, posiblemente con el movimiento de las aguas del mar, así como por el mal tiempo, sucedió lo siguiente:

1: Encontraron un "banco de peces" que los abasteció rápidamente y que, por el propio peso del producto, el motor no arrancó a la hora del retiro.

2: Por encontrarse bastante inclinado hacia las aguas, esto impidió su arranque por estar desnivelado, cosa que ellos no se percataron de ese detalle por la desesperación del momento.

En fin, solo el final resultaba todo un suceso y se tuvieron que conformar con su mala suerte, no sin antes agradecer a Dios por haberles salvado la vida y estar al lado de sus familiares, sanos y salvos.

En la actualidad, el dueño del bote, en este caso Eder, se dedica a la agricultura en una parcela ejidal que consiguió dentro de la comunidad, y del acompañante solo se sabe que por ahí debe de andar vagando en algún lugar cercano o como taxista del pueblo. Hoy día, solo disfrutan contando este acontecimiento, en los ratos de distracción o convivencias, a quienes los escuchan, para recalcar que jamás volverían a pescar en alta mar, porque la hazaña del resultado final no fue nada gratificante; al contrario, según ellos fue de: "debut y despedida", ya que para este oficio se requiere de mucho conocimiento, astucia, entereza y mucho valor para saber navegar, como también nadar. Independientemente de que ese elemento llamado "mar" es "grande, profundo y cabrón".

La vida de una persona que emigra de su terruño, país o pueblo, suele ser compleja, se orienta a diferentes aspectos y puntos de vista particular. Este relato podría servir a muchos para tomar mejores decisiones. Es posible que, leyendo lo que les ha pasado a otras personas, como este caso en particular, tomen la decisión de quedarse en sus lugares de origen y, de paso, evitar los malos tratos, como riesgos que afrontar, sin la necesidad de recibir aspectos negativos por no contar con los papeles correspondientes, y menos como inmigrantes sin los conocimientos necesarios. No hay cosa mejor que vivir contentos y felices con todo lo que cuentan, aceptando la forma de ser de cada uno, vivir en paz y gozando libremente de la libertad e idiosincrasia de nuestros pueblos, de manera especial como nos criaron y fuimos educados con alternativas diferentes, disfrutando tranquilamente de nuestros campos, origen, amigos, padres, esposas, hijos y familiares en general. ¿O ustedes qué opinan? ¿Vale la pena arriesgar?

Déjenme como Estaba, por Frank Turón (México)

Don Pancho se encontraba gozando de buena salud, hasta que un día cualquiera, su mujer, a instancias de una de sus amigas, le dijo:

—Pancho, vas a cumplir sesenta y ocho años. ¡Es hora de que te hagas una revisión médica!

—¿Para qué? —contestó él—. ¡Si yo me siento muy bien!

—¡Por prevención! Debes hacerlo ahora, ¡cuando todavía te sientes joven! —le contestó la esposa.

Más tardó su mujer en decirlo que Pancho en ir a consultar al médico. El doctor, con buen criterio, le mandó hacer los estudios de laboratorio para un análisis general de todo.

A los quince días, el doctor le indicó que estaba bastante bien, pero que había algunos valores en los estudios que habría que mejorar. Entonces, le recetó atorvastatina en grageas para disminuir la cantidad de sustancias grasosas, como el colesterol de lipoproteínas de baja densidad (LDL) o "colesterol malo", y los triglicéridos en la sangre.

—A la vez, coadyuva para aumentar la cantidad de colesterol de lipoproteínas de alta densidad (HDL) o colesterol bueno.

Le explicó que esta medicina se usa para prevenir los accidentes cerebrovasculares, infartos de miocardio y angina de pecho. Extendió la consulta interpretando su diagnóstico y recetándole otros medicamentos.

—Don Pancho, usted es propenso a la presión arterial elevada, por lo que tiene que tomarse, cada doce horas y de manera indefinida, el Captopril de 25 mg. También detecté que tiene un ligero aumento del grosor del ventrículo izquierdo del corazón, por lo que, adicionalmente, tomará, cada 24 horas, Losartán de 50 mg en comprimidos, hasta nueva indicación —dijo el médico, y continuó instruyendo a su paciente.

También le recetó Metformina y Bezafibrato para prevenir la diabetes, además de unos polivitamínicos para aumentar las defensas y reforzar el sistema inmunológico. Además, para que no vaya a ser la de malas, le mandó Desloratadina ($C19H19N2CI$), llamada también Descarboetoxiloratadina, que es un fármaco antihistamínico que se usa para aliviar los síntomas de fiebre del heno y tratar alergias, incluyendo estornudos, secreción nasal, ojos rojos, lagrimeo y picazón. Como los medicamentos eran muchos, y habría que proteger el estómago, le indicó, de una vez, el Omeprazol y un diurético para los edemas.

Pancho fue a la farmacia y gastó una parte considerable de su pensión en medicamentos. Al poco tiempo, no lograba recordar si las pastillas verdes —que eran para la alergia— las debía tomar antes o después de las cápsulas para el estómago, que le indicaron como tratamiento de una leve dispepsia, también llamada indigestión o empacho. Y si las grageas amarillas para el corazón las debía tomar antes, durante o al terminar las comidas, por lo que regresó al médico. Este, luego de hacerle un breve esquema con las ingestas, lo notó muy tenso y algo contracturado. Por eso agregó una tableta de Mirtazapina de 30 mg, cada 12 horas, ya que es un fármaco aprobado para el tratamiento de la depresión, y que se ha probado tiene un inicio de acción más rápida y mayor efectividad que diversos otros antidepresivos. Para complementar el tratamiento, le mandó el Sucedal de 10 mg, para terapia de dos a tres semanas, como tratamiento del insomnio de corta duración, ya sea de conciliación, de despertar precoz o por el aumento de despertares nocturnos.

Don Pancho, en vez de estar mejor, estaba cada día peor. Tenía todos los remedios en el botiquín del baño, en el anaquel de la cocina, en cualquier cajón y hasta en la vitrina de la sala. No salía de su casa porque no pasaba un momento del día o la noche sin que tuviera que tomar una pastilla. Tan mala suerte tuvo Pancho, que a los pocos días se resfrió. Su mujer lo hizo acostarse para reposar como siempre, pero en esta ocasión, en vez del té de tilo, la canela y limón con miel, llamó al médico.

El doctor le dijo que no era nada, pero sacó una ampolleta y le inyectó un alcaloide que contenía sulfato y clorhidrato de efedrina. Luego, le recetó un Tabcin 500, de día y de noche, para brindar alivio a los molestos síntomas de gripe tales como fiebre, secreción nasal, dolor de cabeza, congestión nasal y cuerpo cortado. Como consecuencia de haber tomado estas medicinas, se sentía mareado, con alteraciones gastrointestinales y dolor de cabeza. A don Pancho le vino repentinamente una taquicardia. El médico le indicó Amiodarona, cada ocho horas, durante un par de semanas. Había que tratar desde el inicio la aparición de la fibrilación auricular para intentar revertirla a ritmo sinusal. Agregó Amoxicilina de 1 mg, que es un antibiótico semisintético derivado de una amino penicilina, cada doce horas, por diez días. Luego, le salieron hongos y herpes, por lo que le indicaron Fluconazol. Para colmo, don Pancho se puso a leer los prospectos de todos los medicamentos que tomaba. Así, se enteró de las contraindicaciones, los riesgos, las advertencias, las precauciones, las reacciones adversas a los fármacos, los efectos secundarios, los daños colaterales y las interacciones médicas. Lo que leía eran cosas terribles: malestar estomacal, diarrea, boca seca, somnolencia, mareos, bochornos, sudoración, sarpullidos y ritmo cardiaco rápido. No solo podía morir, sino que, en el mejor de los casos, además, podía tener arritmias ventriculares, sangrado anormal, náuseas, fiebre, mareos, hipertensión, insuficiencia renal, parálisis, cólicos abdominales, alteraciones mentales y una lista de síntomas espantosos. Asustadísimo, llamó al médico, quien, al verlo, le dijo que no tenía que hacer caso a esas cosas, porque los laboratorios solo los ponen para deslindarse de responsabilidades.

—Tranquilo, don Pancho, no se excite —le dijo el doctor—. ¿Dónde va usted a parar?

Mientras tanto, le hacía una nueva receta con Rivotril de 2 mg., ya que contiene clonazepam como sustancia activa y pertenece al grupo de medicamentos conocidos como benzodiazepinas.

Por otra parte, consideró oportuno cambiar el antidepresivo a Sertralina de 100 mg, para disminuir los trastornos de pánico con la dosis mínima efectiva recomendada de 50 mg/día. Y como don Pancho se quejó de que le dolían las articulaciones, le mandaron de una vez Diclofenaco sódico, como un antiinflamatorio que resulta noble, porque posee actividades analgésicas y antipiréticas.

En ese tiempo, cabe mencionar que don Pancho, tan pronto cobraba su pensión, se iba a gastar casi todo su dinero en la farmacia. Conforme pasaba el tiempo, se sentía más cansado. Cada vez se veía más acabado. Tan mal se había puesto, que un día, haciendo caso a los prospectos de los remedios, murió en una fría madrugada de invierno.

Aún hoy, su esposa afirma:

—Menos mal que mandé a mi Panchito al médico a tiempo, porque si no, ¡seguro que se habría muerto antes!

En definitiva, si don Pancho no hubiese tomado ninguna medicina, ¡otro gallo cantaría! Simplemente, hubiera seguido con su régimen alimenticio: comer verduras, frutas, pollo sin piel, pavo, lechuga, aceite de oliva; y sin consumir azúcar, sal, arroz, harinas ni lácteos.

Seguir caminando los 10.000 pasos diarios, que son la medida exacta para llevar una vida saludable y así prevenir enfermedades mortales a futuro como el cáncer y el infarto. Es más, con que se tomara una copita de vino tinto de aperitivo antes de comer, don Pancho estaría hoy vivito y coleando.

La rebelión, por Diego Alberto Covarrubias Pezet (México)

No estoy acostumbrado a dar explicaciones de ningún tipo. Me exime de esta obligación la soledad que me rodea, mi carácter introvertido y, sobre todo, el acuerdo que pacté hace tiempo conmigo de siempre preferir el silencio. Sin embargo, me veo obligado a romper este pacto para explicarle a los señores policías qué hacía yo un sábado a las diez de la mañana, completamente desnudo, en el parque que queda enfrente del edificio donde vivo.

Para poner en contexto esta situación, tengo que regresarme un día en el tiempo. Ayer, viernes, salí de mi trabajo más harto que nunca del hecho de que mis compañeros recurran a mí para solucionar todos los problemas que tienen. Siempre es lo mismo: "Mario, ¿me puedes ayudar a calcular el margen de utilidad de la clave 237?", "Mario, el aire acondicionado no está enfriando, ¿le puedes hablar al técnico?", "Mario, no nos ha llegado el comprobante de pago, ¿puedes checar con el cliente?". Mario esto, Mario aquello, siempre Mario; y la verdad es que Mario —o sea, yo— ya está harto de tanto Mario. Como si mi puesto en la empresa fuera de soluciona-todo y mi exiguo salario me obligara a componerle la vida a la bola de inútiles que ganan más y hacen menos que yo. En los treinta minutos —dependiendo del tráfico— que me tardo en llegar a mi casa, el hartazgo fue creciendo en mi mente como crecen las mareas en las noches de luna llena, hasta que emití un enérgico "¡Ya no más, ya basta!", y a partir de ese momento decidí poner punto final a mi vida de servilismo.

Al entrar a mi departamento y cerrar la puerta, me percaté de que el apagador de la luz de la entrada estaba esperando que yo lo prendiera.

—Vete a la mierda —le dije—, préndete tú solo.

Caminé en penumbras hasta mi habitación. Durante el trayecto sentí algo que no había sentido nunca: la exigencia de las cosas para que yo las hiciera funcionar. En la cocina, los vasos me pedían que los llenara de agua, los platos querían sentir comida en sus oquedades, los saleros querían sacudirse para liberar la sal. Puse cara de digno y seguí caminando sin hacerles caso. Sentí el deseo de las puertas de la alacena por abrirse, la inquietud de los frascos por destaparse, la urgencia del horno de microondas por calentar quesadillas y emitir sus tres triunfales pitidos de trabajo bien hecho. Los ignoré a todos. En el pasillo, sentí la exigencia de los espejos por reflejarme y me agaché al pasar frente a ellos, para que no lograran su cometido. En la sala, sentí el llamado de las sillas y los sillones exigiéndome que me sentara sobre ellos. Al pasar por el estudio, me sobresaltó la soberbia de la televisión, su actitud de diva de Hollywood, su desafío ante mi indiferencia, como diciéndome: "A ver quién aguanta más, tú sin encenderme o yo sin ser encendida". Seguí caminando hasta mi cuarto. Al llegar, me desnudé y dejé la ropa tirada, lánguida e inerte sobre el piso, sin hacer ningún intento por recogerla y llevarla a la lavadora que, de todos modos, no pensaba usar. Dejé apagada mi lámpara del buró y decidí no ponerme pijama para no tener que abrir los cajones de mi clóset. Entré al baño por costumbre, porque había decidido no usar el WC, ni abrir las llaves del agua, ni bañarme, ni utilizar el cepillo de dientes, ni los jabones, ni la rasuradora, ni las esponjas, ni los q-tips, nada.

—Váyanse todos a la mierda —les dije—, a ver qué hacen sin mí.

Mi perro me miraba como me mira siempre, con un amor incondicional inmune a mi indiferencia hacia todo lo demás. Movió su cola alegremente y me soltó dos o tres lengüetazos en las piernas. Decidí dejar la saliva sobre mi piel para no tener que usar las servilletas que me miraban desafiantes desde el servilletero. Ignoré sus miradas con un gesto de señora enfadada ante un piropo no deseado. A mi perro le dispensé una breve caricia en la cabeza porque era el único que no necesitaba de mí para funcionar.

Así, indiferente, malhumorado, hambriento, ajeno a las exigencias, sobreviviendo en el más absoluto primitivismo, transcurrió lo que quedaba del día, que era poco. Hubo un momento en que todas las cosas parecieron unirse y hacer más evidente su necesidad de ser usadas. Querían abrirse, cerrarse, prenderse, apagarse, girar, reflejar, imprimir, enfriar, calentar, humedecer, mojar, limpiar, cortar, ser leídas, ser escuchadas; en pocas palabras, funcionar, pero eran incapaces de hacerlo sin mis manos, sin mis ojos, sin mis oídos. Me paré a la mitad de mi departamento completamente desnudo, y con mi perro sirviéndome de fiel escudero, emití un grito triunfal:

—¡Ya ven cómo sin mí no son más que una bola de cosas inútiles!

Al llegar la hora de dormir, tuve un momento de flaqueza. Mi cama, mi almohada y el aire acondicionado me miraban como diciéndome: "Ahora sí, a ver de qué cuero salen más correas". Estuve a punto de claudicar, ya que de todos los hábitos que tengo, dormir es el que más disfruto, pero no; si había llegado tan lejos, podía llegar un poco más. Busqué el lugar menos caliente del departamento, y con un triunfalismo un poco fuera de lugar, me recosté sobre la loseta y, de cara al techo, le lancé una última mirada desafiante al ventilador, que permanecía con sus cinco brazos en reposo, como una estrella de mar inmóvil en el fondo del lecho marino.

Me dormí.

Al principio, tuve un sueño inquietante: soñé que, ansiosos por cortar y rebanar, los cuchillos lograban salir del cajón y, marchando a paso de ganso, se aproximaban a mi cuerpo con intenciones homicidas. Desperté respirando agitadamente, pero al darme cuenta de que era solo un sueño, me serené. No volví a soñar, o si lo hice, no recuerdo el sueño, cosa que equivale a no soñar.

Desperté fresco, vigoroso, desnudo. Abrí los ojos y me costó acostumbrarme a lo que vi. Todas las cosas de mi departamento habían desaparecido, absolutamente todas. No me refiero nada más a lo evidente: a los sillones, al refrigerador, a la lavadora, a la mesa del comedor, hablo de todo: de lo grande y de lo chiquito, de los cuadros que adornaban las paredes, de los clips del escritorio, de las cucharas, las bolsas de basura, los tornillos, los calcetines, los libros, los separadores de los libros, los peines, la cinta autoadhesiva, los cargadores de celular, los tapetes, las agujetas, los rollos de papel del baño, las cortinas anticiclónicas, los adornos de los estantes, los controles remotos del aire acondicionado. Todo; lo trascendente y lo trivial, lo útil y lo ornamental. Los únicos que quedábamos en el departamento éramos mi perro, yo y una hoja de papel sobre el suelo, a escasos dos metros de distancia de mi cuerpo. Con curiosidad, la levanté y con avidez la leí. Estaba dirigida a mí y firmada por un tal licenciado Barbosa, que se autonombraba líder sindical de las cosas de mi departamento, y me anunciaba, en un tono pomposo y exigente, que, ante mi indiferencia, sus representados habían acordado irse a la huelga y que no estaban dispuestos a regresar a sus funciones hasta que no hubiera una sentida y sincera disculpa de mi parte.

—¡Que se jodan! —le dije a mi perro, que me veía con hambre, implorándome que lo sacara al parque a hacer sus necesidades—. En lugar de pedirme una disculpa deberían agradecerme por todos los años que las he hecho funcionar sin pedir nada a cambio —sentencié.

Salí del departamento en compañía de mi fiel perro como Dios nos trajo al mundo a él y a mí: completamente desnudos. Caminamos hacia el parque, sintiendo las miradas de asombro de mis vecinos y, sobre todo, de mis azoradas vecinas, que se tapaban la boca y cerraban los ojos sin poder disimular su sorpresa. Mientras orinábamos en el mismo árbol, me embelesé contemplando al sol, a las nubes, a los árboles, a las flores, a los pájaros, a los gusanos y a todas las cosas maravillosas que la naturaleza nos ofrece y que se gestionan por sí mismas, sin necesitar o exigir la ayuda de los seres humanos. En estas cavilaciones estaba cuando el ulular de una patrulla me sacó de la ensoñación. De ella bajaron dos policías que de golpe me anunciaron que quedaba yo detenido por faltas a la moral y por orinar en la vía pública. Intenté resistirme al arresto, pero los servidores públicos sacaron un par de poderosas macanas y una tupida lluvia de golpes cayó sobre mi espalda desnuda, disuadiendo cualquier esbozo de resistencia. Mientras los gendarmes del orden me esposaban, me di cuenta, demasiado tarde y muy a mi pesar, de que ciertas cosas —patrullas, macanas, esposas, leyes— funcionan perfectamente bien sin mi asistencia.

Sol de primavera invernal, por Claudia Beatriz Fierro Echeverría (Chile)

El silencio de la noche era ensordecedor; la luz tenue de la calle entraba por la ventana. Uno que otro auto pasaba de vez en cuando y perturbaba la oscuridad de mi habitación, iluminándola por unos breves instantes. El reloj ya marcaba las 2:00 a.m., y como todas las noches, el sueño no era mi compañero; si lograba conciliarlo, alguna pesadilla me lo arrebataba.

Acomodé los cojines en mi espalda y me senté en la cama para luego recostarme en ellos. Me concentré en las grietas de la pintura de la pared, tratando de hacer más corta la espera de la luz del día.

—Esperas la luz del día aun sabiendo que no vas a abandonar esta habitación por muy bello que esté afuera.

Miré por el rabillo del ojo y vi su silueta, sentado en la silla frente a mi computador. Podía ver sus piernas cruzadas, su camisa blanca arremangada y el cuello desabrochado; la oscuridad de las sombras cubría su rostro, pero sabía que me estaba observando, como todas las noches.

—¿Qué haces aquí de nuevo, Joan? —pregunté en voz baja; no quería despertar al resto de las personas que habitaban la casa.

—Estoy aquí como todas las noches, todos los días. Creo que soy tu guardián menos deseado —respondió en un susurro casi igual al mío.

Guardamos silencio como la mayoría de las noches; solo las ramas del árbol de afuera de la ventana, golpeándola por el viento, hacían ruido en la habitación. Aunque no lograba ver su rostro, sabía que ahora miraba las ramas de los árboles agitarse con el viento.

—El invierno ya llegó y al parecer va a ser más frío que los anteriores —dijo en un susurro.

Yo no respondí, solo suspiré y dirigí la mirada hacia las grietas de la pared, pero él continuó hablando.

—Pareciera que ayer era primavera. ¿Recuerdas que fui a buscarte al bus después de tu trabajo y pasamos por unos jugos naturales al carrito de la esquina? Por error, la señora te dio uno de kiwi. Yo quería que te lo cambiaran, pero tú no quisiste. Realmente fue muy chistoso ver tus caras al tomarlo, odias el kiwi. Era un día caluroso, lleno de un calor primaveral, un día perfecto para jugos —conversó alegre, recordando la escena—. Y hoy ya es invierno… Es impresionante cómo pasa el tiempo —la nostalgia invadió su voz y, por unos instantes, el silencio se volvió a apoderar de la habitación.

—Yo creo que mi vida se pausó en el tiempo. Todos los días, cuando despierto, quisiera que fuera de noche para que la oscuridad me cubra y nadie me moleste. Hago lo que tengo que hacer por inercia; ya no me importa el futuro que una vez quise construir porque ya no tengo fuerzas para construirlo. Los meses van pasando, pero mi propio reloj se detuvo.

Podía sentir su mirada sobre mí, pero mantuve la mía en la pared.

La puerta rechinó y vi cómo Marta se asomó; no prendió la luz, sabía que había entrado para revisar si yo estaba bien.

—¿No tomaste tu pastilla para dormir? Sabes que sin eso no duermes. Voy a traerte un poco de agua para que la tomes —dijo con una voz dulce.

—No, no voy a tomarla y tampoco he pedido tu ayuda, así que déjame tranquila —respondí sin mirarla.

—No seas así —susurró Joan, y el silencio inundó la habitación. Marta seguía en el umbral de la puerta y no fue hasta que la miré con desprecio que decidió, poco a poco, ir cerrando la puerta.

—Espero que logres descansar un poco esta noche. Avísame si necesitas algo —dijo cuando la puerta se cerró y escuché sus pasos por el pasillo.

—Solo quiere ayudarte, ¿tanto cuesta ser un poco más amable? Está preocupada por ti, todos lo estamos —guardé silencio ante sus palabras—. Te enseñé a defenderte del mundo, pero no a atacar a quien intenta salvarte —sus palabras fueron duras pero ciertas, un clásico de Joan.

—¿Entonces unas pastillas van a resolver todo? ¿El psicólogo, el psiquiatra y ser amable con las personas van a hacer que todo cambie? ¿Tengo que decir sí a tratamientos inútiles, sonreír porque la gente lo está intentando conmigo, siendo que en el fondo sé que solo lo están haciendo para no sentirse mal ellos? ¿Debo ser agradecida porque tengo un día más de vida e ir a sesiones de terapias en las que ya no creo? ¿Todo eso está bien? —pregunté con enfado.

—Puede que sea todo más sencillo si cambias un poco de actitud y ves las cosas desde otro punto de vista. Como cuando mamá estaba enferma, ¿recuerdas? Creías que se iba a morir. Bueno, todo indicaba que así sería, pero lo conversamos y cambiaste tu punto de vista. Luchamos y todo salió bien.

—No, no fue así —interrumpí—. Yo estaba desesperada porque no sabía cómo salvarla, mucho menos cómo lidiar con su muerte. No sabía qué hacer ni dónde ir, y como siempre, apareciste tú y me contuviste, me abrazaste tan fuerte que me envolviste con tu calor reconfortante. Al principio no dijiste nada, pero sentía cómo tu corazón latía muy fuerte; estabas tan o más asustado que yo, pero fuiste capaz de decirme que todo estaría bien y, a medida que yo me calmé, también lo hicieron tus latidos. Lloré desesperadamente contigo porque no quería perderla, y tú me mostraste las opciones que había, pero también me hiciste entender que podía perderla porque estaba enferma y que, a pesar de ser muy doloroso, iba a poder superarlo porque era fuerte y porque estabas ahí. Mamá está bien ahora, soy yo la que está aquí, pero yo no estoy enferma.

Pude escuchar cómo un auto se acercaba.

—Sí lo estás. No todas las enfermedades son físicas; hay dolores que atacan el alma y eso hace que todo el cuerpo falle, pero yo sigo aquí, apoyándote igual que todo el resto —dijo mientras se inclinaba un poco hacia mí.

—Tal vez el verte, oírte y sentirte es lo que me impide avanzar… pero si decidieras desaparecer, yo no podría seguir.

Se inclinó hacia atrás, recargándose en la silla, y suspiró. Escuché cómo el auto se iba acercando y, al pasar por mi ventana con su luz, iluminó brevemente mi habitación, quitando la oscuridad de encima de Joan, dejando al descubierto la sangre en su rostro, que parecía que aún brotaba por aquel gran golpe que había sufrido en su cabeza. El derrame en su ojo derecho no le quitaba el café claro ni el brillo en ellos; su rostro pálido, lleno de raspones, me miraba preocupado. Seguía siendo mi hermano. Todas las noches evito mirarlo, pero hoy observé con detalle su rostro, y su cansancio es notable, pero su dolor y preocupación hicieron que mi corazón volviera a partirse.

El auto siguió su camino y la luz se esfumó, ocultando de nuevo su rostro en la oscuridad.

—Sabes, tú te fuiste cuando llegó el verano; solo yo puedo verte, solo yo puedo sentirte, y cuando no logro hacerlo, el vacío es enorme. Siento que mi pecho va a explotar, que el aire no llega a mis pulmones. Hay días en los que hacer algo tan básico como levantarse a comer algo es una tarea difícil porque en cada lugar te veo. Estoy llena de recuerdos y me mata saber que jamás volverás. Incluso si me quedo en cama hasta el verano, tú no volverás. Nadie lo entiende, todos dicen que es cosa de tiempo, pero el tiempo no me importa si no estás aquí, porque el tiempo se volvió rápido para el resto y se detuvo para mí.

—Sigo aquí, pero debes entender que en algún momento debes dejarme ir —habló en susurro.

—No puedo —respondí.

—Te enseñé a ser fuerte, a levantarte y a luchar por lo que quieres —habló en un tono más serio.

—¡Pero no me enseñaste a vivir sin ti! —grité, y las lágrimas comenzaron a brotar por mis ojos. Traté de contenerme, pero el llanto comenzó a salir como si no lo hubiera llorado durante todos estos meses.

—Yo sé que soy egoísta, sé que no me quieres ver así, sé que está mal retenerte aquí, pero no puedo… no puedo soltarte.

Él se levantó, se acomodó en mi cama y yo me recosté junto a él. Mientras lloraba, aferraba mi rostro a la almohada.

—Sabes, yo tampoco quería morir, pero no puedo cambiar las cosas, y si tuviera que escoger entre tu muerte o la mía, volvería a morir. Sé que poco a poco aprenderás a vivir con esto, pero yo nunca habría podido soportar perderte. Me considero afortunado por partir primero porque me va a permitir cuidarte durante toda tu vida, y cuando llegues al final del camino, no estarás sola. Estaré esperándote ahí y juntos caminaremos por ese sendero. Pero por el tiempo que te quede para llegar a ese momento, te pido que lo intentes, aunque sea difícil, para que así puedas avanzar y yo pueda hacerlo junto a ti —sentí cómo me abrazó, pude sentir su calor una última vez y el llanto se detuvo. Una extraña paz me inundó al sentir su abrazo y poco a poco mi respiración se fue calmando hasta lograr entrar en un sueño profundo y tranquilo.

A la mañana siguiente, los rayos del sol que entraban por la ventana me despertaron; mis ojos se sentían hinchados, pero en mi corazón había una extraña paz. Marta entró a la habitación, sonriente como siempre; no me desagradó verla. Corrió las cortinas del todo y dejó entrar la luz.

—Hoy es un día hermoso, es como si el invierno nos demostrara su gentileza regalándonos un día primaveral —dijo contenta, y tenía razón: el sol irradiaba una calidez hermosa.

—Es bueno tener un poco de luz en medio de tanta tormenta, supongo —dije mientras me levantaba de la cama. Marta se sorprendió, pero no dijo nada al respecto.

—¿Quieres que te traiga el desayuno? —preguntó.

—No, vamos a la cocina y comamos juntas —respondí mientras me abrigaba un poco más. Ella estaba contenta y salió primero de la habitación. Yo iba detrás de ella, pero antes de salir, hice una pausa y miré hacia la silla vacía. Luego la cama; todo estaba muy iluminado por este extraño sol de primavera invernal, y entonces entendí que no lo volvería a ver, pero que se mantendrá presente de otras formas. Y lo cierto es que no hay otro camino, ya no se puede hacer nada, solo puedo contemplar el sol y sentir su calidez. Cerré la puerta y me fui a la cocina.

Un recuerdo fugaz, por Manuel Alejandro León López (México)

—Detén el auto, hijo, ya llegamos.

—¿Por qué nos trajiste a todos aquí, papá? Va a oscurecer, mis hijos están cansados del viaje por carretera, tengo que trabajar mañana y, ¿qué hay en esas cajas que subimos a la cajuela del auto? —agregó Vicente mientras orillaba su auto en el camino de terracería.

—Sé que es raro que te haya pedido este viaje tan sorpresivo durante la mañana a esta parte tan alejada de la ciudad, Vicente —respondió Carlos mientras miraba por la ventana del copiloto—. Solo déjame bajarme a estirar las piernas un poco.

Tras bajar lentamente del auto debido a su avanzada edad, Carlos sacó un cigarro y procedió a encenderlo mientras miraba al cielo.

—Hijo, ¿te he contado del evento más importante de mi niñez?

—No, papá, creo que no. Me has contado muchas otras cosas, pero eso no. Y por cierto, ya no deberías estar fumando —agregó Vicente.

—Nah, a esta edad ya qué importa dejar o continuar algo. Además, ¿con qué cara me vienes a decir que no haga algo que tú haces, hijo? Cof, cof. No me voltees los ojos y ya toma uno, que no has dejado de ver la cajetilla desde que la saqué.

—Está bien —dijo Vicente de manera seca mientras tomaba el cigarro.

—Nací en un ranchito allá en Tlaxcala que no recuerdo su nombre y mucho menos dónde está. Nunca conocí a mi padre, y mi madre murió cuando estaba chiquillo. Antes de morir, me encargó con su hermana Enedina, que vivía en la capital, para que se hiciera cargo de mí. Mi tía Enedina vivía en un departamento algo cerca del centro de la ciudad. Trabajaba como sirvienta para un güero con traje de catrín en una de las nuevas colonias de dinero de ese entonces. Apenas me recibió en su hogar, me dijo que tenía que ponerme a trabajar, que no mantendría a un chamaco mugroso de rancho, así como así, que le pediría a su patrón que me diera trabajo de lo que fuera en su gran casota; que de seguro le haría falta un par de manos nuevas.

»Me costó trabajo adaptarme a mi nuevo ritmo de vida —continuó Carlos, mientras su tono de voz se hacía más melancólico y miraba por un momento al piso—. Mi tía no me quería mucho, me decía un montón de cosas que solo me hacían sentir mal, como esa vez que me dijo que no estaría aguantando al resultado de una vieja y dolorosa traición, y tras ello se persignó tres veces como si estuviera frente a un esperpento. Me traía a chasqueadas de dedos de un lado a otro, diciéndome qué hacer y cómo hacer todo; pero en verdad, todo, hijo —complementó Carlos con energía—. Cada noche me obligaba a acompañarla a rezar y darle gracias a Dios antes de irnos a dormir.

—¿No le decías nada, papá? —preguntó Vicente mientras exhalaba el humo de su cigarro.

—No podía, hijo. Apenas quería decir algo en su contra y me acomodaba un manazo o una cachetada para que me callara... cof, cof.

»De igual manera, ayudaba a mi tía Enedina en la casa de sus patrones: limpiar los muebles, preparar la comida, lavar la ropa, ir por el mandado al mercado, comprar el periódico o cualquier otra cosa que nos pidieran para satisfacer sus necesidades. Se llamaban John y Catalina; eran muy estrictos y meticulosos en todo, pero no eran malas personas en sí. Con el pasar del tiempo, me dejaron de ver con ojos de extraño, dándome mi respectivo lugar como un trabajador en su hogar.

»Por ese año se vivían cosas peculiares en el país. Todos los días se hablaba del Centenario de la Independencia, grandes fiestas y eventos que se realizarían en todas las ciudades de México, donde nuestro presidente Porfirio Díaz encabezaría las dichosas celebraciones, no sin antes ir de aquí a allá dando gala de su presencia en eventos o inaugurando un sinfín de edificios como reflejo del "orden y progreso" dc esta nación. De igual manera, se discutía mucho si en verdad el general dejaría la silla de una vez por todas, que el país necesitaba un nuevo rumbo basado en las nuevas ideas del progreso, que solo se podría cumplir dándoles oportunidad a los nuevos políticos de ese entonces. Algo que también recuerdo era el revuelo que se tenía por unos hermanos Magón, por lo que andaban diciendo del gobierno por esas fechas. Pobrecitos, los traían en corto a los condenados.

—Vaya, papá, me sorprendes. En verdad, para haber sido un niño estabas muy al tanto de todo y que todavía lo puedas recordar.

—En realidad, hijo, mi patrón, o como me pedía que lo llamara: Mr. John —dijo Carlos con un tono burlesco de fastidio—, me pedía que le leyera el periódico mientras se encontraba trabajando en su estudio. Era fotógrafo y coleccionista de chucherías extrañas. Me pedía que hiciera eso mientras manejaba una de sus cámaras o cualquier otra cosa de las cientos que tenía. Claro, no sabía leer al principio, pero al parecer le caí bien y me enseñó a leer y escribir como un experto a base de reglazos y pellizcos como motivación. Aún más me "motivaban" —remarcaba Carlos mientras hacía comillas con las manos— cuando me equivocaba. Fue algo cruel, pero todos esos golpes me terminaron ayudando mucho varios años después —Carlos mantuvo silencio un momento, manteniendo la mirada al horizonte—. Es algo que nunca tuve la oportunidad de agradecerle a Mr. John, hijo.

»También ayudaba a su esposa Catalina, una mujer muy guapa de piel blanca sumamente apegada a Dios. Siempre vestía de negro, y casi todos los domingos la acompañaba a la Catedral a la misa del mediodía para pedir por un tal Thomas o a realizar obras de caridad para los indios de la calle, pero al final, más que nada, me dedicaba a realizar la labor de burro de carga, con la única diferencia de que yo no rebuznaba, ja, cof, ja, cof. Es por eso que tengo la espalda toda jodida, hijo; desde chiquillo me trajeron de allá para acá con algo encima.

—Entonces, ¿fue por eso que...? —interrumpió Vicente.

—Sí. Por eso no te dejé trabajar de chiquillo. No quería que vivieras lo que yo viví; ese cansancio y dolor constante desde tan chico. Sé que fue más complicado y tardado salir adelante en aquel momento, pero al final aquí estamos, hijo, aquí estás y estás completito —respondió Carlos mientras tomaba el hombro de su hijo—. Pero no nos desviemos más de lo que te estaba contando, solo déjame encender otro cigarro.

»Por esa época apenas tenía tiempo de descanso: si no era acompañar a mi tía Enedina y a la Sra. Catalina mientras era su cargadero o ayudarle a Mr. John con sus artilugios y lector del periódico, estaba castigado por ser un niño sumamente travieso y contestón. Incluso recuerdo que un día decidí tomar ese cono grande que tenían los tocadiscos, como el de Mr. John, para espantar a mi tía Enedina. Recuerdo, ja, ja, recuerdo que esa vez cuando lo tomé me acerqué con cuidado a la cocina, donde estaba lavando los trastes, caminé sin hacer ruido, tomé aire y empecé a hablar con la voz grave a través del cono. Soltó tremendo brinco que casi tira algunos trastes al pensar que le hablaba el mismo chamuco. Solté unas carcajadas que me impidieron echarme a correr. No, no, jaja, cof, cof, me dio una chinga de las buenas, ja, ja, pero valió la pena, hijo, nunca me había reído tanto en mi vida —agregó Carlos mientras reía un poco acompañado de un par de tosidos más largos.

—Todo esto suena muy interesante, papá, y sabes que me gusta escuchar tus historias, pero, ¿por qué me cuentas todo esto? No has respondido lo que te pregunté al principio. Mira, ya está todo oscuro por estar en la plática, y los zancudos ya andan de latosos.

—Qué desesperado eres, de veras, Vicente —dijo Carlos en tono molesto—. ¡Que no te he dicho que debes ser más paciente, caray!

—Perdón, papá —respondió Vicente mientras encogía los hombros.

—Pero bueno, a lo que voy es que un día todo fue sumamente diferente a lo que se vivía en esas fechas. Había terminado de limpiar el comedor principal después de que Mr. John y la Sra. Catalina habían organizado una cena, aunque no recuerdo bien para qué fue. Había asistido mucha gente y me llevó bastante tiempo dejar todo impecable. Era tarde y estaba muy cansado por el quehacer del día y los mandados anteriores. Me ocuparon tanto para preparar las cosas para esa reunión, que ni siquiera le pude leer el periódico a Mr. John como era mi costumbre. Después de terminar, me dirigí a dormir al cuarto que nos habían asignado a mi tía y a mí para estar más cerca y atenderlos mejor, claro. Estaba a punto de quedarme dormido cuando entró Mr. John al cuarto muy emocionado, pidiéndome que lo acompañara rápidamente a su estudio para ayudarlo a bajar unas cajas y subirlas a una carreta tirada por dos caballos. Después de hacer eso, me indicó que subiera también, que necesitaría mi ayuda y que me asegurara de que las cajas no se movieran demasiado en la parte trasera. Apenas acababa de subir cuando la carreta arrancó bruscamente y tuve que sujetarme de lo que pude para no salir despedido debido a los baches y piedras del camino. Después de un rato, me di cuenta de que habíamos dejado la ciudad atrás y nos dirigíamos hacia un cerro en plena oscuridad. De repente, nos detuvimos y Mr. John me pidió que bajara las cajas y lo siguiera mientras subía a pie con una lámpara de aceite. Estaba asustado por el comportamiento inusual de Mr. John; nunca antes lo había visto así. Llegamos a la cima del cerro después de varios minutos de caminata. Estaba exhausto por cargar las pesadas cajas cuesta arriba, pero Mr. John era todo lo contrario, estaba lleno de energía y emoción, como si hubiera encontrado un tesoro. Me pidió que colocara las cosas en el suelo y que le ayudara a sacar varios artilugios extraños mientras él montaba una mesa y sacaba un libro que también había traído consigo. Después de armar un par de trípodes y algunas cámaras, me indicó que me sentara en un lugar donde no estorbara y que guardara silencio.

»Pasó un rato y le pregunté a Mr. John qué estaba pasando, pero me ignoró por completo. Tenía toda su atención en el libro y las cámaras, moviéndolas de un lado a otro. Estaba a punto de quedarme dormido cuando me llamó y me pidió que me acercara. En ese momento sacó un gran telescopio de la última caja y me dio una brújula, pidiéndome que le indicara dónde estaba el norte. Después de señalarle la dirección, movió todas sus cosas apuntando a un mismo lugar, apagó la lámpara de aceite y empezó a observar por el telescopio sin decir una palabra más.

»—¿No te has dado cuenta, verdad, Carlos? —me dijo repentinamente Mr. John—. Mira el cielo que está detrás de ti.

»En ese momento me volteé y lo vi, hijo. Era una estrella, más grande que cualquier otra en esa noche, moviéndose por todo el horizonte y dejando una larga estela de luz a su paso. Me quedé inmóvil al ver semejante espectáculo; nunca antes había presenciado algo así en mi vida. Fue... hermoso, simplemente hermoso.

—Era un cometa, ¿verdad, papá?

—Sí, hijo. Cof, cof. Un cometa. Y entonces, Mr. John me dijo:

»—Ven, Carlos, mira por el telescopio para que lo veas más de cerca. Aprovecharé para tomar algunas fotografías y registrar esto en mis notas.

»No puedo describir con exactitud lo que sentí en ese momento; solo puedo decirte que esa noche fue mágica e inolvidable, una experiencia única en la vida, como me dijo Mr. John. Después de unas horas, regresamos a su casa para descansar y continuar con nuestra rutina diaria. Creo que esa noche soñé con el cometa. La verdad es que no recuerdo bien —agregó Carlos mientras se rascaba la cabeza momentáneamente.

»A la mañana siguiente, como de costumbre, fui a comprar el periódico. Pero noté que la gente estaba nerviosa; corrían de un lado a otro, se formaban multitudes alborotadas frente a las oficinas del gobierno exigiendo respuestas. Personas que no habían bebido una sola gota de alcohol gritaban que era el fin del mundo. Grupos de señoras rezaban en las calles y las iglesias se llenaban, aunque no fuera fecha santa. Tras comprar el periódico y leer los encabezados, me di cuenta del alboroto: al parecer, esa estrella móvil, llamada Cometa

Halley, había causado una gran intriga entre la gente sobre qué era y qué significaba.

»Los días posteriores al avistamiento solo se escuchaban comentarios respecto al cometa. Que era una señal de Dios para que purificáramos nuestras almas; que era una bruja buscando víctimas; que era una señal de buena fe o una premonición de que algo horrible iba a pasar; de los peligros que causarían esos "rayos cósmicos" que dejó en su camino y un montón de tonterías más que nunca acabaría de nombrártelas y que ni recuerdo bien, la verdad. Era lo único que se hablaba en los periódicos, hijo; hasta era agobiante estar leyendo de lo mismo una y otra, y otra vez —agregó Carlos mientras terminaba su cigarro y lo tiraba al piso.

»En esos mismos días se vivió una guerra en el interior de la casa de Mr. John. Su esposa Catalina, igual que mi tía Enedina, se aferraban a la creencia de que era una señal de Dios para expiar nuestras culpas, idea que se reforzaba por la infinidad de oraciones que se encontraban en los periódicos, misas y rezos a toda la bóveda celestial para pedir por nuestra salvación; mientras que su esposo intentaba ponerlas en razón, indicándoles que no pasaría nada, que ese cometa solo era un fenómeno de la naturaleza que estaba comprobado por los científicos de sus libros. Yo simplemente no decía nada; lo único que pensaba era que, si eso era una señal de Dios, debería de mejorar sus estrategias para enviar mensajes.

»Pues ¿qué crees?, Vicente —remarcó Carlos mientras encendía un último cigarro—. Habrá sido una coincidencia u obra total de Dios, pero varios meses después del avistamiento del cometa, Madero llamó a las armas dándole vida a la Revolución. Las cosas cambiaron repentinamente en todos lados. Apenas se soltaron los primeros balazos y se empezó a derramar sangre en la capital, Mr. John y la Sra. Catalina escaparon del país rumbo al otro lado. Simplemente un día nos mandaron a comprar unas cosas, y cuando regresamos, ya no pudimos entrar; la puerta de la reja estaba encadenada y la llave de mi tía no servía. Gritamos un par de ocasiones; pero nadie salió; así que me tuve que saltar por un lado para ver qué pasaba. La casa estaba con llave, tocaba y nada, todo en silencio. Fue cuando me subí a una ventana con mucho esfuerzo y miré por ella; el interior estaba casi vacío. Se llevaron todo lo que pudieron cargar entre los dos en el rato que nos fuimos. Pensamos que nos llevarían con ellos en caso de que la cosa se pusiera difícil, pero no fue así; simplemente se largaron al otro lado, al "gabacho", sin siquiera decir un mísero adiós —la voz de Carlos se puso seria y con melancolía—. En ese momento solo estábamos mi tía Enedina y yo, sin saber lo que nos traería el futuro en ese entonces, mientras el país se iba a la chingada. Fue… difícil, por decir poco. Intentamos regresar a Tlaxcala para buscar a la familia, pero la guerra nos lo impidió. Nos movimos a todos lados, trabajábamos de lo que pudimos para comer, pero esa pinche guerra no nos dio tregua —Carlos se mantuvo callado un momento, mirando al piso y soltando un suspiro—. Y para acabarla de amolar, llegó esa tal gripe. Pero eso… eso ya es otra historia, hijo.

—Papá… —interrumpió Vicente de manera dudosa.

—Y antes de que me vuelvas a preguntar por qué los traje a este lugar, muchacho desesperado —respondió Carlos mientras caminaba a la cajuela del auto—. Abre esto y saca las cajas para que me ayudes a sacarlas; aquí traigo un par de telescopios para usarlos ahorita.

—¿Para qué trajiste telescopios, papá? —preguntó Vicente intrigado.

—Tras 76 años, ese cometa, sí, el mismo Cometa Halley que vi de chiquillo, vuelve y quiero que lo vean conmigo. Y qué mejor que en el mismo lugar donde yo lo vi por primera vez hace tantos años.

—Espera, ¡¿en serio eso es hoy?! ¡¿No era mañana, papá?! —dijo sorprendido Vicente a su padre.

—Sí, es hoy. Pero ya te conozco, hijo; sabía que se te iba a pasar algo como esto, aunque lo estuvieron diciendo por todos lados.

—Niños, oigan, niños, despierten, oigan —susurraba Carlos mientras daba unos ligeros golpes al vidrio de atrás—. Ya despiértense, vengan, bajen del auto que ya va a ser hora. Miren el cielo estrellado y verán algo espectacular dentro de poco. Incluso traje un par de telescopios como aquella vez; como lo hizo Mr. John. Tomen, disfruten de esta experiencia y recuérdenla con mucho cariño, porque es algo que solo se vive una sola vez en la vida. Bueno, en mi caso son dos.

Tras bambalinas, por Gabriela Paz Escobar Cabrera (Chile)

Aunque ya tenía varias presentaciones a su haber, ese día decidí por fin asistir como espectador a mi propia obra de teatro. Llevaba tiempo meditándolo, presentando solo la idea, irresoluto todavía sobre actualizarla a cualquier presente. Pero ese día algo fue distinto. Quizás algo incómodo, como ocurre con la sensación de lo que debe ser afrontado, de aquello que se ha ocultado bajo la alfombra por largo tiempo y que un día no puede esconderse más porque, por escondido que se pretenda, su existencia se insinúa de cualquier modo. Hay un momento preciso para que eso ocurra y supe que ese momento había llegado para mí.

Me reconozco especialmente crítico, tanto más si se trata de mi propio trabajo. Con sorpresa debí admitir que la obra me pareció armoniosa, no del todo mal la primera vez. Pero la sola armonía no me resultó convincente. Yo quería que fuera verdadera. Entonces decidí volver a verla noche tras noche y percibir con mayor atención el fruto de mi creación. Y al cabo de una semana se diluyó mi interés por la obra y apareció luminoso, en cambio, el interés por el actor. Me pregunté si no estaría aburrido de hacer lo mismo cada vez, de evocar esas exactas palabras y emociones, de cumplir iguales objetivos. Una noche, después de tantas visitas al teatro, esperé el momento oportuno para acercarme. Las luces del escenario se apagaron y, aunque el teatro seguía siendo un teatro, la atmósfera se había tornado otra, algo más real o quizás menos encantada. Detrás del telón me escabullí y allí estaba mi actor.

Sacudí la alfombra y se deslizaron mis preguntas atoradas. Dijo que cada jornada a través de la obra tenía la esperanza de que alguna consciencia despertase entre los asistentes, que ese era su único y gran motor para presentarla repetidamente, pero que en esa búsqueda él mismo se había dormido. Se había dormido su goce. Se había dormido el sentido.

—¿Despertar a qué? —le pregunté.

—Despertar de vuelta a la realidad. Esta obra, has podido darte cuenta, quiere mostrar cómo las ficciones que un día sirvieron para organizarnos fueron perdiendo su carácter imaginativo hasta anquilosarse en verdades inamovibles. Sucedió que un día simplemente dejamos de cuestionar nuestra cosmovisión posmoderna, aunque el razonamiento podría bien aplicarse a cualquier sistema.

—Entiendo, y en gran medida estoy de acuerdo, excepto por esto: ¿cómo pretendes que sea un despertador quien se está quedando dormido?

—Ya lo sé, no tienes que decírmelo —respondió abatido—. Lo supe cuando te vi repetidamente solo entre los espectadores; entonces supe que era yo quien venía a ver mi propia obra cada noche. Es un sinsentido verla tanto como actuarla. Soy un esclavo vendiendo boletos de libertad.

Pasó el silencio. Y luego continuó:

—¿Y ahora qué hago? ¿Escribo una nueva obra?

—No, hombre —respondí—, te pisas la cola. Si la escribes, te matas; si la ensayas, te encadenas. Ese es precisamente el error del pensamiento de nuestro tiempo, que antepone la obra al hombre, el producto al productor y la cosa al alma. Date cuenta de que, pretendiendo conectar con el arte, vamos a lugares donde se exhiben cientos de cuadros colgando de las paredes, asistimos al teatro para aplacar el aburrimiento que nos produce nuestra propia rutina, vemos bailar, pero no bailamos, juzgamos la escultura y la arquitectura, pero nosotros mismos somos incapaces de moldear alguna cosa. Ahora se me hace fácil entender por qué nuestra sociedad se encuentra dormida, tan armoniosamente dormida, como lo está nuestra obra. Realmente no hay una diferencia entre tú, actor, y yo, espectador, en este asunto tan particular como desolador: al llegar a casa somos hombres igual de hastiados de lo que somos y de lo que hacemos. Nuestra vida está escrita en pauta, igual que una obra de teatro. Hemos castrado la espontaneidad incluso del arte.

—¿Y qué haremos? ¿Cuál es nuestra esperanza? ¿Cuál es el próximo acto? —preguntó ansioso.

—Calma. Lo primero que haremos será cerrar el teatro y salir a beber una copa. La vida está viva, como el arte: mientras se vive, se crea. Para encontrarnos después, necesitamos primero perdernos. Deja que tu mente se olvide de sí misma un momento, y entonces vemos. Llama a tu esposa y dile que saldrás a dar una vuelta contigo mismo, y contigo mismo conversarás o guardarás silencio. Eso haremos.

—No puedo. Mi esposa espera que llegue a casa con el dinero recaudado de las entradas. Hoy venció el pago del arriendo —dijo afligido.

—¡Vamos! —le animé—. ¿Compartirás con ella tu dinero antes que tu felicidad? ¿Llevarás a casa basura o abundancia? Llámala y dile que al volver serás rico.

Con tono incrédulo, eso hizo. Del otro lado se escuchó a la mujer alterada. Tampoco a ella la idea le convencía del todo. Cortó el teléfono y salimos.

Sentados en el bar, bebió un trago y arrojó la pregunta:

—Entonces, ¿cuál crees que es el destino del arte?

Y yo, sin haber bebido del vaso aún, sentí embriagarme de una epifanía y dije:

—Creo que no se trata del arte sin más, como si cortaras la rama de un árbol y luego pensaras que tienes en tus manos el árbol mismo. Él es un todo y existe en relación con su tierra, con los pájaros y las abejas que le rodean. Árbol como arte son sustantivos y son, en definitiva, construcciones del lenguaje y no expresiones de la realidad, porque la realidad no pone límites a ningún asunto. Nosotros utilizamos esas expresiones para entendernos, porque creemos que entender es primero que ser. Pero allí es donde lo tergiversamos todo y acabamos tomando lo falso por sagrada verdad. Ser un hijo, ser un padre, ser un actor se vuelve un propósito complejo, abstracto y difuso. Y se pone todavía peor cuando queremos ser uno bueno, es decir, un buen hijo, un buen padre o un buen actor. Pero ser, simplemente ser, no necesita nombres ni apellidos. Los inconvenientes surgen cuando los asuntos morales salen a flote y dogmatizamos el bien y el mal, porque lo que hacemos es aniquilar el ser. Ya lo dijo el bueno de Nietzsche.

—Pero Nietzsche fue muy odiado —replicó.

—¡Vamos! ¿Eso te importa acaso? Siempre habrá quienes pierden el tiempo prestando más atención a otros que a sí mismos. No han caído en cuenta aún de que el tiempo es lo único que tenemos —si acaso es correcto decir que poseemos algo. El tiempo se comporta de la misma manera que el agua entre los dedos y así, pues, algunos miran cómo nada más se les escurre por las manos hasta topar el suelo, sin antes siquiera intentar beberla. Allá ellos. ¿Permitirás que su opinión influya sobre tu amor propio, sobre lo que disfrutas hacer, sobre la posibilidad de aprender de tus experiencias solo por el miedo al rechazo? ¿Es eso lo que te contaron sobre el amor y lo creíste? Otro sustantivo haciéndote un traspié. ¡Ay, las palabras, tantas maneras de perderse y ninguna para volver a casa! Recuerda que no hay tales generalizaciones; tan solo particulares. Si comprendes esto, comenzarás a vivir con propiedad y serás arte al comer y al cocinar, al abrazar a tu esposa, incluso al respirar; y no solamente cuando subes al escenario. Crear, que es el verbo más cercano al arte, es un continuo y un derecho que pertenece a todo ser humano por gracia. Es la forma única en que resuelves un conflicto. Para salir, por ejemplo, de un estado de desamor, no preguntas a Neruda ni a Russell, porque a lo que estás llamado en todo momento es a escoger la vía propia y el conjunto de tus acciones es lo que podrás llamar en tu lecho de muerte —si nos apetece ponerle un nombre— tu obra de arte. Así que no te desconectes de ti mismo. Si necesitas comer, come; si necesitas hablar, habla; si necesitas reír, ríe; si necesitas llorar, entonces llora. Pero hazlo como solo tú podrías hacerlo. Verás cuántos mundos lograrás abrir si así te dispones: con el único afán de crear, pintarás tus propios colores, bailarás tus emociones y serás tu melodía. La diferencia entre sobrevivir y vivir en plenitud está marcada por la delgada línea de la autenticidad. Estoy seguro de que si dios, artista de artistas, se uniera a esta mesa, vendría con un lienzo en blanco para mirarnos pintar el tiempo.

Hubo silencio. No sé cuánto duró. Quizás lo necesario para que todas mis palabras se condensaran en una sola imagen: la del lienzo. Caminamos a casa de mi actor sin emitir un sonido. Nos despedimos en la entrada con un apretón de manos y comencé a caminar. Tras el cierre de la puerta a mis espaldas, oí su grito:

—¡Mi amor, soy rico, somos ricos!

Caminé sin rumbo tarareando una melodía inventada, errante iba entre pensamientos nuevos, dibujando pasos despreocupados sobre un lienzo en blanco. Me fui como quien solamente desea perderse, jugar. Me dirigí alegre hacia mi impermanencia, con la actitud de un hombre ligero, seriamente despierto. Al cabo de un par de cuadras de andar, tan abundante floreció mi sonrisa, que en ese preciso momento improvisé compartirla. Y allí, en medio de una noche cualquiera, en medio de una calle cualquiera, delante de mí se abrió el telón.

El viaje de Brami, por Pablo Francisco Santiesteban Soto (Chile)

Valdivia, sur de Chile, junio de 1940.

Don Carlos caminaba apresurado y con el ceño fruncido por calle Picarte, la avenida principal de la ciudad de Valdivia, en dirección al Colegio Alemán. La decisión ya estaba tomada en relación con su hijo Brami. Era su padre y no quería que se viera involucrado en un ambiente que ya estaba lejos de ser una simple escuela donde se impartían materias educativas.

Cuando Brami le contó a él y a su adorada Tante que los profesores hacían que sus alumnos saludaran con la mano derecha levantada e incentivaban a ingresar a las Jugendbund, le pareció raro todo el asunto; pero cuando les confesó que sus compañeros se burlaban de él por su origen holandés y su color oscuro de cabello, ya no le gustó nada. Hasta el mejor amigo de Brami se burló de él.

Carlos van Hasselt había llegado a Valdivia casi 20 años atrás, y de inmediato le llamó la atención que la ciudad estuviera rodeada de ríos. Había encontrado una ciudad en Sudamérica que le recordaba a su natal Breda, en el Reino de los Países Bajos. El clima lluvioso, los ríos, los bosques, la arquitectura Art Nouveau de las casas del centro de la ciudad y, de vez en cuando, una conversación en alemán le evocaban su infancia en Europa. Había encontrado su hogar en el sur de Chile.

Hacía 15 años había comprado varias hectáreas en el sector Toro Bayo, al otro lado del río Cruces.

—¡Don Carlitos, no compre ahí! ¿Para qué van a servir esas tierras para sembrar? ¡Lo van a hacer huevo e'pato! —le decían.

Pero don Carlos las compró y, meses después, le llegaron desde Europa las vacas holandesas que le había pedido a su madre. Ni corto ni perezoso, inició junto a Tante, el pequeño Brami y las niñas, su producción de leche y queso al estilo holandés.

Tante, con mucho entusiasmo, iba al muelle de Toro Bayo y ofrecía los quesos a las lanchas que iban hacia el puerto de Corral. La "gringa" movía sus brazos con entusiasmo en la venta y así hizo que los quesos de su marido se hicieran conocidos. Llegó al punto que, desde el puerto de Corral, a pocos kilómetros de la costa del Océano Pacífico, pedían los quesos de los Van Hasselt y después desde la misma Valdivia.

Una tarde de mayo, escuchando por onda corta la radio de la BBC de Londres, que entregaba noticias de la guerra en Europa, Carlos supo que había pasado lo que temía. Alemania invadió Holanda y avanzaba ahora hacia Francia. Carlos miró la cara de estupor de Brami —que algo ya dominaba el inglés y traducía las noticias a la familia— y ahí lo supo.

Van Hasselt finalmente cruzó el umbral del Colegio Alemán y pidió hablar con el director.

Brami estaba en el aula del quinto año de humanidades y, en medio de la clase, el inspector le pidió que saliera con sus cosas. Brami no entendía nada. Caminó con su bolsón de cuero y al llegar a la oficina vio a su padre con la cara pálida.

—¡Brami, nos vamos a la casa! —le dijo—. ¡Ya no vendrás más a este colegio!

Curazao, colonia neerlandesa, 1941.

Brami cargaba su maleta cuando ubicó la embajada del Reino de los Países Bajos, luego de un largo viaje desde el puerto de Valparaíso. La bandera roja, blanca y azul, la misma que sus papás tenían colgada en el living de su casa en Valdivia, ondeaba desafiante en el frontis del edificio, pese a ser un país invadido por otra potencia.

Ahí, en la embajada, un funcionario le pasó los formularios y Brami comenzó a llenarlos y, al final, puso su firma. Desde ahora era soldado del ejército neerlandés.

Meses atrás, cuando Carlos y Tante le preguntaron en Valdivia si quería ir a combatir por la liberación de Holanda, el joven ni lo pensó. Su "sí" fue sin presiones y, en parte, la angustia de sus padres por sus familiares en la Holanda ocupada hizo que en la mente del joven de 17 años solo creciera la idea de ayudar y luchar contra el fascismo.

Como los Países Bajos estaban ocupados, todas las fuerzas aliadas se estaban reuniendo en Londres, Reino Unido. Así que el viaje iba a ser más largo aún. Había que pasar el "Gran Charco" y rezar para no toparse con submarinos alemanes que pudieran torpedear el crucero.

Así, el joven Brami se embarcó en la aventura. Pero en Valdivia, don Carlos le encargó otra misión: si llegaba a Holanda, que buscara a su abuela y a su tía, que estaban pasando penurias en la ciudad de Breda.

—¡Así lo haré, papá, te lo prometo! —recordó su respuesta y el triste abrazo de la separación con sus queridos padres.

—¡Te lo prometo!

Londres, 1942.

Hacía meses que una botella de whisky escocés hacía pasar las tediosas horas de Brami en la capital del gran Imperio Británico. La sirena había empezado a sonar hacía 30 minutos y todos los enfermeros del Leicester General Hospital bajaron al sótano de dos metros de profundidad.

Las bombas caían una y otra vez. A veces se sentían lejanas y otras más cerca. Brami, un poco aturdido por el alcohol, apretaba sus dientes cuando las detonaciones se sentían cerca. Hacían temblar el suelo del sótano. No podía acostumbrarse a esa vida tan claustrofóbica.

Tras cumplir tres meses de entrenamiento de combate en Birmingham, Brami sintió el largo brazo de su padre. Estaba dispuesto a combatir, pero un día lo reclutó un oficial médico que se lo llevó a hacer un curso de enfermería. Resultó que ese oficial era un amigo de don Carlos y le había pedido que buscara a su hijo y le diera una labor que no fuera tan arriesgada en el contexto de una guerra.

Así Brami se calzó el casco de la Cruz Roja y aprendió de primeros auxilios, pero también de lo absurdo de la guerra. En un año completo, sus jóvenes ojos vieron bellos edificios destruidos, niños huérfanos, hombres y mujeres destrozados por las bombas y a sus compañeros de labores también alcanzados por las detonaciones.

Salir, ir al hospital, ver dolor, asistir al oficial médico, escuchar la sirena, encerrarse en el sótano, escuchar las bombas, volver a salir, ver piernas y brazos arrancados de sus cuerpos, sonar la sirena, volver a encerrarse en el sótano.

Ya estaba hastiado.

Lo único que hacía todo llevadero era el whisky o el brandy, un poco de chocolate o la ocasional compañía de las enfermeras británicas. Estaba cansado. Extrañaba a sus padres y a Chile. Miraba su cara en el espejo y descubría que ya no era el rostro de un estudiante valdiviano. Era otro.

No le gustó lo que vio en el espejo.

—¡Puto Hitler! —dijo en un murmullo mientras miraba a aquella extraña figura en el espejo.

Inglaterra, 1943.

Habían pasado casi dos años de encierro cuando le dijeron que pronto deberían salir de Inglaterra para iniciar la invasión a Europa. Brami se entusiasmó. Sabía que iba hacia la guerra y que era cruel y despiadada, pero tenía una promesa que cumplir: ir a Holanda y encontrar a su abuela y a su tía, tal como se lo pidió su padre en Valdivia.

—¡Van Hasselt, te llegó correo desde Chile! —le avisó Edwards.

—¡Qué bien, Brami, algo de Chile vamos a comer esta noche! —se burló Thomas.

Brami recibió un gran paquete y otras cosas. Las abrió con entusiasmo y se encontró con un queso de su padre, cuidadosamente envuelto, y en otro paquete había unos chalecos tejidos a lana con un mensaje: "¡Para ti y los soldados! Con amor, mamá". Aplaudieron Edwards y Thomas y salieron del camarote.

Brami tomó su botella de whisky, se sirvió un vaso, miró de nuevo la encomienda y no pudo evitar llorar en su soledad.

Cerca de Normandía, Francia, 5 de junio de 1944.

Llegó el momento de la verdad, el Día D, y todos a bordo de un acorazado estaban concentrados. Las playas de Normandía iban a ser el inicio del camino hacia Berlín, pero para Brami su "Berlín" personal era llegar a Breda y encontrar a su familia.

—¡Oye, chileno, si creías que habías visto suficiente con los bombardeos en Londres, ahora sí te vas a cagar en los pantalones! —se burlaba el enfermero O'Leary, un irlandés alto de rostro rojizo.

El grandote había servido en África contra Rommel, sabía del rigor de la guerra y contaba a los enfermeros sobre sus aventuras un día antes del desembarco.

Brami, O´Leary, Edwards y Thomas alzaban sus copas y se reían ridículamente cuando alguien soltó un sonoro pedo en el camarote.

O'Leary, con un habano al estilo de Winston Churchill, imitaba al premier inglés, causando la hilaridad de toda la compañía de la Cruz Roja.

—¡Hey!, les aseguro que estuve a punto de morir en el desierto, ¡pero aquí estoy! —se ufanaba.

Envalentonado con el whisky de la "fiestecita", decía:

—Esto en Normandía será una verdadera jodienda. ¡Ya lo verán!, pero si algo me consuela es que en medio de toda esta mierda esté el viejo de Montgomery. En África fue difícil, las ratas nazis hicieron estragos, pero Grondy hizo lo suyo. Si tengo que ir a pelear a los cagaderos del mismo infierno, prefiero ir al lado de Montgomery. ¡Él sabe qué hay que hacer! —gritaba.

—¡Por Grondy! —gritó Thomas.

—¡Por Grondy! —respondieron todos.

Brami ya veía todo borroso hasta que se quedó dormido en su camastro con su ropa de enfermero. Sabía que podía ser su último día en la tierra y había que celebrarlo.

Normandía, Francia, 6 de junio de 1944.

Horas después lo despertó un enfermero.

—¿Hay que salir ya? —preguntó Brami con aliento fétido.

—Jajajaja. No, Van Hasselt, ya tomamos la playa. Te perdiste una buena fiesta. Muévete, hay muchos heridos que atender.

—P-pe-pero ¿dónde están Thomas, Edwards, O'Leary y los demás? —preguntó.

El enfermero se puso serio.

—No lo sé, se fueron temprano. Tú estabas muy mal y Edwards dijo que te dejaran dormir. Afuera es un verdadero caos. ¡Mueve el culo, Van Hasselt!

Playa de Normandía.

El panorama era pavoroso. Las aguas de la playa se mezclaban con la sangre y los miembros humanos. Los cadáveres estaban esparcidos por doquier.

Brami se dijo "¡El irlandés tenía razón, esto es una jodienda!"

Ayudó a acarrear heridos en las camillas hacia las carpas de campaña, sujetar jóvenes que recibían curaciones. "¡Esto es una carnicería!", pensó. Tuvo náuseas y vomitó a la entrada de la tienda.

Estaba limpiándose la boca cuando lo vio el teniente Robson.

—¡Ánimo, usted sí que tuvo suerte, Van Hasselt! Lo siento mucho, pero la vida sigue.

No entendía nada. Pidió explicaciones.

—¿Cómo? ¿Acaso no sabe que todo su equipo de enfermeros cayó en acción en esta playa?

En 5 segundos pasaron los rostros de Thomas, Edwards, el irlandés O'Leary y varios más. "¡Soy el único que queda con vida!"

—Las ametralladoras alemanas disparaban a los cascos de cruces rojas para que no pudieran atender a los heridos. Malditos sádicos de las SS —le dijo Robson y siguió su camino.

Brami se tambaleó, se afirmó en uno de los postes de la carpa. Sintió deseos de volver a vomitar.

Breda, Holanda, 30 de octubre de 1944.

Brami ya estaba en la ciudad de su padre. Había logrado ser destinado a la 1.ª División Polaca Acorazada, bajo el mando del general Maczek, y había pasado un día desde la liberación de la ciudad por parte de este grupo que venía con estadounidenses, británicos, canadienses y gente de otras nacionalidades.

El entusiasmo era desbordante en las calles. Los niños saludaban a cualquiera que vieran con uniforme aliado, les pedían chocolates o lo que fuera. Habían pasado 4 años de ocupación.

Brami caminaba con una gran bolsa sobre sus hombros, repasaba los nombres de las calles hasta que dio con la casa.

Esperó un poco en la puerta, se arregló la chaqueta y golpeó. Una mujer demacrada apareció en el umbral con unos niños.

—Buenas tardes, soy Abraham van Hasselt, el hijo de Karel y Tante —dijo.

—¿Tú eres Brami? —dijo absolutamente sorprendida la mujer—. Soy Marijke, tu tía.

La mujer abrazó al joven como si fuera su salvador.

Brami les trajo la Navidad adelantada a los Van Hasselt de Breda. Les regaló ropa tejida por su mamá Tante, chocolates para sus primos y tíos, una botella de brandy y muchas bolsas de té, un lujo por esos años para cualquier familia neerlandesa.

Lamentablemente la "oma" estaba postrada y casi no hablaba. Tres meses después, moriría.

Marijke llevó a Brami por casi todo el barrio para presentarles a su sobrino y para invitarlos a tomar té por la tarde.

—¿Cómo me "monea" usted, tía? —bromeó Brami.

—¿Qué cosa? ¡No entiendo! —respondió la mujer.

—Nada, tía. Monear es algo que decimos en Chile cuando presumimos de algo —dijo con una sonrisa nostálgica y con la mirada perdida.

Valdivia, diciembre de 1945.

El río Valdivia estaba calmo y el cielo curiosamente despejado, sin los tradicionales nubarrones del sur de Chile, mientras una lancha remontaba el estuario hasta el muelle de Toro Bayo con un ansioso pasajero que buscaba llegar a la casa de los Van Hasselt.

Parecía que Valdivia se había detenido en el tiempo, las casas, las personas y las calles, aunque la gran novedad era la construcción de un puente sobre el río Calle Calle que unía a la ciudad con el sector Las Ánimas.

El resto casi todo estaba igual, salvo el joven idealista que 4 años atrás partió a defender la bandera de su padre. Aunque regresara a su hogar de origen, ¿cómo retomar una vida que había quedado en el pasado?

La guerra le enseñó a ese joven que Chile era su verdadero país. Aquí había nacido, este era su lugar. Ha vuelto a su tierra.

Saltó del muelle y abrazó a sus padres. Tante lloraba sin parar; don Carlos miraba orgulloso a su hijo. El joven abrazaba no solo a su madre, sino también a la paz que tanto anhelaba su espíritu.

Ya lo sabía, ahora tenía que seguir adelante y dejar atrás a Brami. Desde ahora en adelante sería el señor Abraham van Hasselt Disselkoen.

Transferencia de pasión, por Javier Muñoz Brito (Chile)

No sabría decir qué ocurrió. Fue contradictorio que sintiera frío a pesar de los aportes calóricos de la taza de café y la estufa encendida. Caminé por el patio gélido, húmedo y oscuro de mi casa, cargando dudas en mi cabeza. La transmisión de energía térmica no alcanzó una gran intensidad, pese a que la diferencia de temperatura entre mi cuerpo y el entorno superaba los cuarenta grados.

De acuerdo con las leyes de la física, no deberían ocurrir tales eventos; sin embargo, descubrí que el calor de mi cuerpo había desaparecido tras nuestro adiós. Tampoco percibí la convección natural del aire alrededor de mi piel. Estaba definitivamente solo.

Tras esa terrible conclusión, me fui a la cama; consideré que era la mejor opción para dejar atrás las desilusiones. Me prometí a mí mismo que esto no podía terminar así, que se iba a superar…

De repente, me encontré en aquel parque de antaño donde te había conocido. Sentí nuevamente la convección forzada, infernal, de aquel viento nacido en unas aguas heladas y que penetraba hasta los huesos. Estuve batallando con la incomodidad térmica hasta que apareciste entre los árboles.

A medida que te acercabas, mi piel recibía una radiación creciente que no solo revitalizaba partes de mi estructura, sino que contrarrestaba la pérdida calórica que provocaba el maldito viento. ¡Era increíble cómo tu belleza inducía cambios en la ecuación energética de mi cuerpo!

Me pregunté cuánto tiempo había estado sumergido en la apatía, en aquel estado criogénico que me había relegado a la condición de vegetal. La máquina había cumplido las funciones básicas, pero había perdido sus sentimientos, la sensibilidad, su propósito. Tu juventud, tu figura y tu vitalidad le habían proporcionado el motivo de vida.

El panorama térmico cambió una vez que atravesaste mi zona íntima. La convección y la radiación en la frontera de mi cuerpo se volvieron tan intensas que originaron cambios en mi piel. La conducción en esta aumentó exponencialmente, lo que provocó un mayor flujo de calor y la desaparición paulatina del color azul.

Llegó el momento del tacto. Apoyé mi frente en la tuya, cerré mis ojos y me concentré en el presente. Sinceramente, ya no recordaba la fecha de nuestro último contacto. Con mis dedos recorrí tu cabello liso y oscuro, con mi olfato absorbí tu rico perfume y con mis ojos sondeé toda tu estructura. Registré nuevamente tus ojos castaños, tu estatura mediana, tu cara y pecho con acné, tu sonrisa particular y tus anteojos.

Me situé detrás de ti, deposité mis manos en tu cintura y apoyé mi mejilla en la tuya. Mientras descendía mi cabeza por tu cuello, mis manos viajaron por tu abdomen, tu ombligo, hasta que cercaron todo tu vientre. Las transferencias de calor y perfume llegaron a sus valores máximos después de que cubriste mis brazos con los tuyos. Los flujos de energía y masa a lo largo de esa superficie de cariño fueron enormes y preciosos.

El ritmo de mi corazón aumentó y un gran caudal de sangre recorrió mi estructura. La excitación que me generó tu cuerpo indujo turbulencia en mi sangre, lo que elevó aún más la transmisión de calor.

El tiempo pasó y tu cuerpo siguió proporcionándome energía, hasta que llegó el evento más maravilloso que he experimentado en mi vida: el equilibrio termodinámico. Ese estado no significó únicamente que poseímos la misma temperatura y concentración de perfume, sino que nuestras carnes alcanzaron la coalescencia, formaron un vínculo profundo. Ya no fuimos personas diferentes: alcanzamos la unión perfecta.

La tasa de transferencia de calor empezó a disminuir a medida que el área de contacto decrecía. Te alejaste porque necesitabas tomar tu propio rumbo. Lo entendí; al final de cuentas, éramos unidades independientes.

Surgió el miedo, pues tu marcha implicaba mi retorno al estado de criogenia; sin embargo, nada de eso ocurrió. La máquina estaba operando bajo condiciones normales, y algo extraño percibí en mi interior: había un halo en mi alma que irradiaba calidez a todo mi cuerpo.

Me pareció que tu amor no solo me deparó el calor que estuvo ausente por mucho tiempo, sino que también me transfirió pasión. Eso explicaría las transformaciones.

De camino a mi hogar, el órgano vital volvió a su ritmo estándar. El tiempo breve que pasamos juntos indujo una paz que había sido arrancada cuando dijiste adiós. Después de mucho tiempo, regresó la convección natural del aire alrededor de mi piel para intercambiar energía y acariciarme. Creo que me transformaste en una máquina de pasión.

Le tocó, por Nancy Nieto Cáceres (Venezuela - Colombia)

Nicky tomó una de las decisiones más difíciles de su vida: irse de su país y lucharla en el país vecino, que no era la mejor opción, pero por razones económicas era lo más conveniente, ya que podía optar inmediatamente a la nacionalidad, y eso era un alivio; podía estar legal y así sería más "fácil". Llegó el día, empacó sus cosas y en silencio, sin despedidas, sin contarle a nadie, ni siquiera a sus mejores amigas, se marchó en silencio. Empacó en la maleta lo básico, solo podía llevarse las cosas más necesarias. Así salió de su casa, cerró y se marchó, con lágrimas en la garganta y con fe en Dios de que todo iba a estar bien. Abordó el taxi que la llevaría al aeropuerto; tomaría un vuelo interno que la llevaría a un estado fronterizo, y al día siguiente se iría muy temprano por carretera a otro estado fronterizo del otro país. Iba con su mascota, tenía muchos años con ella y no tenía corazón para dejarla, y así llegaron al otro lado. Compró un boleto para ir rumbo a la capital de este nuevo destino. 24 horas duró el viaje; se sentía agotada. ¡Qué lejos, por Dios! Nunca había estado tantas horas en un bus. Llegaron.

Tuvo la suerte de tener un lugar donde llegar; su hermano le dio alojamiento en su casa, quien ya llevaba un poco más de un año en este lugar y con toda la estrechez y con la mejor disposición le brindó su mano. Ella agradecida hasta el infinito, ama mucho a su hermano, siempre han sido muy unidos, han estado en las buenas y en las malas.

Pasaban los días, trámites de papeles y búsqueda de empleo, de lo que fuera con tal de no estar parada y colaborar con los gastos, para no ser una carga. Por recomendación de una amiga, la llamaron de una empresa relacionada con su profesión, logró conseguir empleo. Allí duró tres años, pero llegó la pandemia y se paralizó todo; la economía se afectó a nivel mundial y le terminaron el contrato.

Sigue remando, buscando nuevas oportunidades. No ha sido fácil, pero es constante en la búsqueda. Ha encontrado personas amables que la han ayudado con trabajo; aunque es poco, eso la ayuda a cubrir gastos. Han pasado seis años, a veces sale uno que otro proyecto en su área, y cuando salen, la ayuda es mayor. No ha sido fácil, pero sigue intentándolo, con esperanza de que todo en cualquier momento va a cambiar. Cada día se aferra a su fe en Dios, y con la mejor disposición cree fielmente que todo va a pasar. Pronto regresará a su país, porque allá pronto también habrá cambios importantes. Con la mejor de las energías, remando siempre hacia adelante y con una sonrisa amplia en su rostro, cree fielmente que la vida es bella, que nunca se debe desfallecer y recuerda siempre que "esto también pasará", que hay que ver la vida con optimismo porque hay situaciones que te enseñan a valorar y avanzar, para cada día ser mejores seres humanos.

Nicky sigue aprendiendo cada día, cada experiencia la agradece y sigue adelante, porque la vida es aquí y ahora. ¡Y el sol sale para todos y la luna también! No es fácil, muy cierto, pero tampoco imposible. Conoce cada día personas amables y otras no tanto, pero en su corazón se dice: "A pesar de todo, estás bien. Hay otros compatriotas que están en situaciones más difíciles", y eso la hace ser agradecida. Solo quedará en sus recuerdos esta experiencia y la gratitud a la vida por haberla vivido, porque todas estas experiencias le han hecho crecer, le han hecho ver que la vida es un remolino y que hoy puedes estar arriba y mañana... La vida le giró en 360°. Emigrar nunca fue su opción, pero le tocó. Hay dos maneras de emigrar: una es de forma voluntaria, porque quieres experimentar cosas nuevas, porque te quieres ir de tu país, te gusta esa otra cultura, porque te da la gana y es tu decisión libre y voluntaria, y otra, como le tocó a la gran mayoría, por necesidad y casi por obligación, para salvaguardar su vida o subsistir. Solo quedará en sus recuerdos lo vivido y como inicia Don Quijote: "En algún lugar de la Mancha de cuyo nombre no quiero acordarme".

La tía Clara, por Lissania Saskia Bringas González (México)

Vivimos en un departamento tan pequeño, que cierro la puerta con mi pie desde la cama. El cuarto está lleno de cajas porque no hay closets y, por más que arregle, todo queda amontonado. Antes me dejaban salir con mi vecina a las escaleras y nos sentábamos a platicar de nuestros sueños. Pero ahora nos lo han prohibido aún con cubrebocas.

Los maestros me regañan porque no prendo la cámara de la computadora mientras estamos en clase, pero es que me da pena. No quiero que vean a mi papá borracho o gritándole a mi mamá. Les digo que no sirve y participo mucho en el chat para que no crean que me dormí.

Mi padre es un hombre mediocre y flojo, pero se cree descendiente de la realeza. Se sienta a la mesa sin acomedirse a poner ni una cuchara y, cuando termina, espera a que le recojamos su plato y agradece como lo haría a su servidumbre. Su única tarea es sacar la basura y le pesa. Si por él fuera, viviríamos dentro de un relleno sanitario y nos alimentaríamos de moscas. Yo me ofrezco a llevar la bolsa a los basureros que están a la entrada del edificio, con tal de no verlo unos minutos y sentir el viento en mi cara.

No lo odio, pero sí me espanta cuando se altera, mi mamá yo creo que sí le tiene miedo porque nunca le contesta a sus humillaciones y majaderías. Antes, cuando nos quedábamos solas, ella cantaba y comíamos contentas, ahora, algo así de simple ya no existe. Él siempre va a encontrar algo que le molesta y que seguramente hicimos mal alguna de nosotras. Mi mamá la lleva doble, porque si fue mi culpa, además de gritarme a mí, la insulta a ella por mal educarme.

Hoy por la mañana se pasó de la raya, golpeó a mi madre tan fuerte que no paraba de sangrarle la boca. No sé si le rompió algún diente, pero seguro la nariz sí. Yo no entiendo por qué seguimos aquí. Ella dijo que cuando terminara la primaria nos iríamos a vivir con mis abuelos, pero ya entré a la secundaria y del tema no quiere ni hablar.

Cuando la vi salir del baño, no lo dudé ni un momento. Tomé su celular y desde el lavadero llamé a la tía Clara. Yo estaba asustadísima y hablaba acelerada. Sentía que el corazón se me salía. Ella me escuchó callada, después, me pidió que actuara como si nada pasara, que con cuidado guardara los papeles de la escuela y actas de nacimiento en mi mochila.

—Si hubiera un terremoto, ¿qué sacarías de tu cuarto? —me preguntó.

—Nada. Sería feliz si cayeran las paredes para salir corriendo —le contesté.

No pude hablar con mi mamá, ella dijo algo incomprensible y se encerró en su recámara. Él, tranquilamente, prendió la televisión y eso me permitió buscar los documentos.

La tía Clara llegó una hora más tarde con un paquete bien envuelto. Esa hora me pareció eterna.

—Beto, te traigo una birria… ¡Como para chuparse los dedos! ¡Ya verás! Espero que no hayas desayunado todavía.

Me dio un beso y con una alegría inusitada siguió hablando con él.

—Sí, te preguntarás qué pulga me picó, ¿verdad? Pues es que mis papás acaban de llegar y quiero que los vea mi hermana y su nieta consentida. Por eso te traje lo que te gusta, para que no protestes.

Él la ignoró.

—Ya no quiero pelear contigo, cuñado, esta birria es en son de paz.

Mi papá asintió con la cabeza y siguió viendo la televisión, como lo hacía todos los días desde que se levantaba de la cama. Ella sonrió.

—Voy a servírtela como Dios manda. Tú no te muevas, sigue viendo tu programa.

Ladeó su cabeza como seña de que la siguiera a la cocina. Sacó platos y cubiertos de una bolsa.

—No toques nada —me susurró, y sirvió lentamente la comida dejando que un aroma delicioso nos inundara. Se encaminó a la sala y colocó frente a mi papá la charola con todo lo que le gustaba a él. Mi padre dejó de ver su partido de futbol y se sorprendió con las delicias que le ofrecían. Ellos nunca se han llevado bien, pero aceptó contento el almuerzo por glotón.

Mi madre nos veía inmóvil desde el dintel de la puerta de su recámara, completamente extrañada de la escena que observaba, sin atreverse a decir una palabra. Con sus hombros escurridos y la cara hinchada parecía una zombi. La tía Clara no le preguntó nada, por el contrario, le habló con mucho cariño.

—Vámonos, Chave, coge tu bolsa y un chal. Y tú, flaquita, trae tu mochila para que hagas tu tarea allá con los abuelos… ¡Ah! Y un suéter o lo que quieras.

Mi mochila estaba lista con los documentos y a mi mamá le había preparado una bolsa con ropa.

—Apúrenle que todavía tengo que pasar a comprar el queso que quiere mi amá.

El pánico no le permitía a mi mamá reaccionar, creo que tenía los pies engarrotados.

La tía Clara caminó hacia ella y abrazándola pasó frente a mi papá diciendo:

—Ándale, Chave, no quieres hacer esperar a nuestro padre, ya sabes cómo se pone cuando tiene hambre.

Las dos caminaron lentamente hacia donde yo estaba. Salimos, pero cuando estábamos a punto de cerrar la puerta, mi padre gritó:

—¡Hey!

Las tres nos miramos aterradas, hasta la tía Clara perdió su sonrisa. Yo metí la cabeza y le pregunté a él:

—¿Qué quieres? ¿Necesitas algo de la calle?

—Sí, dile a tu madre que me traiga cigarros cuando regresen.

Viajamos sin parar cinco horas hasta llegar al rancho de los abuelos.

La tía Clara trabajaba como afanadora en el pabellón de enfermos contagiosos graves, así que cuando sacó los platos envueltos en batas sucias y la miré acomodar con la actitud de un cirujano el cilantro, la salsa y las tortillas, noté que ella traía puesto guantes y cubrebocas. En ese momento lo entendí todo y fui a buscar la llave de mi papá a su cuarto.

Robo a mano arma, por José Miguel Sánchez (Colombia)

Me veo en la desesperada situación de cometer un hurto. Siento un hormigueo en mis pies, desde el tobillo hasta las uñas; mis brazos pesan como dos mangueras cargadas de fango.

El arma es mi dedo índice, el gatillo es el pulgar. La he cargado conmigo desde que nací, y aun así, la gente esperaba que jamás la disparara. Eso es tener fuego en las yemas de los dedos y no ser capaz de quemarlo todo, ni siquiera cuando perdí el examen de inglés en quinto por la palabra "morning", porque la escribí con dos emes: "morrning". Hasta el día de hoy no sé si ignoraba cómo escribirla bien o si fue una confusión gramatical infantil. No quemarlo todo, ni siquiera cuando Mariana me dio un pico en la boca a los 8 años, para después limpiarse la suya con la manga de la jardinera y decir:

—Guácala, te saben a sal los picos.

Y digo yo, ¿qué maldita culpa tenía de haber sido concebido en el mar? Vaya a culpar a mi papá, que no se perdía de una, y a mi mamá, que nunca supo decir no.

Atasco el arma con seguro, tocando mi dedo anular con el meñique, en caso de que se dispare sin razón y termine sin mano, sin plata y sin crimen. Si voy a la cárcel, que sea porque puse la mira en el lugar correcto.

Camino las dos cuadras que me separan del corresponsal. Ahí no hay mucha plata; el tope de transacción ronda los 300 mil en un día normal, y hoy es lunes antes de la quincena. Nadie tiene plata, y como nadie tiene plata, nadie retira. Y como nadie retira, esa señora hijuemadre se la mecatea en velas aromáticas de durazno para su amante, que está casado y cuya fruta favorita es el durazno. No es que sea yo chismoso es que, en este lugar, el que no se sabe la vida de todos es visto como huraño, y si uno es visto como huraño, nadie le da trabajo. Si nadie le da trabajo, se vuelve ladrón. Y como hace dos meses esa señora me despidió del corresponsal, me tocó volverme uno.

Al menos tengo mi pistola con licencia. La licencia es mi acta de nacimiento, que me otorga poder sobre mis huesos, mi piel, mis coyunturas, mis desamarres y hasta mis fracturas. No me gusta mucho la palabra "fractura" porque suena como "factura", y de esas tengo varias sin pagar. Pero nunca he tenido una fractura en mi vida, y eso que me he caído y embarrado varias veces. Me hicieron del más fino material, como un subfusil de corto alcance: puede que la puntería sea mala, pero el golpe es letal.

He intentado disparar con la izquierda, pero esa es caprichosa. En mis prácticas de tiro, la más certera es la derecha, la más firme, la que soporta mejor el culatazo. La bala perfora sin mesura todo material hecho por el hombre, menos el diamante, que lo hizo una mujer. Y eso sí es impenetrable.

Ya dispuesto a hacer la fila para cometer mi crimen —porque se puede ser rata, pero educado; cívico, pero con malicia—, siempre he respetado el orden sagrado de los turnos. Ha sido así desde que en una fila para entrar al baño un señor se le coló a uno de bigote hitleriano: alto, pálido y gordo. Este lo miró con cara de volcán, con la furia más intensa contenida en cualquier par de ojos claros, y le metió un sopapo en la sien con su propia arma blanca. De eso ya hace diez años, pero sigo con pánico a que alguien sea consumido por la ira de tal manera que me dé uno fatal. También he de controlarme yo, más con una mano hecha de fierro. Y es que yo estoy aquí para cobrar mi quincena y, de paso, algo pa' jartarme un ron de caldas. Yo no he venido a matar a nadie. Mi dedo índice y pulgar solo alcanzan a intimidar, pero todos me conocen. Saben que no sería capaz de tomar una vida que no sea la mía. Y he querido en ocasiones; recuerdo nuevamente ese incidente con el "morning" y mis labios pichos en sal. ¿Pero qué se hace? No puedo pretender que soy un ser humano, los humanos no venimos con manual de instrucciones para manejar proyectiles. Aun así, tampoco

soy una máquina asesina. Solo quiero mi quincena y mi ron, nada más.
Y hasta eso me niegan.

Llega mi turno. Mi mano hecha puño recarga con la posición de
disparo, entre ceja y ceja, seguro puesto siempre. Y no olvides los ojos,
los de demonio capaz de todo, capaz de nada, que te pusieron
Marianita y el profe de inglés, y el gordo alto de la navaja de hueso. Mi
quincena y mi ron, después, si algo, me voy al Tolima, donde nadie me
conoce y me hago el loco, porque siempre he sabido hacerme el loco,
tanto que a veces hasta me lo creo.

—Joven, Julio.

—Mire, señora, esto es un rob...

Saco un poco el arma y el pulgar va torciendo lo suficiente pa' que
vea que esto es serio.

—Mire que el nuevo muchacho me ha salido flojito. Aquí usted
tiene el trabajo si lo quiere, pero no vuelva a decir que yo dizque
compro las velas de durazno para don Tulio. Menos mal ya le expliqué
a su esposa que eso es puro chisme, pero me urge más alguien que
atienda la caja.

Guardé la —mano— pistola en el bolsillo nuevamente.

—Bueno, señora Gladys, no era mi intención. Usted sabe lo que
dicen de la gente que no es chismosa, pero prefiero ser huraño y con
trabajo que ser huraño y ladrón.

La historia de Eulalio Agudo, por Albert Pla Andreu (México)

Mi madre insistía en que estudiáramos música, preferentemente el piano. Mi hermana mayor ingresó al Conservatorio Nacional de Música. A mí no me permitieron entrar, ya que solo admitían a niños de doce años cumplidos. Como nací en marzo, hubo que esperar casi dos años más, tiempo en el que me llené de ilusiones porque iba a llegar a ser un gran concertista.

Sin embargo, no perdí el tiempo. Mientras llegaban los años, me dejé crecer el pelo, ya que era un requisito para ser un buen director de orquesta. De esa manera, al indicar el impacto de las percusiones, luciría dramático.

El tiempo pasó y no tuve tanto éxito. No fue como me imaginaba; reprobé solfeo, armonía y conjuntos corales. Tesonero, y para no hacer tan largo mi relato, cumplí diecisiete años, y raspado pasé a tercero con una carta en la que la maestra de solfeo certificaba que no tenía capacidad auditiva. Me tocaba dos notas y, mientras otros decían cuál era el intervalo, a mí me sonaban idénticas, al grado de que una vez me tocó dos notas iguales y yo dije:

—Cuarta justa.

Me pidió que pusiera más atención. Volvió a tocar las mismas dos notas iguales y yo dije:

—¿Sexta menor?

Me dio la carta, que me permitió seguir con mi carrera artística musical.

Entró, en ese último año de mi aventura en el conservatorio, un niño que iba a cumplir nueve años en abril. Se hizo una excepción porque era un niño prodigio. Se llamaba Eulalio Agudo.

También se brincaron las normas en otras cuestiones, ya que, mientras yo cursaba el tercer año otra vez, él cursó primero, segundo y tercer año en un solo semestre, de tal suerte que, a mis diecisiete, Eulalio tenía nueve años y ya me había alcanzado.

Me hice amigo de Eulalio, yo lo protegía, lo iba a ayudar para que no se le dificultara. Por lo menos, había logrado ser el mayor del grupo.

No solo sentía envidia, sino que se me salía por los ojos; por los lagrimales la lloraba, me deformaba las uñas. Las orejas supuraban esta envidia. Era terrible.

Vi en el cine una película sobre la vida de Mozart, en donde este apabulla a Antonio Salieri, principal músico maestro de la corte. Mozart, muy joven aún, había sido invitado a participar en ella.

Para la recepción de Mozart, Salieri compuso e interpretó una pieza que, después de haberla escuchado una vez, Mozart se acercó al piano y la tocó de memoria. Comentó que tal vez podrían aceptar algunos cambios, y tocó una variante de la misma pieza que sonaba fantástica, mejorada, haciendo ver la pobreza de la versión inicial. Para aplastar más a Salieri, Mozart, enseguida, la tocó de espaldas al piano, haciendo otra versión aún más rica en armonía.

Yo era mucho peor que Salieri, y Eulalio Agudo era como Mozart. Estaba acabado.

Teníamos que escoger una pieza para el examen final de tercer año de la clase de piano. Ambos escogimos la "Patética" de Beethoven. Para mí, la más perfecta obra musical de todos los tiempos. Maravillosa sonata.

Mi madre trató de convencerme de que había piezas más sencillas, de menos páginas. A mi maestro se le cayó el alma al piso cuando se lo dije, y peor cuando le dije que la iba a tocar en 21 minutos, como la propuso Beethoven. Sus párpados inferiores se desplomaron, cayendo al nivel de sus labios. Qué expresión tan poco alentadora.

Ese día, al salir de clase, en que insistí testarudo en mi tema, el maestro se acercó a mamá y le dijo, de tal forma que yo escuchara:

—¿Por qué no intenta en la pintura?

No acepté. Orgulloso, me sentí motivado. Yo podía con el reto.

Estudié siete meses como loco; ya la tocaba toda, leía la partitura rápidamente.

Por fin, el día del examen, el maestro insistió en que fuera a puerta cerrada para que no me distrajeran. Pensó que podría ponerme nervioso con el público. Lo que más lamentaba era que Eulalio iba a tener un día más que yo para practicar.

La toqué en una hora y catorce minutos el día del examen, la toqué toda completa y con algunos errores. Leí la partitura perfectamente. El maestro no me quiso dar mi calificación.

—Te la pongo con las listas en el tablero.

Al día siguiente, no pude con la envidia. Después de haber descartado meterle el pie a Eulalio, cerrarle la tapa del piano aplastando sus manos, bajar el interruptor de la luz, bloquear con palillos la cerradura de la puerta del auditorio, quemar el conservatorio... algo tenía que hacer.

Como éramos amigos, cuando llegó le dije:

—Ya está el auditorio repleto para escuchar tu examen.

Traté de ponerlo nervioso. Me dio su partitura y me pidió que yo cambiara las hojas. Agradecí el honor y, cuando no me veían, le arranqué las tres hojas dobles centrales. No se notaba y nadie me vio.

Se acomodó Eulalio en el banco ajustable, lo subió a su altura pequeña. Yo, muy serio junto a él, y cuando me reconoció el maestro, se abalanzó sobre la partitura y me hizo señas, como si quitara pelusas del ambiente. Entendí rápidamente que me indicaba con ellas que me fuera a sentar.

Me senté en el lugar del maestro. Ese fue el mayor logro musical que alcancé.

Inicia el concierto. Perfecto, todo muy bien. Excelente. Pasaron las primeras hojas y, al llegar a las faltantes, el maestro se volvió loco pensando que se habían pegado. Frotaba sus dedos, se los lamía y volvía a frotar las hojas. Eulalio se lo quedaba viendo mientras seguía, perfectamente, sin error alguno, al mismo ritmo.

El maestro sudaba, me volteaba a ver y yo cerraba los ojos para disfrutar la música. Era el más feliz.

Mientras el maestro insistía en atrapar mi mirada para obtener una explicación, excitado con la partitura, se jalaba los cabellos, trataba de separar las hojas a la mitad con sus uñas; ahora, los párpados superiores parecían pegados a su frente. Era tal su asombro y terror, no encontraba las hojas. Eulalio seguía, impecable.

Llegaron a las páginas finales; no se había notado nada. El maestro estaba más relajado, pero las manchas de sudor en las axilas le llegaban a la cintura.

Eulalio Agudo terminó la Patética en exactos veintiún minutos.

Beethoven se hubiera entusiasmado. Yo dejé el conservatorio. Mi hermana también había desistido. Mi madre regresó el piano alquilado y dijo:

—Estoy tirando 90 pesos de renta mensuales a la basura.

Nota: Los nombres del relato anterior han sido modificados para proteger la integridad física del autor.

Sagrado corazón: crónica de una muerte cercana, por Marina Villalobos Díaz (México)

—¡Yo te aviso cuando hayas muerto! —respondió Mercedes cuando su padre, desorientado en su lecho de muerte, preguntó aquella mañana a dos de sus hijas:

—¿Ya me morí?

Meses antes, se habían reunido en el jardín de la casa de sus padres, a la hora del aperitivo —con tequila y cerveza, como era su costumbre— y en el preciso instante en que un colibrí volaba sobre ellos, el padre se dirigió a Mercedes, su hija del medio, y, sabiendo que no se negaría, le preguntó si podía acompañarlo a rezar para que Dios ya se lo llevara.

Aquella petición la había dejado perpleja. Aunque sus amigas siempre le solicitaban su ayuda para que las incluyera en sus oraciones, esta vez interceder ante Dios para pedir por la muerte de su padre era la plegaria más rara y compleja que había tenido que elaborar. Ante tal propuesta, respondió con fino humor, aquel que brota en momentos de desconcierto:

—¿Así que crees que Diosito te cumplirá tu deseo y que pronto te recogerá? ¿Acaso no será un caprichito tuyo?

—¡No, hija! Le hablo todas las noches a mi Sagrado Corazón de Jesús, esa imagen que tú conoces y que ha estado cerca de mí desde hace ya muchos años. Él sabe por qué quisiera partir antes que tu madre. Le digo que ya he vivido lo suficiente, que he trabajado arduamente, he cumplido con proveerles y darles sustento, que he viajado y ya me encuentro muy cansado. ¡Le suplico que ya me lleve! Ya está todo arreglado, no dejo cabos sueltos.

Ella, aun rechazando tal idea, le comentó:

—Bueno, por si te hiciera caso, en Tanatología dicen que antes de morir, además del testamento, es oportuno resolver los conflictos pendientes que se tengan con alguna persona.

La madre, que escuchaba el diálogo entre ellos, intervino:

—¡Sí! Tienes algunos pendientes. Ahí está tu hermano... Por más de sesenta años no se han dirigido la palabra.

Vio a Mercedes a los ojos y, en complicidad con ella, respondió:

—Sí, sé que es tiempo de perdonar.

La hija, en quien él confiaba, le pidió que realizara un reto: llamar a su tío, al menos por teléfono, para saludarlo.

Al pasar los días, cuando su hija regresó de visita, él prontamente le comentó:

—Llamó mi sobrino para invitarme a la fiesta del cumpleaños noventa de su papá... Por la debilidad y las molestias que traigo en mi espalda, me disculpé por no poder asistir, pero, por supuesto, tuve el cuidado de enviarle saludos a mi hermano.

Mercedes, que gustaba de cocinarle su platillo favorito para mimarlo, notó que él había perdido el apetito después de no probar bocado de aquellos camarones al ajillo que, en otros tiempos, disfrutaba tanto. Ella, que estaba por viajar al extranjero, había ido también para despedirse y pedir la bendición de sus padres, como acostumbraba. Aquella tarde sería la última vez que lo vería lúcido y consciente. Lo notó muy cansado.

Antes de que partiera, el padre, acongojado, le decía cuánto le dolía la espalda, como si en la queja encontrara consuelo. Presta y amorosa, le ofreció la pomada de árnica que, con otros secretos, ella misma preparaba. Mientras él descubría sus hombros y ella comenzaba a sobarle con mucha delicadeza, su padre le susurraba con dulzura y agradecimiento:

—¡Eres tan buena hija!

Ella partió con tristeza y preocupación; una corazonada le decía que esas plegarias serían escuchadas y se concedería la petición de su padre en su ausencia.

Internada en la selva por estudios de observación profunda —sin comunicación alguna—, había dejado encargado a la dirección del Centro de Estudios Amazónicos que la albergaba que estuviera al pendiente, pues podía llegar un mensaje de su tierra con noticias importantes de su familia. Transcurrieron algunos días cuando un emisario del Centro llevó un telegrama de su hija, en el que avisaba que su abuelo había sido internado en el hospital y que era necesario su regreso.

El campamento donde se encontraba, en medio de la selva, estaba lejos de la ciudad y tendría que esperar el amanecer para emprender su retorno. Mercedes, desconcertada y a la vez sorprendida de que aquella imagen del Sagrado Corazón de Jesús hubiera respondido en tan poco tiempo al ruego de su padre, contemplaba desde su hamaca el universo, preguntándose si lo encontraría aún vivo a su regreso. ¡Rezaba porque así fuera! ¿Cómo sería la travesía de acompañarlo a morir, si es que ella regresaba a tiempo?

Lo cierto es que no pudo pegar los párpados en toda la noche. Miraba al cielo mientras recapitulaba tantos momentos compartidos y sentía la dicha de tener ese buen padre.

Con el amanecer llegó el guía para llevarla por el río en lancha, hasta la población donde les esperaba un vehículo enviado por el director del Centro. En cuanto Mercedes llegó a la ciudad donde se encontraba alojada, se comunicó con su familia, avisando que cambiaría el billete de avión para retornar lo antes posible. Arregló el vuelo para el día siguiente, porque la pequeña aerolínea que operaba en destinos a la selva solo tenía salidas por las mañanas. El curso estaba concluyendo y aprovechó el tiempo para despedirse de sus instructores y demás compañeros. El guardián del Jardín Botánico, que la miraba a la distancia, sonrió al saludarla. Mientras Mercedes se acercaba para despedirse, él le dijo:

—Sé por lo que está pasando su familia. Me dijo la asistente del director que la apoye y que debe regresar lo antes posible. Pero si usted gusta y dispone de tiempo, esta noche le invito a conocer un curandero que posee el arte de leer la suerte, además de hacer buenas limpias con tabaco.

El sueño se le había escapado la noche anterior; a pesar de su cansancio, aceptó la invitación de su nuevo amigo, el guardián de los jardines de plantas medicinales de tan prestigiado Centro, que con certeza comentó:

—Irá mejor preparada para lo que se avecina; se sentirá fortalecida, tranquila y clara.

Al anochecer llegaron a casa de don Filemón, justo cuando se preparaba para ofrecer una sesión de limpia para algunos pacientes que habían llegado de la capital. A la luz de la vela, con invocaciones, cantos repetitivos y tabaco en mano, el curandero recibía cálidamente a los participantes. Contaba con ayudantes para pasar perfumes o sahumerios para aliviar diversos males, cuidar a sus pacientes y guardar el lugar.

Poco a poco, los pacientes iban tomando su turno para pasar enfrente de aquel curandero.

Mercedes, tratando de dejar a un lado sus dudas, esperaba, cuando escuchó una voz que la llamó por su nombre como solo lo hacía su abuela materna:

—Merceditas, ¡venga!, es su turno.

El curandero, con huellas de los años transcurridos grabadas en su rostro, fumaba un mapacho, ese tabaco oscuro de la selva peruana que se acostumbra para acompañar la sanación...

—¿Qué te trae por acá? Veo que vienes bien acompañada... Julián es un discípulo estudioso y muy noble —hacía referencia al guardián de los jardines, ahora descubierto como aprendiz de curandero—.

—Estoy un poco acongojada por la próxima partida de mi padre. Quisiera saber si hay algo que yo pudiera hacer para interceder por él cuando la muerte se presente.

—No, no hay nada que tú puedas hacer. Cada uno rendiremos cuentas según las acciones que realizamos en esta vida. Depende también de que, si hicieron algún daño, haya quedado reparado. Es meritorio haber experimentado el arrepentimiento.

Luego de un momento de silencio, prosiguió:

—Ahora eres tú la que está aquí. Déjame tabaquearte para hacer un cierre de tu estancia en estas tierras y ayudarte a que rebrote tu espíritu, alejando las dudas, y limpiarte de todo aquello que te haya lastimado.

Con discreción, el curandero le descubrió el torso y, por la espalda, comenzó a soplar el humo del tabaco, pidiéndole a su ayudante que cantara para acompañarlos. Ella sintió como una caricia el humo que emanaba de su aliento; percibía que el curandero estaba quitándole cargas y pesares que llevaba consigo desde hacía algunos años. Sintió alivio y la certeza de que regresaría a casa para acompañar a bien morir a su amado padre, mientras el curandero acotaba:

—Respete siempre la jerarquía y los símbolos sagrados de los que se acercan al umbral de la muerte.

Llevaba ya varias noches sin dormir debido a esta situación, acumulando otra más en vigilia, pues su vuelo de regreso había sido nocturno y la adrenalina se había exaltado de más. Después de un largo camino con conexiones aéreas entre la selva y la capital peruana rumbo a Ciudad de México, con transbordo en autobús, pudo al fin regresar a su ciudad natal. Llegó primero a su hogar para dejar las maletas de tan largo viaje, tomó una ducha y empacó lo indispensable para de inmediato mudarse a casa de sus padres.

Su madre y las hermanas mayores la estaban esperando. Había en el ambiente confusión y mucho ajetreo; junto con su madre y demás hermanos habían decidido llevarlo a casa para no dejarlo morir en el hospital.

Con cautela llegó Mercedes a la habitación donde se encontraba su amado padre. Se acercó a su oído, sabiendo —sobre advertencia— que no estaba consciente, mas ella estaba segura de que su espíritu le escucharía:

—¡Papito, ya regresé de Perú! Estoy aquí, soy Mercedes.

Junto a sus hermanas mayores, se sentó con su madre a tomar un té, para dilucidar sobre el tratamiento tanatológico para acompañarlo en esta travesía. Tomó la palabra su mortificada madre:

—No quisiera prolongar la muerte de su padre. Me gustaría disponer oraciones a Dios para su partida.

Decidieron armar un altar en el librero frente a la cama en que se encontraba postrado, con las imágenes sagradas y de cercanía para algunos de sus hermanos. Fue un acto solemne acomodar imágenes de Cristo, Buda, la Virgen del Perpetuo Socorro, la Virgen de la Salud, un detente, una pluma de colibrí y, por supuesto, el Sagrado Corazón de Jesús.

Sus hermanos le contaron que, en ese momento, su padre enderezó la espalda, se incorporó y entrelazó sus manos en señal de devoción. Uno de ellos registró en fotografías este instante que Mercedes no presenció mientras arreglaba el altar. Ella pudo constatar que el espíritu, más allá de todo, permanece vigente aun en estos espacios de aparente inconsciencia. Después de rezar en familia, el padre regresó en sí por unos minutos, preguntando a sus hijas:

—¿Qué ropa he de llevar allá? ¿Qué comeré? ¿Con quién he de hablar? ¿Qué leeré?

—No te preocupes —le contestaron—. Allá no necesitarás nada de esto —le dijeron buscando transmitirle confianza.

Pero él, pensativo, preguntó:

—¿Por qué no nos enseñan a morir?

Mercedes, al regresar a casa y encontrarlo aún vivo, en silencio observaba su propio proceso en este trance de acompañar a bien morir a su padre y en todo lo que se movía alrededor de la familia. Había un ambiente tenso, al fin y al cabo, estaba por derrumbarse el pilar que los sostuvo por tantos años: su padre, quien permanecía en su lecho, inconsciente. Cada uno de los hermanos tomó el tiempo para hablar con él a solas, para agradecerle, para despedirse y dejarlo ir en paz.

Ella pudo presenciar la sorpresiva visita de aquel tío, con quien no hubo palabras por más de sesenta años. Maravillada de cómo su padre regresaba en sí en los momentos precisos, vio a su hermano junto a su lecho y, con una mirada profunda entre ellos, se encontraron y de ambos brotaron lágrimas de alegría. Se dieron la bendición mutuamente, como seguramente se las dio su madre, mi abuela, antes de su muerte cuando eran niños.

Diecisiete días pasaron desde su regreso hasta la partida de su padre. Reunidos alrededor de su lecho, nueve de los diez hermanos esperaban su último aliento. Para calmar la ansiedad, algunos salieron al patio para realizar cantos y plegarias, otros fueron al jardín para estar en silencio, mientras él, en solitario, con música de fondo, tomó un profundo aliento y dio su última exhalación.

Su hija Mercedes, sin ser vista, se acercó a su oído y le susurró:

—Ahora sí, ¡ya te moriste!

Más sabe el Diablo, por Sergio Cruz Sobrevilla (México)

Recuerdo que aquella tarde ya estaba pardeando, era el tiempo cuando el sol ya se ha perdido detrás del horizonte, pero todavía quedaban reminiscencias de su presencia. Todo el día me la había pasado en el río tratando de pescar algo, solo por el placer de pescar, pero creo que no nací para ello, pues nunca logro sentir ni siquiera el jalón de un pez por pequeño que sea. Mi madre siempre me decía:

—¡Ay, Vicentito! Yo no sé qué afán tienes por ir a perder el tiempo al río, siempre regresas con la caja esa vacía.

Eso sí, traía un color bien bronceado. Hizo mucho sol, y a pesar de haber buscado un árbol frondoso para cubrirme del sol, la resolana y su reflejo en el espejo del río me dejaron la tez quemada. Apenas estaba empezando a oscurecer, tenía la boca bien reseca. No llevé suficiente agua, yo siempre bien optimista pensé que en un par de horas ya no cabrían los pescados en la tara que llevaba detrás de la bicicleta. Me apuré a recoger los implementos de pesca. En aquella época yo tenía alrededor de trece años.

Vivíamos en unas rancherías que distaban algunos kilómetros unas de otras. Se comunicaban entre sí por un pequeño sendero de terreno natural, solo lo habían allanado a base de machetazos para que pudiera caber un vehículo sobre él, pero por lo general era más usado para transitar a pie o en caballo, y en época de lluvia, sobra decirlo, era intransitable.

Dicho sendero seguía sinuosamente la forma del río y fue trazado paralelo a él. Solo distaban entre los dos unos cinco o diez metros, dependiendo si el terreno lo permitía o si no se atravesaba un árbol de grandes dimensiones, los cuales eran muy comunes. Entre ambos cuerpos existía una vegetación exuberante; era de tal magnitud que, si no sabías que el río existía, transitabas aquella vereda sin enterarte de su presencia.

Del punto donde decidí lanzar el anzuelo distaba de mi casa como 30 minutos en bicicleta, por lo que decidí emprender el regreso para aprovechar al máximo la luz que quedaba del día. No quería que me atrapara la noche, pues, a pesar de mi edad, le seguía temiendo a la oscuridad.

Al salir a la vereda, vi que venía alguien a caballo como a unos 20 metros. Alcancé a distinguir a Don Esteban, un señor ya grande que vivía en la ranchería siguiente a la mía. Ya era de edad avanzada, tendría, calculaba yo, unos 70 años. Parecía profesor de rancho, de esos viejitos que se trasladaban en caballo, con sombrero y vestidos muy formalmente. A pesar de padecer de la vista, siempre se había negado a usar anteojos y era más fácil que me reconociera por la voz. Lo esperé para saludarlo.

—Buenas tardes, Don Esteban, ¿ya va para la casa?

—Sí, jovencita. Se me hizo un poco tarde. Fui a ver a mi hija en la ranchería de la ciénega, aquí cerca, y entre que "tómese un cafecito, papá, no quiere una concha para acompañarlo, son de la vecina, apenas las va sacando del horno", se me hizo tarde para el regreso.

—¿Jovencita? Soy Vicente, el hijo de Anastasio —le aclaré, medio enojado por haberme confundido, con una voz más gruesa para que lo entendiera.

—Pues como ya es tarde y casi no te veo, por la voz pensé que eras una niña, Vicente.

—Es la primera vez que me confunden con una niña por mi voz —le dije—, y espero que sea la única. Pero no se preocupe, vaya tranquilo y que llegue con bien.

—Salúdame a tu padre, hijo. A ver qué día paso a saludarlo.

Molesto por la confusión de la que fui objeto por parte de Don Esteban, en ese momento se me vino la idea de hacerle una travesura. ¿Qué niño de esa edad no se la pasa ideando e inventando cualquier cosa que le cause un poco de gracia y vea implementada un poco de su malicia?

Boté todo lo que traía para pescar: el bote con el hilo, los anzuelos, la bolsa de nylon dentro de la tara, la cual pensé que iba a regresar bien llena, y la bicicleta. Volvería por todo cuando llevara a cabo mi fechoría.

Salí corriendo como alma que lleva el diablo, sin importar el dolor que me infringían las ramas de los árboles bajos. Incluso algunas espinas fueron a estamparse, con buena suerte, sobre el pantalón y la playera que traía, sin llegar a profundizar en mi piel. Logré mi objetivo y rebasé a Don Esteban sin que él se diera cuenta. Todavía me dio tiempo para descansar un poco y disfrazar la agitación que me provocó tal carrera. Esperé a que estuviera cerca y salí justo en el momento en que pasaba con su caballo.

—Buenas tardes, Don Esteban, ¿ya va para la casa? —traté de usar el mismo saludo que hacía unos cuantos minutos le había lanzado, pero utilizando una voz más sonora para confundirlo.

Extrañado y un poco nervioso, me regresó el saludo, pero ahora ya no me confundió.

—Buenas tardes, joven. ¿Qué no lo saludé allá atrás hace unos cuantos minutos?

Puse cara de extrañeza y más énfasis en el acento, porque sabía que no alcanzaría a ver mis gestos.

—¿A mí? No, apenas voy saliendo de bañarme. Solo estaba esperando a secarme, pero como ya está anocheciendo decidí partir antes de que se cerrara la noche. Debe haber sido alguien más.

—¿Qué no eres Vicente, el hijo de Don Anastasio?

—El mismo, Don Esteban, el mismo. Pero no fue a mí a quien saludó.

—Estoy seguro de que eras tú con quien hablé allá atrás. Pero bueno, habrá sido alguien más. ¿No quieres que te lleve en la grupa del caballo? Todavía falta un buen tramo para llegar a tu rancho, y como bien dices, ya está oscureciendo y a pie definitivamente te va a caer la noche encima.

—No, gracias, prefiero caminar. Vaya tranquilo y que llegue con bien —nuevamente traté de que mi saludo fuera muy parecido al anterior.

Don Esteban siguió su camino. Repetí la acción y volví a echar a correr para, por tercera ocasión, salirle al paso y saludarlo. Alcancé a ver, antes de desbocarme en la próxima carrera por entre los tupidos árboles, cómo Don Esteban volteaba para verme una vez más, dudando todavía de lo que había pasado.

En esta ocasión mi andar pudo ser más lento. No pensé aguantar otra carrera sin que se me notara lo agitado. Recordé que en aquel paraje la vereda tenía, por necesidad del terreno, que alejarse del río para después volver a integrarse y seguir paralela al mismo.

Pero en esta nueva aparición no esperé para salirle al encuentro; seguí caminando para que él me alcanzara. Cuando me reincorporé al camino, él todavía no aparecía por el sendero, por lo que, al hacerlo, alcanzaría a ver a lo lejos a alguien caminando.

Al emparejarse conmigo, no le di tiempo de saludarme y nuevamente traté de brindarle el mismo saludo.

—Buenas tardes, Don Esteban, ¿ya va para la casa?

Alcancé a ver la palidez que empezó a cubrirle el rostro y, sin emitir saludo alguno, espoleó su caballo y salió a todo galope.

Me quedé asombrado por su reacción y exploté en carcajadas. Tuve que agarrarme el estómago para poder reír con todas mis fuerzas. Jinete y caballo fueron haciéndose más pequeños hasta desaparecer en la lejanía.

Todavía tuve que caminar como cuarenta minutos para llegar a la casa. Ya no quise regresar por las cosas que había dejado tiradas; decidí que volvería al día siguiente por ellas. El regreso fue muy intranquilo desde el mismo momento en que el jinete emprendió la carrera. Por poco me muero del miedo. Al dar un par de pasos, vi en el suelo una serpiente de cascabel, brinqué del susto, me quedé sin moverme al momento de caer, no sabía qué hacer. Esperé unos segundos que me parecieron minutos, horas, pero el animal seguía ahí sin moverse, estático, creo que esperaba cualquier movimiento mío para abalanzarse sobre mí. Empecé lentamente mi primer movimiento, pero aquel animal seguía inerte, ¡qué desesperación! Terminé mi primer paso, por supuesto hacia atrás, pero no hubo respuesta de mi adversario. Seguía sin moverse, alcancé a dar cinco pasos en reversa. Ya más tranquilo busqué algo para defenderme por si decidía lanzarse sobre mí, aquel animal impávido me veía sin verme. Estiré la rama de árbol que encontré y pude llegar hasta el animal que seguía haciéndose el muerto. Lo moví lentamente y no hubo respuesta. Imprimí más fuerza a mi empuje y nada. Al fin se me iluminó la mente, mi hipótesis fue: debe de estar muerto. Lo levanté en vilo, claro, todavía con la rama del árbol como extensión de mi brazo y pude comprobar mi conjetura: estaba muerto, pero el susto nadie me lo quitó.

Seguí mi andar más nervioso todavía por aquel incidente, además no había luna, por lo que la oscuridad era total. A cada paso que daba los sonidos nocturnos lograban estresarme. Por el sendero, los ruidos de animales o del viento me hacían voltear la cabeza de un lado a otro, esperando encontrar el origen para aquietar mi espíritu. Llegué quemado, cansado y completamente estresado a la ranchería. Al contrario del camino, se respiraba silencio total en el poblado, silencio y oscuridad. Era normal a esa hora de la noche ver a las familias departiendo en los patios tomando café, saboreando un rico pan y alistándose para retirarse a descansar de la jornada, pero aquello parecía un pueblo fantasma.

Llegué y Ma me estaba esperando en el patio. Entramos a la casa.

—Ma, ¿qué pasó que está todo oscuro y en silencio? No vi a nadie tomando café, ni de asomo un alma vagando por las calles.

—Hijo, te estaba esperando para ir al funeral de Don Esteban. Báñate y cámbiate para irnos.

Me quedé en silencio, sin poder coordinar mis pensamientos. Helado sería la palabra correcta. Sentía que las piernas se me doblaban y por poco no lograron sostenerme. Alcancé a agarrarme de la mesa del comedor.

—¿Qué tienes, hijo? Te quedaste mudo y estás pálido, parece que te vas a desmayar.

—Acabo de ver a Don Esteban hará media hora —alcancé a decirle—, allá por la zona de los ciruelos, ya sabes, donde me gusta ir a pescar.

—No puede ser, hijo, debes haberlo confundido. Nos avisaron al mediodía, falleció apenas amaneciendo. Pero por todos los trámites necesarios, apenas van a empezar a velarlo ahí en su casa.

—No pude haberlo confundido, Ma —le insistí—, hablé con él en tres ocasiones. Él me reconoció. Me quería llevar en su caballo, pero le di las gracias porque preferí caminar.

No creí conveniente contarle a Ma la mala broma que le había hecho al viejito.

—Tú siempre inventando cuentos. Ya deja tus historias y vete a bañar para irnos.

No soporté más y solté el llanto.

—No llores, hijo. Ya estaba grande Don Esteban, ya estaba cansado. No sufrió. Murió mientras dormía. Qué agradable debe ser que la muerte te encuentre plácidamente dormido y no haya dolor cuando te atrape.

—Yo no quiero ir, Ma. No me gusta ver gente muerta, sabes que me dan pavor.

—Nada de eso. Tiene que ir toda la familia. Don Esteban nos apreciaba mucho y no podemos hacerle a su familia el desaire de no acompañarlos. Tu papá ya se adelantó y está allá esperándonos con tus hermanos.

—Ma, no me siento bien. Mira cómo vengo de quemado, creo que hasta calentura me dio por el sol tan tremendo del día. No me obligues a ir, déjame descansar.

—Nada, nada. Te bañas, no quiero que vayas todo apestoso, te cambias y nos acompañas. No te tardes, te espero, porque si no, eres capaz de no ir.

Al entrar, lo primero que se lograba ver era un ataúd abierto, rodeado por cuatro cirios descansando sobre la mesa del comedor, y dentro el cuerpo de don Esteban con los brazos cruzados sobre el pecho.

—¡Qué bueno que vinieron! Mi papá los apreciaba mucho —dijo Estelita, la hija menor.

—Nosotros también apreciábamos demasiado a tu papá. Siempre se portó muy bien con nosotros y quería mucho a los niños. Cuando nos avisaron que había fallecido nos sorprendimos, pues gozaba de mucha salud, y que haya fallecido así de repente nos alteró. ¿Qué fue lo que pasó, Estelita?

—Lo encontraron en la mañana cerca del manantial que forma el río en el recodo de los sauces. Su caballo tenía una mordida de serpiente en el pecho.

211

—Pero ¿por qué lo encontraron hasta hoy por la mañana? ¿No lo echaron de menos anoche?

—Fue a visitar ayer a mi hermana. Supusimos que se le había hecho tarde y que se había quedado a dormir allá. En el camino se debieron topar con la serpiente, el caballo ya era grande, y además siempre fue muy nervioso, se ha de haber desbocado cuando los atacó el maldito animal.

—Resignación, Estelita —fue lo único que mi Ma fue capaz de decirle, pero en momentos como ese qué puedes decir, pienso que siempre dices más no diciendo nada.

—Oye, José —dijo Estelita—, mi papá dejó una carta para ti. Fue algo extraño: la encontramos apenas hace unos momentos. Con todo este alboroto no la habíamos visto. La encontramos tirada a un costado de su cama, yo juraría que en la mañana no estaba.

—¿Una carta? ¿Para mí?

—Sí. Déjame ir por ella, se quedó en la recámara de papá.

No tardó mucho en entrar y salir con la mencionada carta en la mano. Yo estaba parado frente al comedor viendo a don Esteban, un pavor me corría desde el estómago hasta la cabeza y me temblaban las piernas. El rostro iluminado por los cirios mostraba una sonrisa maliciosa y espectral. Se me acercó Estelita y me dijo:

—Nunca le vi a mi papá una sonrisa como la que le quedó después de morir. Te hago entrega de la carta. El sobre decía que se te entregara cuando llegaras, que ahí te disiparía la duda que te albergaba. No entendimos mucho, pero ya sabes cómo es la gente grande: medio despistada.

Más intrigado quedé. ¿Una carta para mí? ¿Me disiparía la duda? ¿Cuál duda? ¿Cómo es posible que él supiera que tendría duda de algo? Casi que le arrebato de la mano la carta a Estelita y tuve que acercarme a uno de los cirios para alumbrarme y poder leerla. Solo traía una línea.

"El que ríe último ríe mejor".

La indigente, por Marcela Chapou Videgaray (México)

Vivía en el segundo piso de un edificio gris. Desde la ventana de mi cuarto sólo se divisaba un callejón que no tenía salida y una fábrica abandonada, cuya construcción abarcaba toda la acera de enfrente. Era un lugar solitario, ocupado por carros desmantelados, amantes clandestinos y drogadictos que se ocultaban tras el grueso tronco del único árbol sobreviviente al esmog de la zona. Desde mucho antes de mi adolescencia, había presenciado entre las cortinas toda suerte de escenas escabrosas que, por más que me impresionaran, aprendí a guardarlas en secreto. Mi madre no quería saber lo que ahí pasaba.

Un domingo en la tarde vi llegar a una mujer vieja cargada de bultos. Se detuvo ante el zaguán de la antigua fábrica y extrajo el contenido de una bolsa. Extendió una sábana en el suelo y sobre ella acomodó sus cosas, una detrás de otra: dos vestidos arrugados, una chamarra de los Dodgers, unos tenis enormes, un par de medias de lana, una mascada de seda, un cerro de papel periódico, una escoba y, por último, dos muñecos. Luego destapó un frasco, engulló su contenido en un segundo y se echó a dormir bajo una gran cobija agujerada, abrazando sus muñecos. El sol daba los últimos destellos cuando me retiré de la ventana, inquieta por esa mujer que dormitaba a la intemperie en pleno invierno.

Al día siguiente noté que había guardado sus pertenencias en una carrocería oxidada. Ahora les hablaba a los muñecos, enojada, mientras barría el tramo de banqueta que la rodeaba:

—Que si no me peinaba, que si no me bañaba, que si tomaba mucho. ¡Que se vayan a la chingada con sus buenas costumbres! Yo para eso no tengo tiempo. A mí lo que me gusta es estar con ustedes, darles su merienda.

Por la noche repitió la rutina del día anterior y yo abandoné la ventana. Pasaron varios días y ella seguía allí. De cuando en cuando me asomaba a espiarla. Su pelo era una pelusa enmarañada y el vestido rasgado dejaba ver sus flácidos senos. Hablaba todo el tiempo, pero yo sólo le entendía lo que gritaba con rabia:

—¿Que debía la hipoteca? Como si no me bastara con haber perdido a mi Pepe, esos rateros me lo quitaron todo, pero los rescaté a ustedes, mis bebés preciosos.

La primera vez que la tuve cerca fue el día de mercado. Pasé junto a ella y me clavó una mirada muy triste, mientras mascaba los pellejos tirados junto al puesto de carne, como si quisiera extraerles hasta la última gota de jugo entre sus debilitados dientes, que parecían incapaces ya de triturarlos. Su cuerpo, lleno de ronchas, apestaba a la distancia.

Cuando le comenté a mi madre lo que de ella sabía, me advirtió que no me le acercara, porque esa clase de gente era muy dañina y abusiva. Yo hubiera querido complacerla, pero los dolorosos gritos que la vieja profería no me permitían ignorarla. A fuerza de escuchar lo que decía, había logrado armar y comprender su historia, la cual me hacía reflexionar sobre cómo le puede cambiar la vida a cualquiera de un momento a otro.

—También me los querían quitar a ustedes, pero una madre siempre sabe dónde están sus hijos, y en cuanto salí del hospital los fui a buscar a sus camitas, en las que ya me esperaban hambrientos. El idiota del doctor pensó que me tragaría eso de que también habían muerto en el choque. ¡Maldito sinvergüenza! —se lamentaba.

Aproveché la ausencia de mi madre y bajé al callejón para darle algo de comida buena. En cuanto la puse en el suelo, empezó a gritarme groserías y a arrojarme lo que le había dejado.

—¡No soy una muerta de hambre! —vociferó.

Ya desde mi cuarto vi que recogía del suelo los pedazos de panqué y se los devoraba.

Los días que siguieron continué llevándole alimentos y ya sólo me observaba con recelo, al tiempo que abrazaba temerosa a sus muñecos; esperaba a que me alejara y se ponía a comer.

Poco a poco su actitud hostil hacia mí empezó a disminuir y hasta sentía que al llegar me saludaba con la mirada.

Una tarde me llamó con las manos y me dijo:

—Míralos, aquí tengo dormidos a mis dos angelitos desde el día del accidente. Todavía no les digo que su padre se fue al cielo. Ven, no tengas miedo.

Me enternecía haberme ganado su confianza. Una mañana le llevé un poncho muy calientito, que saqué de entre el montón de suéteres que solía regalarme mi madre cada vez que quería congraciarse conmigo, y que yo nunca usaba porque no iba con mis gustos. En fin, pensé que a esa mujer le vendría mejor que a mí. Con una sonrisa me acerqué tanto como su tufo lo permitía y se lo di. Su cara no me parecía la de una persona dañina ni abusiva. Pasó despacio su mano sobre el suave tejido y me miró agradecida.

—Espero que te sirva —le dije, y me alejé.

Antes de marcharme, levanté la vista a mi ventana. Desde ahí me observaba mi madre, que negaba reiteradamente con la cabeza y tenía los labios apretados, como siempre que se enojaba. Cuando entré al departamento, ella estaba al teléfono, por fortuna, y yo me seguí de largo y me encerré en mi cuarto para evitarme su sermón. Me sentía contenta, con ganas de hacer cosas, y se me ocurrió arreglar mi ropa para ver qué más le podría dar a la mujer.

No había pasado ni una hora cuando empecé a oír un alboroto en el callejón. Mi amiga gritaba y lloraba. Recorrí la cortina y vi que unos hombres forcejeaban con la vieja, le gritaron "ladrona", la jalonearon, le arrancaron los muñecos de los brazos y los aventaron lejos. No podía soportar que la maltrataran de ese modo. Bajé la escalera lo más rápido que pude, pero cuando llegué a la calle, ya sólo alcancé a ver que se alejaba dentro de una patrulla.

Con los ojos empapados, me encaminé al callejón, como si esperara un milagro. Solo encontré sus cosas regadas por todos lados. El poncho apareció sobre mi cama al día siguiente.

Durante largo tiempo, me dolió muy profundo el daño que le causé a esa mujer. Otra vez le había cambiado la vida, y no para mejorar. Un ligero consuelo para mí fue el de haber rescatado a sus bebés; los escondí por años debajo del colchón, con la esperanza de que algún día ella regresaría a buscarlos.

Detrás de las cortinas continuaba escuchando a los pedófilos, drogadictos y ladrones que acudían libremente al oscuro callejón, ante una pactada indiferencia de todos los vecinos. Ella, en cambio, nunca volvió.

Turbulencias, por Alejandro Estrada Mesinas (Perú)

—4C, corredor —le digo a la aeromoza, y me siento mirando el panel que tengo al frente.

Me agrada, me aísla del resto de pasajeros, me permitirá revisar mi presentación. El avión se llena, excepto el asiento contiguo al mío. Abrigo una esperanza, ojalá. Cuando parece que vamos a partir, se escucha desde la puerta anterior un:

—¡Ave María Purísima! —a pleno pulmón y, luego de una pausa, una voz gruesa y perentoria reprende:

—Pero ¿qué clase de cristianos son ustedes?

A continuación, se contesta:

—Sin pecado concebida.

Se me eriza el espinazo y estornudo. No puede ser tanta mi mala suerte. Pero sí lo es. La misma voz, ahora con señora y todo, me avasalla con un:

—Permiso, por favor.

Me paro para dejar pasar a una mujer alta, gruesa, cubierta de mantas negras de la cabeza a los pies. Ya sentados, una cara abultada, algo añeja, de ojos saltones, me saluda:

—Ave María Purísima.

Y yo, escuela de curas:

—Sin pecado concebida.

Su sonrisa deja ver la falta de algunos dientes y, con aliento que transpira a sahumerio, me confiesa lo que tanto temía:

—Usted me disculpará, pero es mi primera vez en un avión.

Condescendiente, la aeromoza intercambia miradas conmigo mientras la ayuda con el cinturón. Ella se rehúsa hasta recibir la firme promesa de que, si el avión se cae, no tendrá problema en soltarse y salir corriendo antes de que el aparato estalle, como ha visto que sucede en la televisión. La chica, asegurándole que nada malo va a pasar, logra al fin su cometido. Respirando aliviada, se aleja y me imagino que, como yo, va pidiéndole al santo de su devoción que le haga el favor de dormir a la pasajera durante todo el vuelo. Estornudo, siempre estornudo cuando estoy nervioso, y rebusco en mi maletín para ver si encuentro un par de píldoras que me calmen. No me tranquiliza ver que, de una enorme bolsa de plástico —de esas para hacer el mercado—, mi vecina saca una estampita de Santo Toribio de Mogrovejo y, con cinta adhesiva, la pega al tabique. "Mal menor", pienso. Pero mi consuelo dura poco cuando me muestra una especie de altarcito y me revela, con tono travieso:

—Tiene una cosa que lo pega a cualquier pared.

Vaya, me digo, ahorita saca un florero, pero me equivoco y empiezo a sudar frío cuando me enseña la velita misionera y la cajita de fósforos. Estornudando nuevamente, llamo a la aeromoza. Vano intento. Mi vecina no desiste hasta que aparece el copiloto y se compromete a llevarle al capitán una estampita de San Juan Bautista, patrono de los choferes, para que la ponga en su tablero. Por fin el avión carretea hacia la pista de despegue mientras yo me niego cortésmente a aplicarme el árnica que la señora me ofrece para calmar mis estornudos.

El avión se eleva al ritmo de unos ora pro nobis repetitivos que acaban cuando, ya a altura de crucero, sufrimos el primer bache. El alarido conmociona al pasaje:

—¡Una bomba, dioooos, una bomba!

Corre la aeromoza y trata de sujetarla cuando, ya liberada del cinturón, se tira de rodillas al suelo, abre los brazos en cruz y, entre lágrimas y llantos, implora a San Judas Tadeo que no la deje morir. Me paro y me voy al fondo del corredor. Mis estornudos me acompañan.

—Señor, tiene que sentarse —alega la aeromoza.

Me niego:

—Antes muerto.

Pero no hay otro asiento libre y no me queda otra que volver, eso sí, bien cargado de valium, que un pasajero conmiserativo me ha regalado. Las pastillas hacen su efecto, me he tomado dos, me adormezco escuchando a mi vecina ofrecerme un pomito con esencia de valeriana, buenísimo para los nervios, y suplicándome que la acompañe en el rezo del rosario:

—Usted sabe, es domingo y no he ido a misa, y si me muero me iré derechito al infierno.

Rezo maquinalmente, otra costumbre escolar, mientras me deslizo hacia otro mundo donde anhelo que todos sean experimentados viajeros y donde espero permanecer hasta que el avión llegue a su destino.

Me despierto violentamente y estornudo. Mi vecina me tiene sujeto del brazo y tiembla y grita:

—¡Se cae el avión, se cae! ¡Virgen Santísima, ánimas del Purgatorio!

Sigue temblando y, cuanto más lucho por liberarme, más fuerte se prende de mí, de mi cuello. Ahora aúlla lastimeramente:

—No quiero morir sin ver a mi nieta recién nacida, se va a quedar huérfana de abuela.

Son dos las aeromozas que pugnan por sujetarla y explicarle que el avión ha iniciado el descenso. Quien no se puede calmar soy yo, ahora estornudo sin parar y tirito como si ella siguiera sacudiéndome. Pido perdón a gritos y alego:

—Yo soy bueno, no le he hecho nada a nadie.

Me resisto a sosegarme hasta que varias manos me sujetan y otra pastilla, la tercera del viaje, me manda definitivamente a dormir.

El guardia me mira con simpatía:

—No se preocupe —me dice—, el comisario está al tanto. La aeromoza le explicó lo sucedido. Lo van a soltar.

Pero yo, a pesar de lo estrecho de la celda, rehúso cortésmente:

—No, no hay apuro —hasta imploro con la mirada—. Puedo quedarme, no tengo nada que hacer.

Y ya para mí me digo: "Me quedo hasta que deje de escuchar la voz de mi vecina de vuelo", quien, en un ambiente contiguo, insiste con vehemencia en que la dejen pasar, que quiere verme personalmente:

—Ese joven tan simpático y tan devoto que me ha acompañado en mis oraciones. Lo menos que puedo hacer es invitarlo a conocer a mi nieta. Al menos déjenme que le entregue esta estampita de Santa Rosa de Lima y este frasco con alcohol alcanforado, que es muy bueno para que se lo frote en el pecho, que es muy bueno para que deje de estornudar. Señor de Muruhuay, ilumina a esta gente para que lo dejen salir y pueda asistir a la misa vespertina que, si no va, comete pecado mortal porque hoy es domingo. Y oiga usted, señor comisario, ¿usted ya fue a misa hoy?

Recuerdos de una corta vida, por Sebastián Rengifo Colorado (Colombia)

El rumor general del lugar lo mantenía despierto. El estruendo de la música, el baile de borrachos, las miradas opresoras no le permitían cerrar el ojo en ningún momento. "¿Cuándo fue la última vez que dormí más de tres horas?", pensó. Revisó sus bolsillos y extrajo una bolsa de perico. "Me queda muy poco".

—Gutiérrez, acompáñeme a la parte de atrás —le sorprendió su jefe, un hombre de mediana edad, acuerpado y de talante deportivo.

—Sí, señor —alcanzó a balbucear, sobresaltado.

Caminaron por entre un laberinto de personas, sillas de plástico y mesas redondas, puestos de comida impecablemente organizados en hilera. El aire exudaba perfumes caros, humos ahumados y canela. Gente bien vestida y acolchada lo ojeaba despectivamente; esa era su conclusión desde hacía una semana. Intentaba no verlos a los ojos para evitar problemas, especialmente a las mujeres. El desprecio de los hombres se multiplicaba el doble cuando se atrevía a contemplar de cabo a rabo a las más jóvenes y bellas.

Llegaron a la parte trasera de la plazoleta privada, al otro extremo de la tarima de concierto.

—Necesito que vaya levantando las sillas y las mesas desocupadas. Cuando termine, venga a mi oficina a recoger su pago.

Aquella última frase estimuló sus fuerzas físicas y mentales, agotadas tras trece horas de estar de pie, vigilando. En la faena, observó las cámaras de seguridad y lamentó por enésima vez no haber podido robar nada. Esa logística era un trabajo pesado, y por desgracia no le había podido sacar más rédito del que esperaba. Estar tan cerca de gente rica no sucedía muy a menudo. Algunos compañeros de trabajo vinieron a ayudarle, desfilando chalecos azules y rostros extenuados. Cataratas de sillas barrían el suelo, mientras golpes metálicos azotaban la turbia atmósfera. Entre semblantes que iban y venían, intentaba acercársele a esa monita tan bonita con la que había intercambiado pocas palabras. Sabía que al principio se hacían las picadas a locas, pero si se demostraba carácter, terminaban cediendo, entre miradas y sonrisas coquetas. Por lo menos era un primer avance. Aquellos sorbitos de aguardiente y la pepa empezaban a hacer efecto. Se sentía cada vez con más confianza para hablarle a cualquier mujer.

Después de un tiempo considerable de esfuerzos y agotamiento, una cuarta parte del escenario se hallaba desocupado. Fue de los primeros en la fila a la oficina del jefe, que no era más que una carpa de Postobón y unas sillas mal colocadas. Cuando llegó su turno, notó que faltaba una parte de lo prometido.

—Disculpe, parce. Creo que contó mal, faltan veinte mil —dijo espontáneamente, seguro de sí.

—Es un descuento por las embarradas de ayer y hoy. Cuestan diez mil cada una —se apresuró a contestar su jefe, impasible.

—Pero...

—Ah, y encima respondón. Ayer fumando marihuana en el baño y hoy tomando trago. ¿Y entonces? Así no se puede, no crea que uno es bobo y no se da cuenta de las cosas. Ayer me dijiste que, si podías venir hoy, y uno, comprensivamente, le dice que sí, y hoy va y hace lo mismo... mire esos ojos rojos, no se para de frotar la nariz, ¿usted qué es lo que se mete? Aterrice, parcero, y respéteme el trabajo —se sintió atrapado por un momento, no sabía muy bien qué responder. Tartamudeaba, miraba con vergüenza a los costados.

—Usted sabe que uno es joven y está confundido... —intentó generar lástima.

—No, no, no, no. —El jefe fue intransigente—. Imagínese usted que mi jefe lo ve así, ¿cómo quedo yo? Le apuesto que usted trabaja esta temporada y no más, pero nosotros vivimos de esto. Antes agradezca, porque si yo quiero no le doy nada. Ayer el man que venía desde Candelaria lo despachamos sin un peso. Aquí venimos es a trabajar; si no se pueden aguantar las ganas, mejor que no vengan. Esto no es viciadero del Sucre, ¿qué tal estos maricas tan atrevidos? ¡Siguiente!

Intentó protestar una vez más, pero de repente lo agarró una fatiga y un fuerte dolor de cabeza que lo hicieron salir de la carpa, reclamando por aire libre. Al cabo de un rato, regresó a su puesto y se tumbó sobre la valla, con una sensación de mareo en la boca. No tardaron en unírsele algunos compañeros.

—¿Qué pasó, mano? ¿Qué le dijeron? —preguntó el parcero con quien primero había hablado y tenía mejor relación.

—Eggg, mano, ofendido con ese pirobo gonorrea triple hijueputa. Me robó veinte lukas —explicó lo que pasó.

—Eggg, mano, yo le dije, mano, usted da mucha lora. Pa' qué se deja pillar. A mí nunca me han pillado, ¿usted cree que yo voy a desperdiciar un trabajo así? ¡Ja, la chimba! Ahora le tachan el nombre y no lo vuelven a llamar nunca más —sentenció mientras caminaba de un lado a otro, visiblemente contrariado.

Se le revolvió el estómago. Temía atravesar por un mal viaje. Lo invadió un repentino desprecio por el lugar. Se quitó el chaleco y se levantó.

—Yo la despego, mano. Ya estaremos hablando.

Salió no sin antes haberle pedido el número a aquella morochita con la que había estado charlando extensivamente esas últimas horas. Tenía novio, pero no importaba. Una vez afuera, la odió por juzgarla interesada. "No podés hablar quince minutos con ellas porque ya quieren que les gastés que si comida, que si bebida...".

La madrugada se desplegaba entre sombras y luminarias. Cruzó la calle y recordó que hacía dos días habían matado a un ladrón justo ahí. "Esa chuleta venía de Siloé. Bajan es a robar. Se encontró con uno de esos paracos que andan en camionetas plateadas con 350 y changón, y lo prendieron como de a trece pepas", fue de lo que se alcanzó a enterar. Se le hincó el pecho por saberse desolado y vulnerable. Aceleró el pedaleo, incesante, mientras el frío aire lo envolvía en miasmas y olores nocturnos. Unas cuadras más adelante, se detuvo a la orilla de un pequeño parque, escupiendo detrás de unos arbustos un vómito licuado mezclado en chorros de sangre. "¡Hijueputa vida! ¿Será que ese malparido me habrá vendido perico adulterado?".

Convaleciente, continuó la marcha. Se mantenía enfocado en el camino, esquivando baches y acelerando en los rincones más lúgubres. Por su mente pasó el recuerdo de aquella vez en que dos manes lo apuñalaron, todo por una hijueputa moto. Pasó largas horas en el hospital, con la policía acosándole la entrada porque no se creían que a un caramelo con antecedentes judiciales le hubieran hecho eso solo por robarle una moto. Recordó las miradas despectivas de las enfermeras que no creían su historia y rehusaban hablarle. Al tercer día tuvo que fugarse por no tener con qué pagar los gastos médicos. Desde esa vez decidió resignarse a andar en bicicleta. "Ya ni con fierro se está seguro por esos barrios".

Tras esquivar varios ataques de esos chirretes inmundos que inundaban las calles en esa parte de la ciudad, regresó a su casa. Prendió la luz, dejó las llaves sobre la mesa y oyó un ruido en el fondo. Recorrió rápidamente los escasos metros que separaban la puerta de la entrada a la habitación. El bebé lloraba con fuerza y la madre, su mujer, intentaba tranquilizarlo. Eran evidentes los signos de desvelo en su rostro.

—¿Qué le pasa al bebé? ¿Por qué no le das leche? —rechistó con disgusto.

—¡Ya le di leche! ¡Lo he intentado todo! ¡Pero no se calla! —resopló al borde del llanto y la impotencia.

El padre palpó al bebé recostado boca arriba sobre una cuna improvisada, cubierto por una fina manta manchada y medio rota.

—Tiene fiebre, ¡mucha fiebre! ¡Pero si está ardiendo, Catalina! ¡Por Dios! ¿Por qué no lo has llevado al médico? —clavó sus ojos violentamente sobre ella.

—¡Pero si no tengo ningún peso! —no se dejó amedrentar—. ¡Vos te la pasás todo el día trabajando y no nos das ningún peso! ¡Miserable! —rompió en estruendoso llanto, al tiempo que se llevaba las manos a la cara, abigarrada en fieltros de pelo mojado. Él se dio cuenta de que ya estaba llorando antes de que llegara.

Las luces de algunos vecinos se infiltraban por las ventanas de la estrecha sala.

—Vamos a llevarlo al médico —dijo indulgentemente después de unos segundos, tratando de ignorar todo lo demás. Ella asintió y buscó con qué arreglarse.

—No te vas a demorar ahora una eternidad vistiéndote —expresó al salir de la habitación, sin mucha convicción. En el fondo, quería que su mujer estuviera bonita. Hace apenas un año era la mujer más hermosa del mundo. Además de carismática y alegre, le metía a casi todo lo que él proponía, siempre animaba los parches. Pero el embarazo la había mancillado, se había vuelto más gorda y le habían salido estrías en los glúteos y la cadera. También se había vuelto más malgeniada y peleona, le reñía y rezongaba por todo. El bebé los mantenía unidos. "Cuando el niño crezca, mando a esta a la mierda. Pero, ¿y la custodia? ¿Quién se quedará con la custodia? Las madres siempre tienen la ventaja en esto, y ella tiene una familia que la respalda. Yo no tengo nada".

Salió al exterior, vacilando en estas reflexiones, cuando la anciana de la casa de enfrente, muy pegada a la suya, un carro de anchura promedio no lograría pasar por en medio, lo sorprendió:

—Mijo, ¿algo le pasa al bebé? —interpeló con esa voz empática de las abuelas.

—Tiene fiebre, lo vamos a llevar al hospital.

—Ay, ¡ya me lo temía! —removió el bolsillo de la pijama—. Tome, mijo —le pasó un billete de veinte mil—. No es mucho, pero al menos le ayuda a completar los pasajes.

—Muchas gracias, doña Gloria. En verdad, disculpe las molestias. Le juro por Dios que se lo devolveré pronto —respondió en automático, pero sin ser grosero. No le gustaba deberle nada a nadie, y menos a esas ratas chismosas de los vecinos. Fue una de esas pirañas la que sapeó que vendía vicio, seis meses después de haber salido de prisión. Nunca había sentido tanto miedo como aquella vez, cuando la Sijín entró por segunda vez a su casa, ¡y de noche! Catalina estaba preñada de dos meses y casi le da algo. Por suerte, ya sospechaba algo y había dejado la mercancía en casa de un amigo. Aun así, rompió en llanto, suplicando que no se lo llevaran. Les decía que ahora tenía familia y que se estaba reformando, mientras acariciaba el vientre de Catalina, quien estaba como en estado de shock. Al final se fueron como si nada, dejándoles la casa hecha un desastre. Al otro día, Catalina se mudó a casa de sus padres. "¡Ahh, todo lo que tuve que hacer para que me perdonara! ¡Con las gonorreas envidiosas de sus padres y hermanos haciendo hasta lo imposible para que no volviera!". Una mueca de fastidio atravesó su hiel. "Pero todo es por el niño, todo es por el niño".

—No se preocupe, mijo, deje así —interrumpió la anciana aquellas repentinas cavilaciones que lo interceptaban—. Que Dios en su santa misericordia colme de bendiciones a tu familia —le persignó con débiles gestos.

Doña Gloria era de los pocos vecinos que le caían bien. Desde que se mudaron hace más de un año, siempre había sido amable y generosa con ellos. "No se mete en mis vueltas, y aparte nos ayuda cuando puede. Es una bendición".

Salieron del oscuro y largo callejón en donde se ubicaba su casa, él con el niño en brazos y Catalina, notablemente nerviosa, observaba con inquietud cómo ella se mordía las uñas y había percibido leves temblores en sus mejillas. "No es casualidad". La calle se hallaba desolada, salvo por unos habitantes de calle que hurgaban alrededor de un local de chatarrería, al claro de una bombilla, envueltos en odiosos andrajos. No les tenía miedo, pero sí mucho asco y profundo desprecio. "Podré ser lo que sea, pero nunca me verán tirado así en el suelo, oliendo a mierda". No le gustaba que el niño respirara esos olores, además del tabaco carcomido, la basura en estado de descomposición, el intenso orín de rata, la marihuana, el bazuco y ese olor general a mierda, la mierda de los locos, que era el que más destacaba, impregnando las casas, la comida, la gente... En sus mejores tiempos les hubiera reventado la cabeza. "No vengan a cagar aquí, sapos hijueputas". O como cuando esa lámpara los mandaba a golpear drogadictos y borrachos que no pagaban y aleteaban a los socios, todos jíbaros, sicarios y pandilleros, locos de remate. La mayoría estaban muertos, los que quedaban en cana, otros escondidos en quién sabe dónde. Empezaba a recordar rostros y nombres.

"El viejo Dilian, gran amigo, lo recordaba con mucho aprecio, era de los pocos leales, paradísimo de cabeza. Pero a lo último se había hecho dizque barrabrava del Cali. Le gustaba esa adrenalina de los estadios, darse machete con otras hinchadas, tirarle piedras a los tombos. Y encima, se había enamorado de una gomelita, de esas pantallosas tribuneras, que lo utilizaba para sacarle plata: le gastaba lo de las entradas y los viajes.

Por más que le dijéramos, era muy terco y cabeza dura, solo bastaba con que le alzara un poquito la pierna y los calzones para que botara las babas por ella. Se le pegaba al oído y le susurraba con ese acento marcado de zorra manipuladora, y embobaba al pobre pelao'.

—Mano, ¿pero al menos ya se la comió? —lo encaramos una vez. Pero se puso furioso, nos aleteó a todos.

—A las hembras hay que respetarlas, mano. Ustedes todo el tiempo pensando en vagina, pero esto es de a poco. Ella no es como las putas —estallamos de risa, y se emberracó tanto que llegó a sacar el fierro, apuntándonos.

Al final lo mataron, y nadie nunca supo quién fue. Unos dicen que fueron unos chilenos como venganza de la vez que viajó a Santiago de Chile con el Frente Radical por un partido de Copa Libertadores; dicen que apuñaló a una de esas ratas chilenas y murió desangrado. La familia y los amigos lo vinieron a buscar a Cali. Otros dicen que fueron barristas del América, que ya lo tenían fichado y lo pillaron mal parqueado por un barrio y ¡PUM!, tome pa' que lleve. Ni esfuerzo hicimos por saber quién fue, había hecho tantos enemigos con esa mierda del fútbol que ni él los podía contar. Y pa' rematar, esa gomela perra hijueputa no apareció ni en el entierro. Algunos dicen haberla visto con un caramelo de Floralia, parchada de parrillera".

Caminaban por espectros de sombras; la mayoría de los postes de luz no funcionaban y hacía rato que Catalina no se despegaba de su antebrazo. Una única estrella, imperceptible, alumbraba su camino. Las negras nubes se ponían a punto, y un viento frío y cochambroso parecía engullirlos hacia el remolino de sus tormentos. "Está ardiendo. No es normal que esté tan caliente". Le desesperaba la oscuridad y el no poder verlo. Le inquietaban aquellos ruidos cuyo origen no podía identificar. "¿Indigentes? ¿Ladrones?". Le turbaba aún más la respiración agitada de Catalina, y esos cuchicheos que parecían brotar de su inconsciencia disparatada.

Arribaron finalmente a la carrera 5 Norte, de vuelta a la luz y a la civilización. No tardaron en abordar un taxi, justo antes de que comenzaran a caer gotas de lluvia. Le cedió el bebé a Catalina, ambos más calmados, y miró su celular, intentando distraerse, pero ya casi no tenía batería. Echó un vistazo a la hora. "Las dos y media". Atrapó al taxista de gorra mirándolos de reojo. Le hubiese gustado hablar, pero el cansancio suprimía sus palabras. Se hallaba fastidiado; miraba alternativamente por la ventana, el bebé, Catalina, la gorra, el bebé, la ventana, Catalina, la ventana, la gorra, la ventana, el bebé, el bebé, el taxímetro. Pensó en el poco dinero que tenía. "Cien mil más los veinte mil de doña Gloria". Y se acercaban las facturas, el arriendo, las cuotas de la lavadora. "Esta nea seguro me cobra veinte mil del mero recargo nocturno. ¿Cuánto me irán a cobrar por la consulta y los medicamentos? Menos mal que Catalina afilió al bebé a esa EPS. Es un hijueputa robo, pero es lo que hay. A este país se lo roban, y solo el más vivo sobrevive".

Se lamentó, pensando en los veinte mil que le habían robado hace un rato en el trabajo, pero, sobre todo, en sus años de gloria, cuando la plata no era un problema y los negocios iban de maravilla. Llegó a tener hasta quince manes que trabajaban para él, que a su vez eran los jefes de otras neas, y estos de otros, y así, como en cinco niveles. Solo le rendía cuentas al jefe de todos ellos, que los había patrocinado y organizado desde niños. "Un niche alto y serio que fue como nuestro padre, respetado por todos. Lástima que el Clan del Golfo lo mató. Todo lo que sube, baja, y nuestra dicha duró muy poquito tiempo. Ya lo veíamos venir; por eso intentamos comprar propiedades y trasladar la plata a paraísos fiscales, para salirnos del negocio lo más rápido posible. O al menos esa era mi pretensión; quién sabe lo que les pasaba por la cabeza a toda esa manada de hijueputas. Dilian daba mucha lora y estaba desquiciado, el Mono, si bien reservado, era un sádico y desalmado asesino a sangre fría, tal vez porque presenció cómo chuleteaban a sus padres delante de él cuando tenía apenas cinco años. Era el que más miedo me daba, por lo impersonal e impredecible. Cuando venía de matar a alguien, de la nada se reía a carcajadas, y por más que no le siguiéramos el hilo, no paraba...".

El bebé empezó a llorar con más fuerza que antes. Catalina lo mecía, pero no lograba tranquilizarlo. Tocó al bebé y estaba mucho más caliente; el cuerpo le sudaba a torrentes, como si estuviera bajo un río. El corazón le trepó hacia la boca.

—Hágale más rápido, parce, que si lo paran es una emergencia — dijo, atropellando las palabras. El taxista obedeció. El sensor de velocidad marcaba cien km/h, ciento diez, ciento quince, ciento treinta. Kilómetros más adelante tuvo que frenar repentinamente por un accidente: una ambulancia patas arriba y una camioneta blanca de alta gama pegada a un árbol obstruían toda la ancha carretera, incluido el carril del MIO. El taxista tuvo que virar por la Calle 52 con Carrera 1ª. Mientras realizaba la maniobra, vio cómo una lacra le sacaba el celular y el collar del cuello a una mujer que iba de pasajera trasera en la camioneta, medio moribunda.

De inmediato, cruzó por su mente aquel día en el que se sintió completamente robado y pensó que era el final de todo. Los trámites se hacían lentos y, en uno de esos calurosos días monótonos, de los que no esperas que pase nada, ¡PUM!, revienta la puerta, entra la Sijín en tropel, te esposan, te leen cargos, derechos, te suben a una camioneta, te bajan, te suben, te bajan, te toman fotos, te desfilan de aquí a allá, te desnudan, te meten el dedo en el ano, te encierran en una celda, te privan de agua y comida, te insultan, te humillan, te pegan, vas a juicio, te confiscan todas tus pertenencias, te condenan a cinco años de prisión...

"Concierto para delinquir, porte ilegal de armas, intento de homicidio, tráfico, fabricación y porte de estupefacientes...". Mueves contactos, gastas fortunas en abogados, lo que queda se va en indemnizaciones, y después de un año de mierda, te dan la libertad condicional. Y a empezar de cero. Cambias de barrio, ocultas tu pasado, solo te reciben en los peores trabajos, largos horarios, salario miserable, y a veces ni eso. No puedes volver a antiguas prácticas porque te tienen más que monitoreado. Y luego está Catalina, que te acompañó siempre. Te visitaba todos los domingos a Villanueva, te llevaba regalos y comida, te daba apoyo moral y hasta te hacía pajas cuando encontraba la oportunidad, mientras te hablaba así, disimuladamente, y siempre con esa sonrisa tan ancha. Te sacaba por un momento de aquel pozo oscuro de la depresión y el aislamiento, pero en el fondo sabías que ella también sufría y lloraba: toda su familia estaba en contra de tales encuentros, sacrificó los estudios por trabajar incansablemente, se peleó una y otra vez con sus padres por defenderte, rechazó mejores partidos por ti. "Pobre mujer, se estancó por enamorarse de un pobre diablo como yo. Y tiene toda la razón del mundo, soy un miserable".

Una lágrima rodó por su mejilla, mientras se detenía absorto en el juego de luces de neón que emergían del empañado cristal mojado. El bebé ya no lloriqueaba, se empezaba a serenar. Miraba los bares y pensaba cuán cerca estuvo de convertirse en el dueño de uno. "Si tan solo no me hubiera dejado coger". Largas mesas inundadas de cocaína, montañas de marihuana, mujeres de patas abiertas, estanterías colmadas de botellas de whisky; todo eso y mucho más arrojado a la borda. "Sería trasnacional, viviría en mansiones, conduciría autos lujosos, vestiría ropa de marca, aprendería inglés, saldría de este moridero llamado Colombia, junto a mi hijo y a... Catalina".

Observó detenidamente a Catalina por un segundo. No le gustaba su imagen actual, pero era la madre de su hijo, y había estado en sus momentos más difíciles. Además, ya se había acostumbrado a su compañía, para bien o para mal. Detalló en el ventanal su reflejo: la piel trigueña, el tatuaje del cuello, el cutis demacrado, los pendientes en las orejas, el piercing en los labios, los labios rojos, sus ojos tristes y apagados. "Ya veinticinco años. Y ella apenas veintitrés". Sacudió la cabeza. "Ya es hora de tomarme en serio la tarea de conformar una familia. Emigrar a una ciudad con más y mejores empleos, Medellín o Bogotá, y portarme bien".

Estaban próximos a su destino; habían doblado por la Calle 56 en sentido norte y enseguida atenderían al niño. Regresarían, ese día se lo tomaría como descanso y compartiría tiempo con su mujer e hijo. "Cuando tenga un año de edad le conseguiré un cachorro para que le haga compañía cuando no estemos. Habría que hacer el esfuerzo de contratar a una niñera cuando Catalina entre a trabajar; tal vez su madre lo pueda hacer. No veo difícil que nos reconciliemos. A los cuatro años entrará a la guardería y a los seis a primaria. A los siete le compraré una bicicleta...". El taxi estacionó al frente de la clínica IPS Torres de Comfandi.

—Son veinticinco mil, caballero.

"Ojalá pueda ingresar a la Universidad Nacional...". Salieron del vehículo y el aroma a lluvia refrescó sus recuerdos. El tendido estacionamiento inundado de la clínica evocó esa vez que vio el cuerpo de Boliqueso en una zona similar, también bajo la lluvia, después de haber obtenido la libertad condicional. Por suerte para él, la tarde en que cayó la Sijín no se encontraba en la ciudad, pero ahora estaba muerto. También era de esos tropeleros que se metían fácilmente en problemas, a este en particular le gustaba la manía de comer culos ajenos. "Es que no sé cómo nosotros llegamos tan lejos, si éramos tan...".

Un alarido escalofriante de Catalina lo despertó. Se tumbó al suelo, de rodillas, con el niño en brazos. Ella lloraba desconsoladamente.

—Pero, ¿Qué te pasa, loca de mierda? ¡No lastimes al bebé!

—ESTÁ MUERTO —gritó histérica—. ¡MI BEBÉ ESTÁ MUERTO! —El diluvio de lágrimas se mezclaba con la tormenta.

Rayos y centellas retumbaban la tierra—. Y TÚ LO MATASTE, ¡LADRÓN, ASESINO! ASESINO. ASESINOOOO.

Mira de un lado a otro intensamente; un abismo se abre ante él y se arroja resuelto en su seno. Resuelve no mirar atrás.

El anciano que anhelaba una familia, por Tatiana Guachamín Cevallos (Ecuador)

No se podía concentrar. Había demasiado ruido alrededor, muchas personas caminando frente a su casa que lo incomodaban, un desagradable olor proveniente de la casa vecina por la basura que se habían olvidado de tirar, y demasiado humo cerrando sus pulmones, lo cual lo hacía sentir náuseas; pero, sobre todo, había un vacío demasiado profundo en su corazón que lo inquietaba, lo atormentaba y le quitaba cada pequeño segundo de paz.

Un escalofrío recorrió todo su cuerpo, sus manos temblaron y el bolígrafo que sostenía cayó a la mesa con un ruido inaudible en medio de tanto caos. Cansado de tanto esperar sin resultado alguno, se levantó, caminó hacia el sofá frente a la ventana de su habitación y se sentó en él. Ya estaba atardeciendo, y eso le gustaba. Además, pronto empezaría a llover, y eso le alegraba, porque solo entonces el ruido exterior sería insignificante en su pequeño mundo.

Se revolvió en el sillón, inquieto, con una punzada en el corazón que lo invitaba a reflexionar. No lo había hecho en mucho tiempo, lo había olvidado, lo había evitado. Era difícil recordar, no por su avanzada edad, sino por todo el dolor que le causaba. Aun así, inhaló y exhaló lentamente, tratando de encontrar consuelo en la sencillez de aquel gesto.

Y entonces, cerró sus ojos. Aún estaba allí dentro, ese niño que había sido abandonado por su padre, que un día sin más decidió marcharse del hogar porque no podía soportar ver el rostro del ser que le quitó al amor de su vida, dejando atrás un corazón hecho pedazos, congelado por el frío invierno que azotaba cada rincón de aquel estrecho lugar al cual llamaba hogar, y lágrimas de cristal que hirieron los ojos del pequeño que intentó llorar.

Fueron tiempos difíciles, llenos de soledad, de desesperación, de hambre y de miseria, hasta que la conoció. Era la primera persona que no lo veía con lástima, que no lo trataba como un animal vagabundo, sino como un corazón herido. Lo estrechó entre sus brazos y acurrucó cada uno de sus temores, suavizó la furia que yacía dentro de su alma que aún anhelaba el calor de una familia, retiró la mordaza que le impedía gritar de dolor, le quitó la venda que lo protegía de la crueldad del mundo exterior, y besó cada una de sus cicatrices como si de la obra de arte más bella se tratase.

Ella, que tomó su mano y lo llevó a recorrer días soleados hasta que no pudieran parar de reír, la que lo llevó a viajar entre los pasillos escondidos de cada bosque que nadie se atrevía a visitar y a surfear en estrellas fugaces mientras sus cuerpos se convertían en uno solo. Ella, la mujer que derritió cada barrera de su corazón, le dio su amor y cambió su vida por completo.

Este recuerdo le saca una sonrisa, y sus dedos empiezan a tamborilear al compás de una canción de cuna cuando rememora el instante en que acurrucó entre sus brazos a aquella frágil criatura que lo había convertido en padre. Ha de admitir que tuvo miedo. Tuvo mucho miedo, porque no creía ser capaz de diferenciarse de su progenitor; pero ella nunca lo abandonó y le demostró que podía forjar su propio camino.

Tenían una vida hermosa, siempre estaban juntos, tomados de la mano mientras una tierna voz recitaba cada dinosaurio, mariposa, araña y elefante de arcoíris que habían salido a dar un paseo por la calle al igual que ellos.

Definitivamente, tenían una vida hermosa, pero solo hasta ese día. Los dejó por un momento, compraría unos helados. Estaba contento, estaba feliz, y la voz en su cabeza no dejaba de repetirle lo afortunado que era de tener una familia tan maravillosa, hasta que fue acallada por un fuerte pitido y el chirriante frenar de las llantas de un camión.

Sorprendido, y temiendo lo peor incluso antes de voltear su mirada, el sudor se escurría por su frente. Pero, ¡oh! No había nada que se pudiese hacer, la sangre fresca se esparcía por el brillante asfalto a la misma velocidad con la que sus lágrimas resbalaban por su rostro. Y las personas corrían desesperadas al son de los temblores que le hicieron caer de rodillas al suelo. Su familia, su amada familia, le había sido arrebatada… otra vez.

Furioso, se levanta del sillón, cierra las cortinas con brusquedad y se recuesta en la cama. Un fuerte dolor le recorre todo el cuerpo, y la necesidad de llorar no es suficiente para llenar el vacío de su alma.

Enfadado, no deja de preguntarse: ¿Cuántas veces han sido ya? ¿Por qué siempre termino perdiendo a mi familia?

El rencor en su corazón no lo deja pensar con claridad, no entiende el motivo de su mala suerte y de la desdicha que lo acompaña a cada instante. Solo, se refugia en aquella fría habitación, mientras se recuerda a sí mismo los intentos fallidos.

Tal parece que no puede imaginar cómo sería amar a una familia, cómo sería sentir su calor y curar todas sus heridas. Tal parece que nunca lo logrará, incluso si su tiempo se marchita cada vez más; y que aquella carta de despedida de una brillante vida nunca culminará para el día de su muerte. Tal parece que solo se quedará, porque ni siquiera su imaginación ha podido sacarlo del barro del pasado en el que se ha hundido, porque no importa cuánto intente imaginar, siempre termina en dolor, tristeza y miseria. Tal parece que su imaginación no servirá, porque él mismo se ha condenado a vivir en soledad.

RESEÑAS DE AUTORES

Alejandro Estrada Mesinas

Ingeniero, narrador, dramaturgo, actor de teatro, titiritero, luminotécnico y pintor. Nacido en La Punta, en 1943. Ha ganado numerosos concursos nacionales y ha sido varias veces finalista del Premio Copé de cuento y novela, del Cuento de las Mil Palabras de *Caretas* y del concurso de microrrelatos de La Casa de la Literatura. Ha publicado tres novelas, un libro de microrrelatos y ha sido incluido en varias antologías nacionales e internacionales gracias a su lenguaje expresivo, su agudeza continua y su vuelo imaginativo (de admirable variedad creadora: realista y satírico, evocativo y entrañable, onírico y perturbador, fantástico y desacralizador).

Aurelio Martínez Madrigal

Nació en diciembre de 1984 en Vallenar, Atacama, Chile. Hijo de una madre que incursionó también en la escritura en concursos literarios. Por vocación, se ha dedicado a la enseñanza del lenguaje e historia y a la escritura literaria, particularmente de cuentos y poemas. Actualmente tiene un local de venta de libros llamado *Notas y Versos*.

Cecilia Román

Nacida en 1990, se dedica a escribir poemas y cuentos. Le encantan los animales y el anime.

Instagram: @ceciroman.cl.

Diego A. Moreno

Es un escritor, guionista y promotor cultural originario del desierto de Sonora, México, licenciado en Literaturas Hispánicas. Ha dirigido talleres de escritura y redacción en el Instituto Sonorense de Cultura;

ha sido juez del Día de Muertos del ISSSTESON, entre otras actividades de esta índole.

Correo: absmoreno@gmail.com.

Instagram: @diegoalmorenov y @tenebris_ficta.

TikTok: @diegoalmorenov, @chancla.azteca, @tenebris.ficta.

Twitter (X): @Babagatto, @Chancla_Azteca, @TFicta.

Fatima Estefani Rivera Buelna

Escritora de 32 años, nacida el 26 de junio de 1992 en la ciudad de Guadalajara, Jalisco, México, y residente la mayor parte de su vida en la ciudad de Ahualulco de Mercado. Recientemente comenzó a escribir de forma profesional, pero esta fue una pasión desde su adolescencia, participando en concursos de oratoria, haciendo discursos, cuentos y ensayos en la escuela secundaria y preparatoria. No cuenta con formación académica afín, estuvo estudiando la Licenciatura en Medicina, pero tomó un descanso por motivos de salud, esperando pronto poder retomar la carrera, sin dejar de lado su pasión de escribir. Mientras estuvo activa en su carrera colaboró en la publicación de carteles y artículos científicos sobre algunas enfermedades. Tiene un hijo, Ibai, con su actual pareja Adrián, a quienes dedica esta publicación. Es la segunda hija de Martín y Rubí, dos maravillosas personas.

Francisco Humberto Rangel Turón (Frank Turón)

Nacido en Ciudad de México, el 29 de abril de 1968, tiene una multifacética trayectoria de incesante creatividad artística. Escritor, dramaturgo, actor, director de escena, productor, docente, crítico e investigador de teatro. Ha realizado más de cincuenta puestas en escena. Hombre polifacético y personaje controvertido. Es un rebelde que dio forma a la contracultura de la década de los 90. Se considera como uno de los poetas mexicanos más influyentes de la cultura subterránea de finales del siglo XX y principios del tercer milenio. Preside desde el año 2000 la asociación civil Teatro Móvil, integrada por las personalidades protagonistas de la cultura de México. Como polímata, es uno de los artistas multidisciplinarios más reconocidos de su generación.

Autor de los libros *Poemas de Amor Desenfrenado*, *El Gurú Cibernético*, *Canícula*, *Colección de Poemas Nocturnos*, *Cuadernos de Semiótica* y *nanoFICCIONARIO*. Su obra es considerada desafiante, genuina, mordaz e ingeniosa. Sus aportaciones de producción artística logran dar origen a innovadoras herramientas de arte escénico y géneros literarios: "Psicoterapia Performativa", "Teatro Tecnológico", "Teatro Cuántico", "Partitura de Ingeniería Teatral Cuántica" y la "nanoFICCIÓN". Es creador del nano-FILM (formato más reducido de la cinematografía con una duración de 59 segundos o menos con todo y créditos). Maestro en "Teoría y Práctica Teatral" en la Escuela de Escritores de la Sociedad General de Escritores de México. Fundador del sello editorial de autor independiente Verba Ad Verbum.

También se distingue como ensayista, productor musical, cineasta, activista político, defensor del patrimonio cultural, filósofo, semiótico, pintor, curador, consultor en asuntos públicos, líder de opinión y experto en periodismo cultural. Es periodista, editorialista, columnista y articulista en medios de comunicación masiva, impresos y electrónicos, de destacadas revistas y periódicos mexicanos. Es líder y fundador del movimiento contracultural "México en el Extranjero", integrado por los mayores exponentes de la plástica mexicana contemporánea en el ámbito internacional. Actualmente es investigador de semiótica especializado en la filosofía de la ciencia lógica y seminarista en el Centro Nacional de Investigación, Documentación e Información de Artes Plásticas del Instituto Nacional de Bellas Artes y Literatura, en el Centro Nacional de las Artes.

Correo: nanoficcionario@gmail.com.

Facebook: Francisco Turón.

Instagram: @mexicoenelextranjero.

Gonzalo Lara Gómez

Eder es el personaje principal en esta reseña de aventura circunstancial provocada por motivos de la incertidumbre, que prevalece aún en la actualidad todavía por la escasez de fuentes de trabajo, principalmente para la superación personal de los jóvenes que tratan de sobresalir de la pobreza extrema, ocasionada por la situación económica y problemas internos con el sistema de vida que esto representa para nuestros paisanos, así como para los países del tercer mundo. Esta es la historia especial de un mexicano Oaxaqueño, que emigra plenamente convencido de lograr su sueño anhelado y propósito establecido para el bien de su familia e hijos, en la incertidumbre plena de un mejor futuro y felicidad.

Javier Muñoz Brito

Nacido en 1995, en Santiago de Chile, es ingeniero civil mecánico de la Universidad de Santiago de Chile. Durante su adolescencia fue amante de los cálculos, las ciencias y la historia, pero en su etapa universitaria descubrió su potencial y amor por la literatura. A partir de ese momento, ha dedicado su tiempo libre a leer novelas, escribir prosas poéticas, definir palabras y estudiar las normas ortográficas y gramaticales de la lengua española. Sus textos son reflejo de una búsqueda ambiciosa: la fórmula que lleve a la mezcla del agua con el aceite.

John K. Lewis

Nació en Concepción, Chile, en 1957. Es químico farmacéutico de profesión; actualmente vive en Viña del Mar, también en Chile. Ávido lector en español e inglés, un amigo lo entusiasmó para enviar alguno de sus —hasta ahora— nunca publicados textos a la convocatoria. Profundo admirador de Borges, Vargas Llosa, Alejo Carpentier, Enrique Bunster, James Michener, Leon Uris y Frederick Forsyth, entre algunos de los que viven en su nutrida biblioteca. Fanático de la historia y consumado melómano, con una impresionante colección de discos.

Correo electrónico: jklewisb@gmail.com

Jonathan Nájera Pintor

Un apasionado de la lectura y la escritura, dedicándose a este último por *hobby* desde muy joven. Influenciado por la magia de novelas como *Harry Potter*, la ciencia ficción visionaria de Isaac Asimov, y las emocionantes distopías de *El juego de Ender* y la saga *Divergente*, Jonathan ha desarrollado un estilo que combina la imaginación con una profunda reflexión sobre la condición humana.

Aunque su pasión principal es la escritura, también encuentra inspiración en la poesía y en los viajes a lugares tranquilos, donde la serenidad del entorno alimenta su creatividad. Sus obras, que abarcan desde la ciencia ficción hasta el terror, revelan una mente curiosa y un talento innato para tejer historias que capturan y cautivan al lector.

Jonathan Nájera es un autor que, aunque escribe por placer, demuestra en cada relato una habilidad para explorar las emociones y los miedos más profundos. En el caso de su cuento *De viajes en el tiempo y otras paradojas*, encontró inspiración en un sueño lúcido que tuvo. Siempre mantiene un toque de originalidad y una mirada única sobre el mundo que nos rodea, y puede verse claramente que la influencia de Isaac Asimov destaca en este cuento.

José Luis Fernández Pérez

Oriundo de la ciudad de Puebla, México. Tiene estudios de Literatura Dramática por la UNAM, así como contables en la Benemérita Universidad Autónoma de Puebla. Ha dirigido talleres de teatro en la ciudad de Puebla, y también colabora en la Fiscalía General del Estado de Puebla como perito. Ha escrito obras de teatro y cuentos cortos, en donde abunda el sarcasmo salpicado de un toque de fantasía y romanticismo. Entre sus obras, destacan *La mansión del sueño rojo*, *Abejorros*, *El Mono Payaso*, *La tortuga de paja*, entre otros.

José Miguel Sánchez Gaviria

Es un escritor, guionista y director de medios audiovisuales. Ha incursionado en la escritura de ficción y no ficción, publicando la novela corta *El tiempo andaba despistado* a la edad de 16 años, en 2018, gracias a su profesora de literatura.

Ha participado en muestras de textos poéticos en la escena cultural de su pueblo, donde además se ha desempeñado como artista visual, fotógrafo y videógrafo. Su interés por la lectura y el cine lo ha llevado a escribir, dirigir y producir tres cortometrajes de ficción: *Las plantas de sus pies*, *Nunca seré Agnès V*, y *Edificios y botellas*, que han participado en los festivales Smartfilms 2023 y el Festival de Cine y Video Comunitario de Manizales *Qué hay pa' la cabeza*.

Además, ha realizado tres cortometrajes de no ficción (Mujeres a las calles, La chispa de la revolución, Lenguaje en la roca: Arte Rupestre en Cundinamarca I y II) y videoarte experimental e interactivo (Distancia, El vestido). Trabaja como director de producción audiovisual para la compañía 3-49 Producciones y como fotógrafo artístico. También es fotógrafo y tallerista del colectivo de arte Mirlo, que realiza trabajo comunitario, fortaleciendo el sector cultural de la escena independiente de la Sabana Bogotana.

Instagram: @tintointravenoso_producciones, @3_49producciones.

Letterboxd: Josemiel *Gómez Jattin Wannabe.*

Juan Manuel Ochoa

Psicólogo con magíster en sociología. Lector desde joven, su inspiración viene del existencialismo y las novelas filosóficas. Su escritura se centra en lo atmosférico, lo reflexivo y lo introspectivo, en la forma en que lo cotidiano es extraordinario.

Juan Pablo Soto Castelli

Hijo menor de Amira Castelli y Eduardo Soto de una familia de cuatro hermanos, nació el 10 de septiembre de 1989 en Santiago de Chile. Vivió su infancia en Buenos Aires hasta 1999, para luego regresar a su ciudad natal. Estudió en la Universidad de Santiago de Chile entre los años 2008 y 2012. Entre 2016 y 2017 vivió en Dublín, Irlanda, para estudiar inglés y conocer una cultura distinta. Después de regresar a Chile en 2017, conoce a quien sería su prometida y esposa, Namastheys, con quien se casó en 2019 y tuvieron dos hijos: Almudena Valentina e Iñigo José María. El año 2021 publicó su primera novela: *El arquitecto.*

Correo: juan.sotocastelli@gmail.com.

Instagram: @jsotocastelli

Katheryn Valeria Intriago Rengifo (KathVIR)

Nacida el 7 de junio de 2006, en Ecuador. Joven amante de los libros sobre mundos ajenos a este, novia de la escritura y casada con una futura profesión. Inició en Wattpad, en donde publicó su primer escrito de poemas, referente a muchos sentimientos de una adolescente. La finalidad de aquel poemario es hacer ver a las personas que no están solas, y que está bien sentirse mal, bien, enamorado y normal. Creyente de "Ama, y haz lo que quieras", frase de María Fernanda Heredia, en donde amar es la cláusula para que todo lo que hagamos sea perfecto para nuestro mundo.

Instagram: @06.kath_vir.

Wattpad: @KathVIR.

Booknet: KathVIR.

Lissania Saskia Bringas González

Amante de la expresión artística en cualquiera de sus manifestaciones e interesada en visibilizar y erradicar la violencia en todas sus formas, encuentra en las letras una manera de sensibilizar al lector con historias cotidianas.

Manuel Alejandro León López

Nació en 1994, en Querétaro, México. Es historiador y maestro de preparatoria. Escritor en su tiempo libre, es autor de varios cuentos de carácter histórico, algunos de ellos ya publicados en antologías. Es un apasionado de la historia del siglo XX y los videojuegos.

Marcela Chapou

Nació en la Ciudad de México, entre millones de universos individuales que luchan día con día por sobrevivir a esa porción de la atmósfera que resulta nociva para el cuerpo y el espíritu. Ella encontró el medio de lograrlo en el amor, tanto a la familia, como a la Universidad Nacional, a la que debe su formación académica, profesional e incluso personal, después de muchos años de pertenecer a esta institución.

Correo electrónico: mchapou@yahoo.com.

Marina Villalobos Díaz

Nació en Morelia, Michoacán, México. Tallerista de "Crónica y cuento" en la UNAM campus Morelia (2019-2022). En 2020 publicó los cuentos "La Parca" y "La aguja de cristal". En 2023 participó en la antología *Hechas de letras* convocada por la Secretaría de Cultura de Morelia, con el cuento "Taxi legendario".

Correo electrónico: lobomarina13@gmail.com.

Nancy Nieto Cáceres

Licenciada en Gerencia y Producción Teatral por la Universidad de las Artes en Venezuela que se ha desarrollado profesionalmente en el medio audiovisual. Es productora independiente de contenido para televisión y cine. Le apasionan, aparte del cine y el teatro, la lectura y la escritura, aunque esta última no la ha desarrollado con amplitud. Siempre ha escrito para sí misma relatos cortos de historias de vida. Ha desarrollado su carrera profesional entre Venezuela y Colombia. Hoy, como emigrante, vive una etapa que anhela que termine pronto para poder regresar a casa y retomar su vida que quedó suspendida entre los recuerdos, con nuevas experiencias y un enfoque más inmediato del aquí y el ahora. Una nostalgia que la acompaña desde hace seis años y que se ha vuelto su mejor amiga, agradecida con Dios y la vida por todo lo vivido. Ve la vida siempre en positivo, con optimismo y con ganas de estar siempre activa en lo que le gusta. Agradece todas las oportunidades que se le presentan, para ella, todas son bendiciones, ya que la hacen crecer espiritualmente y evolucionar como persona. Su lema de vida y convicción, que alguna vez leyó, siempre ha sido que "venimos al mundo a hacernos felices a nosotros, no a los demás" y "existimos porque alguien piensa en nosotros y no al revés". *La vita e bella. Le tocó* es su primer cuento corto publicado. Bogotá, 23 de agosto de 2024

Correo: nancynieto12@gmail.com.

Pablo Eugenio Contreras Veloso

Es un autor chileno, profesor y egresado de Derecho. Cultiva principalmente la poesía, el cuento y el ensayo, y ha recibido varios galardones literarios en su país. Asimismo, es autor y coautor de textos escolares y otras publicaciones educacionales. Sus hobbies son el ajedrez, el cine y la joyería.

Instagram: @Pablo_Contreras_Veloso.

RE (Raúl Eduardo Pacheco)

Consultor y coach colombiano, residente en Chile, especializado en gestión cultural y desarrollo organizacional. Con una extensa trayectoria en América Latina, ha sido conferencista, asesor de empresas y docente en diversos programas de formación de líderes.

Sebastián Rengifo Colorado

Es un joven escritor caleño, estudiante de Historia y Filosofía en la Universidad del Valle, a quien le apasionan las historias complejas y fascinantes que exploran la profundidad de la naturaleza humana. En esta antología literaria se presenta con el cuento *Recuerdos de una corta vida*, el cual se enmarca en el subgénero urbano y hace alusión a un difícil contexto de violencia y exclusión del que el protagonista es parte. A través de un realismo atroz, el autor nos sorprende y nos muestra un trozo de realidad del bajomundo urbano, aquel envuelto en fantasías lejanas y destinos catastróficos que muchos prefieren ignorar.

Correo: sebastiian1312022@gmail.com.

Sergio Cruz Sobrevilla

Nació en Tampico, Tamaulipas. Es licenciado en Arquitectura, y su otra pasión es la lectura. Poco a poco ha entrado al mundo de la escritura. Escribe poesía y cuento. Le han publicado virtualmente dos cuentos, y este será el tercer cuento en participar en una antología impresa.

Correo: sergiocruz1967@hotmail.com.

Tatiana Guachamín Cevallos

Nació el 8 de abril de 2006 en Quito, Ecuador. Desde muy pequeña le gustó leer y escribir, pero no fue hasta 2024 que decidió participar en diferentes convocatorias literarias para dar a conocer sus escritos. Actualmente, está estudiando una Licenciatura en Finanzas, pero, al ser su verdadera pasión la escritura, seguirá formándose en la materia para ganar experiencia y hacer sus sueños realidad. Por ello, se ha convertido en una escritora decidida a que sus palabras viajen por todo el mundo, compartiendo magníficas historias que transformen vidas y toquen corazones, llenándolos de fantasías e inspiración.

Instagram: @purrple_butterfly18.

Made in the USA
Monee, IL
24 September 2024

66158607R00148